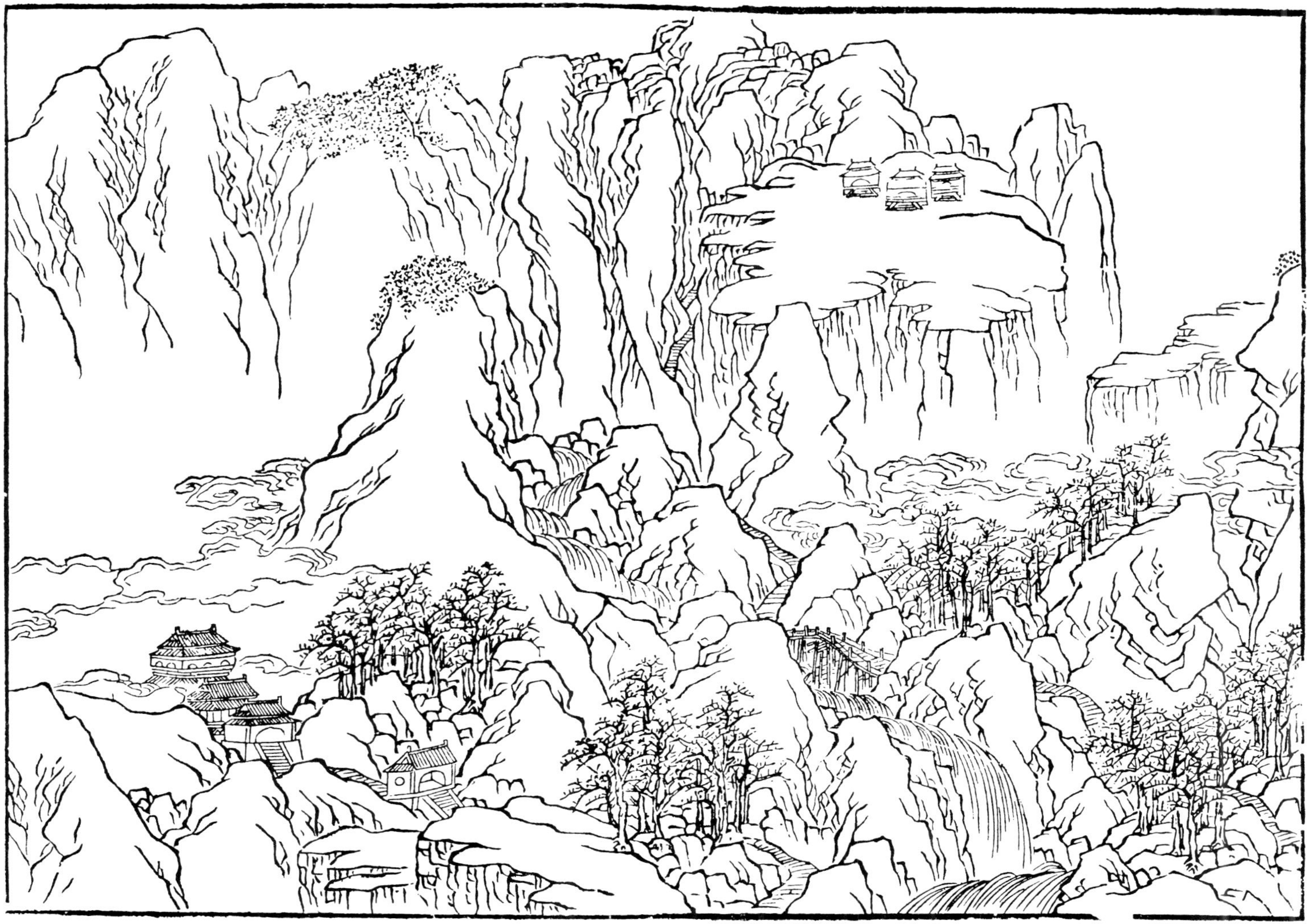

峨嵋山：錄自明刊《天下名山勝概記》。

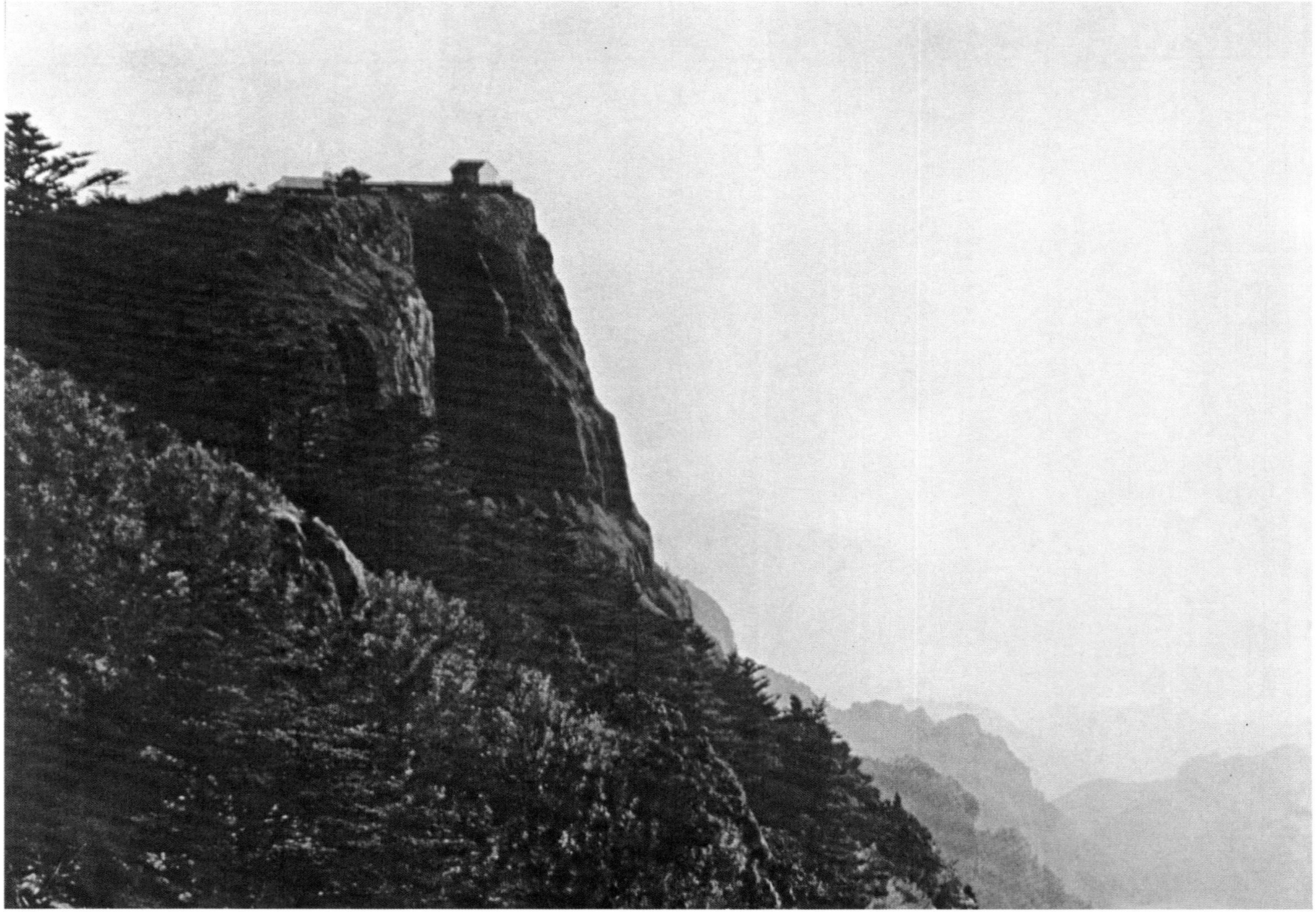

峨嵋山金頂：相傳在該處有時可見到「佛光」。

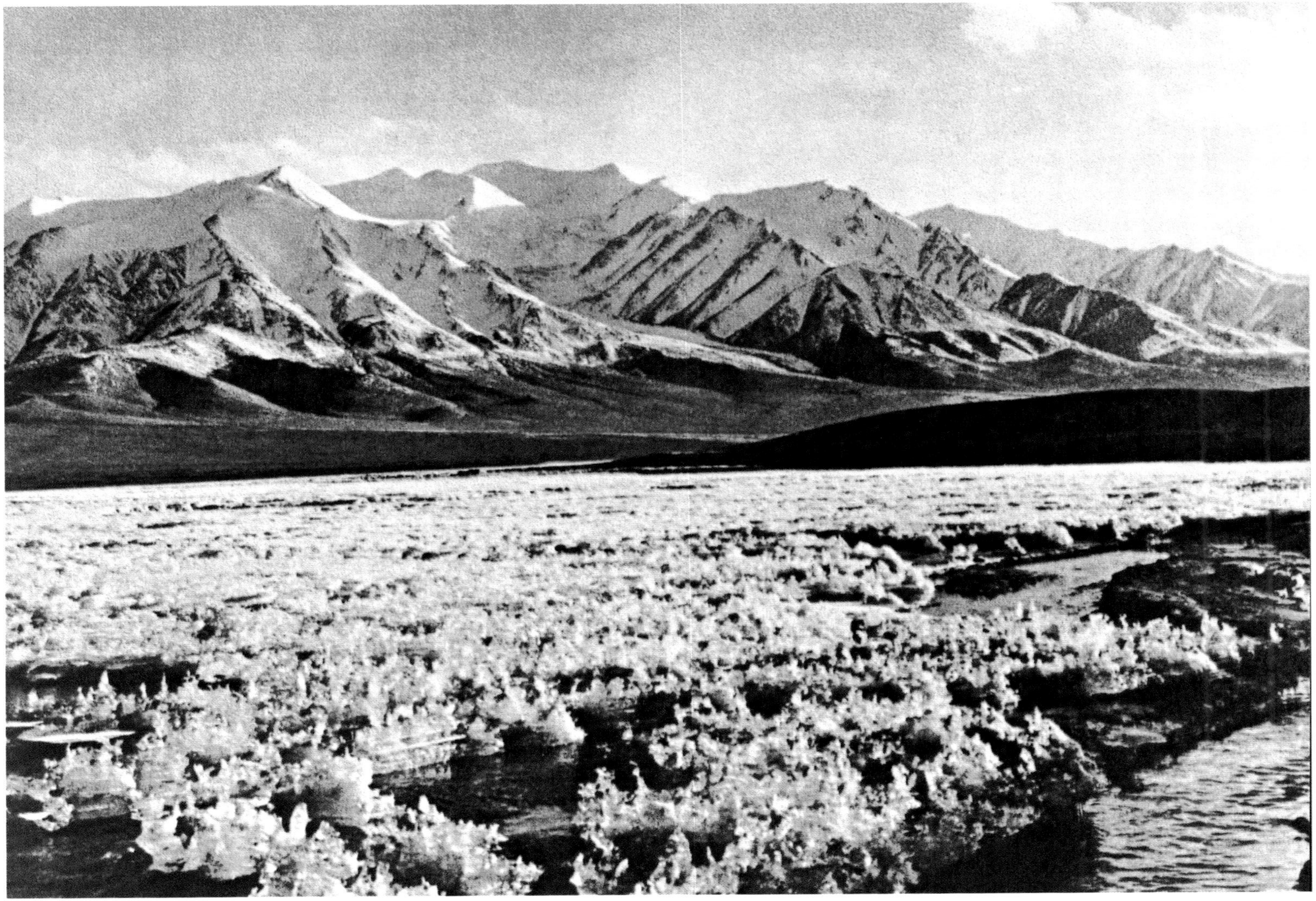

崑崙山

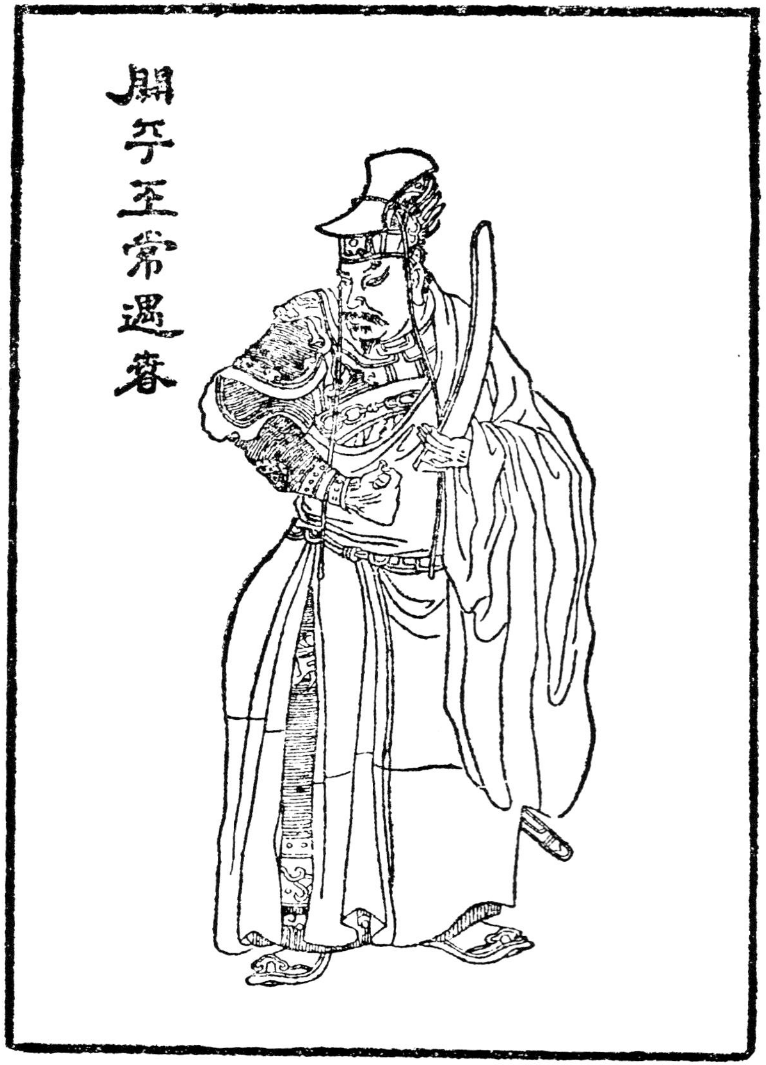

開平王常遇春

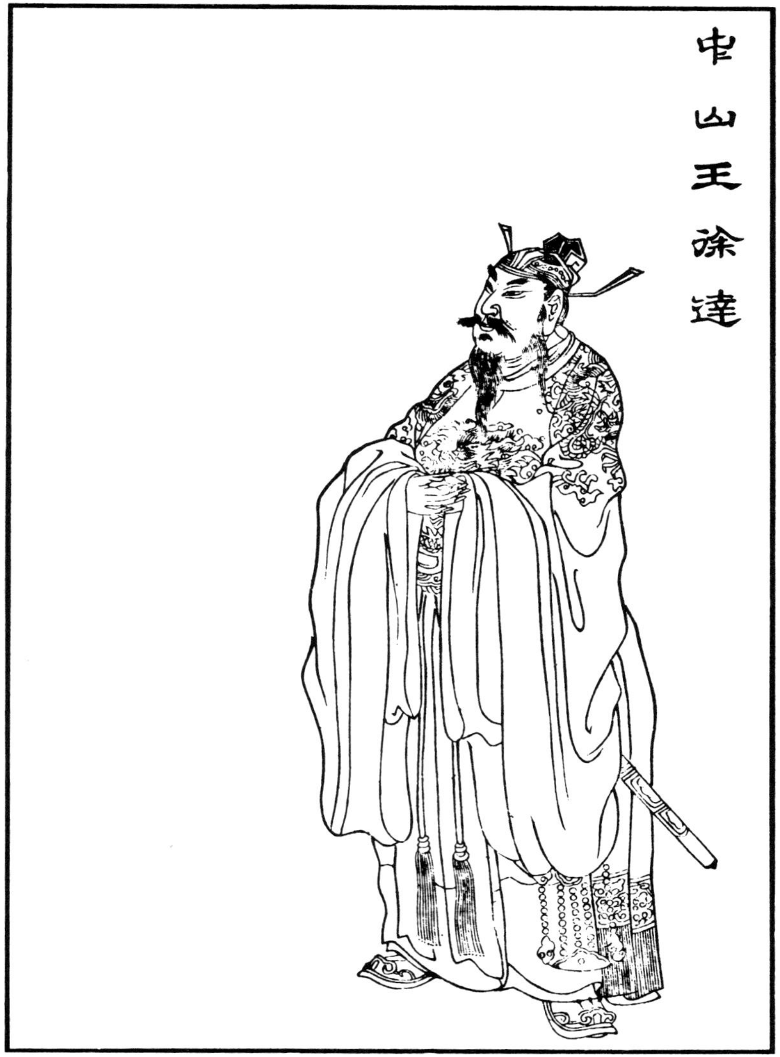

中山王徐達

江國公吳良

寧河王鄧愈

鐵冠道人張中

周顛

以上六圖，均錄自上官周《晚笑堂畫傳》。上官周，福建長汀人，生於康熙四年（一六六五），卒年不詳，乾隆八年（一七四三）時尚健在。《晚笑堂畫傳》共圖古人一百二十人，評者認為圖中人物神情生動，是版畫中的佳構。

《列仙全傳》中的周顛

《毓秀堂畫傳》中的周顛——周顛在傳說中為人滑稽神奇，後世版畫家都喜繪刻。《毓秀堂畫傳》的畫家是清人王芸階。

大字版

倚天屠龍記

金庸

④九陽神功

倚天屠龍記(大字版)/金庸作.　-- 二版.
　-- 臺北市：遠流，　2017.10
　　冊；　公分. --(大字版金庸作品集；31–38)

　ISBN　978-957-32-8103-0 (全套：平裝).

857.9　　　　　　　　　　　106016641

大字版金庸作品集㉞

倚天屠龍記 (4)九陽神功　「公元2005年金庸新修版」

The Heavenly Sword and the Dragon Sabre, Vol. 4

作　　者／金　庸

封面設計／唐壽南　內頁插畫／姜雲行

發 行 人／王　榮　文
出版・發行／遠流出版事業股份有限公司
臺北市中山北路一段11號13樓
電話／2571-0297　傳真／2571-0197　郵撥／0189456-1

□2005年 3 月16日　初版一刷
□2022年 3 月16日　二版六刷

大字版　每冊380元（本作品全八冊，共3040元）

〔另有典藏版共36冊（不分售），平裝版共36冊，新修版共36冊，新修文庫版共72冊〕

ISBN　978-957-32-8103-0（套：大字版）
ISBN　978-957-32-8098-9（第四冊：大字版）
Printed in Taiwan

YLib 遠流博識網
http://www.ylib.com　E-mail:ylib@ylib.com

目錄

只見那大白猿肚腹上生了一個大瘡，膿血模糊，但疔瘡四周的大塊皮肉均觸手堅硬，再細看時，只見肚腹上方方正正的有一塊凸起，四邊用針線縫上，顯是出於人手。

十六　剝極而復參九陽

張無忌在狹窄的孔道中又爬行數丈，眼前越來越亮，再爬一陣，突然間陽光耀眼。他閉著眼定一定神，再睜開眼來，面前竟是個花團錦簇的翠谷，紅花綠樹，交相掩映。

他大聲歡呼，從山洞裏爬了出來。山洞離地竟不過丈許，垂下腳來，輕輕躍出，便已著地，腳下踏著的是柔軟細草，花香清幽，鳴禽間關，那想得到在這黑黝黝的洞穴之後，竟會有這樣一個陽光燦爛的香花翠谷？他顧不到傷處疼痛，放開腳步向前疾奔，直奔了兩里有餘，才遇一座高峯阻路。放眼四望，但見翠谷四周皆爲高山環繞，似乎亙古以來從未有人跡到過。前後左右雪峯插雲，險峻陡峭，決計無法攀援出入。

張無忌滿心歡喜，見草地上有七八頭野山羊低頭吃草，見了他也不驚避，樹上十餘隻猴兒跳躍相嬉，看來翠谷中並無虎豹之類猛獸。他心道：「老天爺待我果眞不薄，安排下這等仙境，給我作葬身之地。」

緩步回到入口處，只聽得朱長齡在洞穴彼端大呼：「小兄弟，你出來，在這洞裏不怕悶死嗎？」張無忌大聲笑道：「這裏好玩得緊呢。」在矮樹上摘了幾枚不知名的果子，已紅了半邊，拿在手裏，聞到一陣甜香，咬了一口，更覺鮮美絕倫，桃子無此爽脆，蘋果無此香甜，而梨子則遜其三分滑膩。他攀上洞口，將一枚果子擲進洞中去，叫道：「接住，好吃的來了！」

果子穿過山洞，在山壁上撞了幾下，已砸得稀爛。朱長齡摸到了，連皮帶核的咀嚼，越吃越感飢火上升，叫道：「小兄弟，再給我幾個。」張無忌叫道：「你這人良心這麼壞，餓死也是應該的。要吃果子，自己來罷。」朱長齡道：「我身子太大，穿不過山洞。」張無忌笑道：「你把身子切成兩半，不就能過來了麼？」

朱長齡料想自己陰謀敗露，張無忌定要讓自己慢慢餓死，以報此仇，胸口傷處又痛得厲害，破口大罵：「賊小鬼，這洞裏就有果子，難道能給你吃一輩子麼？我在外邊餓死，你不過多活三天，左右也是餓死。」張無忌不去理他，吃了七八枚果子，也就飽了。

過了半天，突然一縷濃煙從洞口噴了進來。張無忌一怔之下，隨即省悟，原來朱長齡在洞外點燃松枝，想以濃煙薰自己出去，卻那知這洞內別有天地，便焚燒千擔萬擔松柴，也無濟於事。他想想好笑，假意大聲咳嗽。朱長齡叫道：「小兄弟，快出來，我發誓決不害你就是。」張無忌大叫一聲：「啊——」假裝暈去，自行躍下走開。

他向西走了二里多，見峭壁上有一道大瀑布衝擊而下，料想是融雪而成，陽光照射下猶如一條大玉龍，珠玉四濺，明亮壯麗。瀑布瀉入一座清澈碧綠的深潭，潭水卻也不見滿，當是另有洩水去路。觀賞了半晌，一低頭，見手足上染滿了青苔污泥，另有無數給荊棘硬草割破的血痕，於是走近潭邊，除下鞋襪，伸足入潭洗滌。

洗了一會，忽然潑喇一聲，潭中跳起一尾大白魚，足有一尺多長，張無忌忙伸手去抓，雖碰到了魚身，卻一滑滑脫了。他俯身潭邊，凝神瞧去，見碧綠的水中十餘條大白魚來回游動。那捕魚的本事，他在冰火島上自小就學會了的，折了一條堅硬的樹枝，一端拗尖，在潭邊靜靜等候，待得又有一尾大白魚游近水面，使勁疾刺，正中魚身。

他歡呼大叫，以尖枝割開魚肚，洗去了魚腸，再找些枯枝，從身邊取出火刀、火石、火絨生了個火，將魚烤了起來。不久脂香四溢，眼見已熟，入口滑嫩鮮美，似乎生平從未吃過這般美味。片刻之間，將一條大魚吃得乾乾淨淨。

次日午間，又去捉一尾大白魚烤食。心想：「一時既不得便死，倒須留下火種，否則火絨用完了倒有點兒麻煩。」圍了個灰堆，將半燃的柴草藏入其中，以防熄滅。冰火島上一切用具全須自製，這般在野地裏獨自過活的日子，在他毫不希奇，當下便揑土爲盆，鋪草作床。忙到傍晚，想起朱長齡餓得慘了，摘了一大把鮮果，隔洞擲了過去。他生怕朱長齡吃了魚肉，力氣大增，竟能衝過洞來，那可糟了，是以烤魚卻不給他吃，此後每日都送鮮果給他。

第四日上，他正在砌一座土灶，忽聽得幾下猴子的吱吱慘叫聲，甚是緊迫。他循聲奔去，見山壁下一頭小猴摔在地下，後腳給石頭壓住了，動彈不得，想是從陡峭的山壁上失足掉下。他過去搬開石塊，拉起猴兒，那猴兒右腿摔斷了，痛得吱吱直叫。

張無忌折了兩根枝條作爲夾板，給猴兒續上腿骨，找些草藥，嚼爛了給牠敷在傷處。雖幽谷之中難覓合用藥草，所敷者不具靈效，但憑著他接骨手段，料得斷骨終能續上。那猴兒居然也知感恩圖報，第二日便摘了許多鮮果送給他，十多天後，斷腿果然好了。

谷中日長無事，他便常與那猴兒玩耍，若不是身上寒毒時時發作，谷中日月倒也逍遙快活。有時他見野山羊走過，動念想打來烤食，但見山羊柔順可愛，終究下不了手，好在野果潭魚甚多，食物無缺。過得幾天，在山溝裏捉到幾隻雪鷄，更大快朵頤。

如此過了月餘。一天清晨，他兀自酣睡未醒，忽覺有隻毛茸茸的大手在臉上輕輕撫摸。他大吃一驚，急忙跳起，只見一隻白色大猿蹲在身旁，手裏抱著那隻天天跟他玩耍的小猴。那小猴吱吱喳喳，叫個不停，指著大白猿的肚腹。張無忌聞到一陣腐臭之氣，見白猿肚上膿血模糊，生著一個大瘡，便笑道：「好，好！原來你帶病人瞧大夫來著！」大白猿伸出左手，掌中托著一枚拳頭大小的蟠桃，恭恭敬敬的呈上。

張無忌見這蟠桃鮮紅肥大，心想：「媽媽曾講故事說，崑崙山有位女仙王母，每逢生日便設蟠桃之宴，宴請羣仙。這裏崑崙山果然出產大蟠桃，卻不知有沒王母娘娘？」笑著接了，說道：「我不收醫金，便無仙桃，也跟你治瘡。」伸手到白猿肚上輕輕一撳，不禁吃驚。

那白猿腹上的惡瘡不過寸許圓徑，可是觸手堅硬之處，卻大了十倍尚且不止。他在醫書上從未見載得有如此險惡的疔瘡，倘若這堅硬處盡數化膿潰爛，只怕是不治之症了。他按了按白猿的脈搏，卻無險象，撥開猿腹上的長毛，再看那疔瘡時，更是一驚，只見肚腹上方方正正的一塊凸起，四邊用針線縫上，顯是出於人手，猿猴雖然聰明，決不可能會用針線。再細察疔瘡，知是那凸起之物作祟，壓住血脈運行，以致腹肌腐爛，長久不癒，欲治此瘡，非取出縫在肚中之物不可。

說到開刀治傷，他跟胡青牛學得一手好本事，原是輕而易舉，只是手邊既無刀剪，又無藥物，那可就爲難了，略一沉思，舉起一塊岩石，奮力擲在另一塊岩石之上，從碎石中揀了一片有鋒銳稜角的，慢慢割開白猿肚腹上縫補過之處。那白猿年紀已然極老，頗具靈性，知道張無忌正爲牠治療大瘡，雖腹上劇痛，竟強行忍住，一動也不動。張無忌割開右邊及上端的縫線，再斜角切開早已連結的腹皮，只見牠肚子裏藏著一個油布包裹。這一來更覺奇怪，取出後不及拆視，將油布包放在一邊，忙又將白猿的腹肌縫好。

手邊沒針線，只得以魚骨作針，在牠腹皮上刺下一個個小孔，再將樹皮撕成細絲，穿過小孔打結，勉強補好，在創口敷上草藥。忙了半天，方始就緒。白猿雖然強壯，卻也躺在地下動彈不得了。

張無忌洗去手上和油布上血漬，打開包來看時，裏面竟是四本薄薄的經書，只因油布包得緊密，雖長期藏於猿腹中，書頁仍完好無損。書面上寫著幾個彎彎曲曲的文字，他一個也不識得，翻開來看時，四本書中盡是這些怪文，但每一行之間，卻另以蠅頭小楷寫滿了常見文字。

他定一定神，從頭細看，文中所記似是練氣運功的訣竅，慢慢誦讀下去，突然心頭一震，見到三行背熟了的經文，正是太師父和俞二伯所授的「武當九陽功」，但下面的文字卻又不同。他隨手翻閱，過得幾頁，便見到「武當九陽功」的文句，但有時跟太師父與俞二伯所傳卻又大有歧異。

他心中突突亂跳，掩卷靜思：「這到底是甚麼經書？爲甚麼有武當九陽功的文句？可是又與武當本門所傳的不盡相同？且經文更多了十倍也不止？」

想到此處，登時記起了太師父帶自己上少林寺去之時所說的故事：太師父的師父覺遠大師學得《九陽眞經》，圓寂之前背誦經文，太師父、郭襄女俠、少林派無色大師三人各自記得一部分，因而武當、峨嵋、少林三派武功大進，數十年來分庭抗禮，名震武林。「難道這便是那部給人偷去了的《九陽眞經》？不錯，太師父說，那《九陽眞經》是寫在《楞伽經》的夾縫之中，這些彎彎曲曲的文字，想必是梵文的《楞伽經》了。可是爲甚麼在猿腹之中呢？」

這部經書，確然便是《九陽眞經》，至於何以藏在猿腹之中，其時世間已無一人知曉。

九十餘年之前，瀟湘子和尹克西從少林寺藏經閣中盜得這部經書，給覺遠大師直追到華山之巔，眼看無法脫身，剛好身邊有頭蒼猿，兩人情急智生，便捉住了蒼猿，割開蒼猿腹皮，將經書藏入其中。後來覺遠、張三丰、楊過等搜索瀟湘子、尹克西二人身畔，不見經書，便放他們帶同蒼猿下山（請參閱《神鵰俠侶》）。後來瀟湘子和尹克西帶同蒼猿，遠赴西域，兩人心中各有所忌，生怕對方先習成經中武功，害死自己，互相牽制，遲遲不敢取出蒼猿腹皮中的經書，最後來到崑崙山的驚神峯上，尹瀟二人互施暗算，鬥了個兩敗俱傷。這部修習內功的無上心法，從此留在蒼猿腹皮之中。

瀟湘子的武功本比尹克西稍勝一籌，但因他在華山絕頂打了覺遠大師一拳，拳力反震，身受重傷，後來與尹克西相鬥時反而先斃命。尹克西臨死時遇見「崑崙三聖」何足道，良心不安，請他赴少林寺告知覺遠大師，那部經書是在一頭猿猴的腹中。他說話時神智迷糊，口齒不淸，他說「經在猴中」，何足道卻聽作了「經在油中」。何足道信守然諾，果然遠赴中原，將這句「經在油中」的話跟覺遠大師說了。覺遠沒法領會其中之意，固不待言，反惹起一場絕大風波，武林中從此多了武當、峨嵋兩派。

至於那頭蒼猿卻甚幸運，在崑崙山中取仙桃爲食，得天地之靈氣，過了九十餘年，仍然縱跳如飛，全身黑黝黝的長毛也盡轉皓白，成了一頭白猿。但那部經書藏在腹皮之中，逼住腸胃，不免時時肚痛，肚上的疔瘡也時好時發，直至此日，方得張無忌給牠取出，就這白猿而言，實去了一個心腹大患，喜悅不勝。

這一切曲折原委，世上便有比張無忌聰明百倍之人，自也猜想不出。張無忌呆了半晌，自知難以索解，也就不去費心多想，取過白猿所贈那枚大蟠桃來咬了一口，一股鮮甜的汁水緩緩流入咽喉，比之谷中那些不知名的鮮果，可說各擅勝場。

張無忌吃完蟠桃，心想：「太師父當年曾說，若我習得少林、武當、峨嵋三派的九陽神功，或能驅去體內陰毒。這三派九陽功都脫胎於《九陽眞經》，倘若這部經文當眞便是《九陽眞經》，那麼照書修習，又遠勝於分學三派的神功了。在這谷中左右也無別事，我照書修習便是。便算我猜錯了，這部經書其實毫無用處，甚而習之有害，最多也不過一死而已。」他心無掛礙，便將三卷經書放在一處乾燥所在，上面鋪以乾草，再壓上三塊猿猴搬不動的大石，生怕猿猴頑皮，玩耍起來你搶我奪，說不定便將經書撕得稀爛。手中只留下第一卷經書，先行誦讀幾遍，背得熟了，然後參究體會，自第一句習起。

他心想，我便算眞從經中習得神功，驅去陰毒，但既給囚禁在這四周陡峯環繞的山谷之中，終究不能出去。幽谷中歲月正長，今日練成也好，明日練成也好，都無分別。就算練不成，總也是打發了無聊的日子。他存了這個成固欣然、敗亦可喜的念頭，一順自然，並不強求猛進，反而進展甚速，只短短四個月時光，便已將第一卷經書上所載的功夫盡數參詳領悟，依法練成。

練完第一卷經書後，屈指算來，胡青牛預計他毒發畢命之期早已過去，可是他身輕體健，但覺全身眞氣流動，全無病象，連以前時時發作的寒毒侵襲，也要時隔一月以上才偶有所感，而發作時也極輕微。不久便在第二卷的經文中讀到一句：「呼翕九陽，抱一含元，此書可名《九陽眞經》。」才知這果然便是太師父所念念不忘的眞經寶典，欣喜之餘，參習更勤。加之那白猿感他治病之德，常採了大蟠桃相贈，那也是健體補元之物。待得練到第二卷經書的一小半，體內陰毒已給驅得無影無蹤了。

張無忌每日除了練功，便與猿猴爲戲，倒也無憂無慮，自由自在。採摘到的果實，總是分了一半，從山洞的小通道中滾落給朱長齡，免他餓死。可是朱長齡局處於小小的一塊平台之上，當眞度日如年，一到冬季，遍山冰雪，寒風透骨，這份苦處更加難以形容。他雖不食煙火，清靜無擾，內功也甚有進境，不過他身處懸崖峭壁，心中想的卻是如何捉到張無忌，逼他引去殺害謝遜，搶得屠龍刀，成爲武林至尊，人人遵奉自己號令；處身雖靜，內心卻心猿意馬、神馳紅塵，終究練不成眞正上乘的內功。

張無忌練完第二卷經書，便已不畏寒暑。不過越練到後來，越艱深奧妙，進展也就越慢，第三卷整整花了一年時光，最後第四卷更練了三年多，方始功行圓滿。書末雖說尚有一個大關，方始大功告成，但這大關十分難通，他無人指點，不知如何方能通過，試了幾日無功，也就置之度外。

他幽居雪谷，至此時已五年有餘，從一個孩子長成爲身裁高大的青年。最後一兩年中，他有時興之所至，也偶然與衆猿猴攀援山壁，登高遙望，以他那時功力，若要逾峯出谷，已非難事，但想到世上人心陰險狠詐，不由得不寒而慄，心想在這美麗的山谷中直至老死，豈不甚好？只是有時憶及太師父及衆師伯叔，才興起出谷前赴武當的念頭。

這日午後，將四卷經書從頭至尾翻閱一遍，揭過最後一頁，見到眞經作者自述書寫眞經的經過。他不說自己姓名出身，只說一生爲儒爲道爲僧，無所適從，某日在嵩山鬥酒勝了全眞教創派祖師王重陽，得以借觀《九陰眞經》，雖深佩眞經中所載武功精微奧妙，但一味崇揚「老子之學」，只重以柔克剛、以陰勝陽，尙不及陰陽互濟之妙，於是在四卷梵文《楞伽經》的行縫之中，以中文寫下了自己所創的「九陽眞經」，自覺比之一味純陰的「九陰眞經」，更有陰陽調和、剛柔互濟的中和之道。張無忌掩卷思索，對這位高人不偏不倚的武學至理佩服得五體投地，心想：「這應稱爲《陰陽並濟經》，單稱《九陽眞經》以糾其枉，還是偏了。」

他在山洞左壁挖了個三尺來深的洞孔，將四卷九陽眞經、胡青牛的醫經、以及王難姑的毒經，一起包在從白猿腹中取出來的油布之中，埋在洞內，塡上了泥土。心想：「我從白猿腹中取得經書，那是極大的機緣，不知千百年後，是否又有人湊巧來到此處，得到這三部經書？」拾起一塊尖石，在山壁上劃下六個大字：「張無忌埋經處」。

他在練功之時，每日裏心有專注，絲毫不覺寂寞，這一日大功告成，心頭反覺空虛，兼之神功既成，膽氣登壯，暗想：「此時朱伯伯便要再來害我，我也已無懼於他，不妨去跟他說說話。」於是彎腰向洞裏鑽去。他進來時十五歲，身子尙小，出去時已二十歲，長大成人，卻鑽不過那狹窄的洞穴了。他吸一口氣，運起了縮骨功，全身骨骼擠攏，骨頭和骨頭之間的空隙縮小，輕輕易易的便鑽了過去。

朱長齡倚在石壁上睡得正酣，夢見自己得了屠龍寶刀，在家中大開筵席，廝役奔走，親朋趨奉，四方英雄齊來道賀，好不威風快活，突覺肩頭有人拍了幾下，一驚而醒，睜開眼來，只見一個高大的人影站在面前。朱長齡躍起身來，神智未曾十分清醒，叫道：「你……你……」

張無忌微笑道：「朱伯伯，是我，張無忌。」朱長齡又驚又喜，又惱又恨，向他瞧了良久，才道：「你長得這般高了。哼，怎地一直不出來跟我說話？不論我如何求你，你總不理？」張無忌微笑道：「我怕你給我苦頭吃。」

朱長齡右手倏出，施展擒拿手法，一把抓住了他肩頭，厲聲喝道：「怎麼今天卻不怕了？」突然間掌心炙熱，不由自主的手臂一震，便鬆手放開，自己胸口兀自隱隱生疼，嚇得退開三步，呆呆的瞪著他，問道：「你……你……這是甚麼功夫？」

張無忌練成了九陽神功之後，首次試用，沒料到竟有如斯威力。朱長齡乃一流高手，給他神功一震之下，不得不撤掌鬆指。他見朱長齡如此狼狽驚詫，心中自是得意，笑道：「這功夫還使得麼？」朱長齡心神未定，又問：「那……那是甚麼功夫？」張無忌道：「是九陽神功罷。」朱長齡吃了一驚，問道：「你怎麼練成的？」張無忌也不隱瞞，便將如何為白猿治病、如何從牠腹中取得經書、如何依法參習等情簡略說了。

這一番話只把朱長齡聽得又妒忌，又惱怒，心想：「我在這絕峯之上吃了五年多難以形容的苦頭，你這小子卻練成了奧妙無比的神功。」他也不想只因自己處心積慮的害人，才落得如此，又全不感激對方給他採摘了五年多果子，每日不斷，才養活他直至今日，但覺這小子過於幸運，自己卻太過倒霉，實在不公道之至，強忍怒氣，笑吟吟的道：「那部《九陽眞經》呢？給我見識一下成不成？」

張無忌心想：「給你瞧一瞧那也無妨，難道你一時三刻便記得了？」便道：「我已埋在洞內，明天拿來給你看罷。」朱長齡道：「你已長得這般高大，怎能過那洞穴？」張無忌道：「那洞穴也不太窄，縮著身子用力一擠，便這麼過來了。」朱長齡道：「你說我能擠得過去麼？」張無忌點頭道：「明兒咱們一起試試，洞裏地方很大，老是呆在這小小平台上，確實不好受。」他想自己運功揑他肩膀、胸部、臀部各處骨骼，當可助他通過洞穴。

朱長齡笑道：「小兄弟，你眞好，君子不念舊惡，從前我頗有對不起你之處，萬望你多多原諒。」說著深深一揖。張無忌急忙還禮，說道：「朱伯伯不必多禮，咱們明兒一起想法兒離開此處。」朱長齡大喜，問道：「你說能離開這兒麼？」張無忌道：「猿猴既能進出，咱們也便能夠。」朱長齡道：「那你爲甚麼不早出去？」

張無忌微微一笑，說道：「從前我不想到外面去，只怕給人欺侮，現下似乎不怕了，又想去瞧瞧我的太師父、師伯師叔他們。」朱長齡哈哈大笑，拍手道：「很好，很好！」退後了兩步，突然間身形一晃，「啊喲」一聲，踏了個空，從懸崖旁摔了下去。

他這一下樂極生悲，竟有此變故，張無忌大吃一驚，俯身到懸崖之外，叫道：「朱伯伯，你好嗎？」只聽下面傳來兩下低微的呻吟。張無忌大喜，心想：「幸好沒直摔下去，但不知受傷重不重？」聽呻吟之聲相距不過數丈，凝神看時，原來懸崖之下剛巧生著一株松樹，朱長齡的身子橫在樹幹之上，一動不動。張無忌瞧那形勢，躍下去將他抱上懸崖，憑著此時功力，當不爲難，吸一口氣，看準了那根如手臂般伸出的枝幹，輕輕躍下。

他足尖離那枝幹尙有半尺，突然之間，那枝幹竟倏地墮下，這一來空中絕無半點借力之處，饒是他練成了絕頂神功，但究竟人非飛鳥，如何能再回上崖來？心念如電光般一閃，立時省悟：「原來朱長齡又使奸計害我，他扳斷了樹枝，拿在手裏，等我快要著足之時，便鬆手拋下樹枝。」但這時明白已然遲了，身子筆直的墮了下去。

朱長齡在這方圓不過十數丈的小小平台上住了五年多，平台上的一草一木、一沙一石，無不熟知，他假裝摔跌受傷，料定張無忌心地仁善，定要躍下相救，果然奸計得逞，將他騙得墮下萬丈深谷。

朱長齡哈哈大笑，心道：「今日將這小子摔成一團肉泥，終於出了我心頭這五年多來的惡氣！」拉著松樹旁的長藤，躍回懸崖，心想：「我上次沒能擠過那個洞穴，定是心急之下用力太蠻，以致擠斷了肋骨。這小子身裁比我高大得多，他既能過來，我自然也能過去。我取得《九陽眞經》之後，從那邊覓路回家，日後練成神功，無敵於天下，豈不妙哉？哈哈，哈哈！」

他越想越得意，當即從洞穴中鑽了進去，沒爬得多遠，便到了五年前折骨之處。他心中只一個念頭：「這小子比我高大，他能鑽過，我當然更能鑽過。」想法原本不錯，只是有一點卻沒料到：「張無忌已練成了九陽神功中的縮骨之法。」

他平心靜氣，在那狹窄的洞穴之中，一寸一寸的向前挨去，他內功已然大進，果然比五年前又多挨了丈許，可是到得後來，不論他如何出力，要再向前半寸，也已絕難辦到。他知若使蠻勁，又要重蹈五年前的覆轍，勢必再擠斷幾根肋骨，於是定了定神，竭力呼出肺中存氣，果然身子又縮小了兩寸，再向前挨了三尺。可是肺中無氣，越來越窒悶，只覺一顆心跳得如同打鼓一般，幾欲暈去，知道不妙，只得先退出來再說。

那知進去時兩足撐在高低不平的山壁之上，邊撐邊進，出來時卻已無可借力。他進去時雙手過頂，以便縮小肩頭的尺寸，這時雙手給四周巖石束在頭頂，伸展不開，半點力氣也使不出。心中卻兀自在想：「這小子比我高大，他既能過去，我也必能夠過去。爲甚麼我竟給擠在這裏？眞正豈有此理！」

可是世上確有不少豈有此理之事，這個文才武功俱臻上乘、聰明機智算得是第一流人物的高手，從此便嵌在這窄窄的山洞之中，進也進不得，退也退不出。

張無忌又中朱長齡的奸計，從懸崖上直墮下去，霎時間自恨不已：「張無忌啊張無忌，你這小子忒煞無用。明知朱長齡奸詐無比，卻一見面便又上了他惡當，該死，該死！」他自罵該死，其實卻在奮力求生，體內眞氣流動，運勁向上縱躍，想要將下墮之勢稍爲減緩，著地時便不致跌得粉身碎骨。可是人在半空，虛虛晃晃，身不由己，全無半分著力處，但覺耳旁風聲不絕，頃刻之間，雙眼刺痛，地面上白雪的反光射進了目中。

他知生死之別，便繫於這一刻關頭，但見丈許之外有個大雪堆，這時自也無暇分辨到底是否雪地，還是一塊白色巖石，當即在空中連翻三個空心觔斗，向那雪堆撲去，身形斜斜劃了道弧線，稍卸下墮之勢，左足已點上雪堆，波的一聲，身子已陷入雪堆之中。他苦練了五年有餘的九陽神功便於此時發生威力，跟著右足也即使力，借著雪堆中所生的反彈之力，向上急縱，但從那萬尋懸崖上摔下來的這股力道何等凌厲，只覺腿上一陣劇痛，雙腿腿骨一齊折斷。

他受傷雖重，神智卻仍清醒，但見柴草紛飛，原來這大雪堆是農家所積的草堆，或作柴燒，或供牛馬冬糧，不禁暗叫：「好險，好險！倘若雪堆下不是柴草，卻是塊大石頭，我這一下子便一命嗚呼了。」

他雙腿劇痛，只得雙手使力，慢慢爬出柴堆，滾向雪地，再檢視自己腿傷，深深吸一口氣，伸手接好了折斷的腿骨，心想：「我躺著一動也不動，至少也得一個月方能行走。可是那也沒甚麼，至不濟是以手代足，總不會在這裏活生生餓死。」

又想：「這草堆明明是農家所積，附近必有人家。」他本想縱聲呼叫求援，但轉念一想：「世上惡人太多，我獨個兒躺在雪地中療傷，那也罷了，倘若叫得一個惡人來，反而糟糕。」便安安靜靜的躺在雪地，靜待腿骨折斷處慢慢愈合。

如此躺了三天，腹中餓得咕嚕咕嚕直響。他知接骨之初，最是動彈不得，若斷骨處稍有歪斜，一生便成跛子，因此始終硬撐，半分也不移動，當眞餓得耐不住了，便抓幾把雪團充飢。這三天中心裏只想：「從今以後，我在世上務必步步小心，決不可再上惡人的當。日後豈能再如此幸運，總能大難不死。」

到第四天晚間，他靜靜躺著用功，只覺心地空明，周身舒泰，腿傷雖重，所練的神功卻似又有進展。萬籟皆寂之中，猛聽得遠處傳來幾聲犬吠，跟著犬吠聲漸近，顯是有幾頭猛犬在追逐甚麼野獸。張無忌吃了一驚：「難道是朱九眞姊姊所養的惡犬麼？嗯，她那些猛犬都已給朱伯伯打死了……可是事隔多年，她又會養起來啊！」

凝目向雪地裏望去，只見有一人如飛奔來，身後三條大犬狂吠追趕。那人顯已筋疲力盡，跌跌撞撞，奔幾步便摔一交，但害怕惡犬的利齒銳爪，還是拚命奔跑。張無忌想起數年前自己身受羣犬圍攻之苦，不禁胸口熱血上湧。

他有心出手相救，苦於雙腿斷折，行走不得。驀地裏聽得那人長聲慘呼，摔倒在地，兩頭惡犬爬到他身上狠咬。張無忌怒叫：「惡狗，到這兒來！」那三條大犬聽得人聲，如飛撲至，嗅到張無忌並非熟人，站定了狂吠幾聲，撲上來便咬。張無忌伸出手指，在每頭猛犬的鼻子上一彈，三頭惡犬登時滾倒，立即斃命。他沒想到一彈指間便輕輕易易的殺斃三犬，對這九陽神功的威力不由得又驚又喜。

只聽得摔倒的那人呻吟聲微弱，便問：「這位大哥，你給狗子咬得很厲害麼？」那人道：「我……我……不成啦……我……」張無忌道：「我雙腿斷了，沒法行走。請你勉力爬過來，我瞧瞧你傷口。」那人道：「是……是……」氣喘吁吁的掙扎爬行，爬一段路，停一會兒，爬到離張無忌丈許之處，「啊」的一聲，伏在地下，再也不能動了。

兩人便隔著這麼遠，一個不能過去，另一個不能過來。張無忌道：「大哥，你傷在何處？」那人道：「我……胸口，肚子上……給惡狗咬破肚子，拉出了腸子。」張無忌大吃一驚，知道肚破腸出，再也不能活命，問道：「那些惡狗為甚麼追你？」那人道：「我……夜裏出來趕野豬，別……別讓踩壞了莊稼，見到朱家大小姐和……和一位公子爺在樹下說話，我不合走近去瞧瞧……我……唉！」一聲長嘆，再也沒聲息了。

他這番話雖沒說完，但張無忌也已猜了個八九不離十，多半是朱九眞和衛璧半夜出來私會，卻讓這鄉農撞見了，朱九眞便放惡犬咬死了他。正自氣惱，只聽得馬蹄聲響，有人連聲唿哨，正是朱九眞在呼召羣犬。

蹄聲漸近，兩騎馬馳了過來，馬上坐著一男一女。那女子突然叫道：「咦！怎地平西將軍牠們都死了？」說話的正是朱九眞。她所養的惡犬仍各擁將軍封號，與以前無異。和她並騎而來的正是衛璧。他縱身下馬，奇道：「有兩個人死在這裏！」

張無忌暗暗打定了主意：「他們若想過來害我，說不得，我下手可不能容情了。」

朱九眞見那鄉農肚破腸流，死狀可怖，張無忌則衣服破爛已達極點，蓬頭散髮，滿臉鬍子，躺在地下全不動彈，想來也早給狗子咬死了。她急欲與衛璧談情說愛，不願在這裏多所逗留，說道：「表哥，走罷！這兩個泥腿子臨死拚命，倒傷了我三名將軍。」拉轉馬頭，便向西馳去。衛璧見三犬齊死，心中微覺古怪，但見朱九眞馳馬走遠，不及細看，當即躍上馬背，跟了下去。

張無忌聽得朱九眞的嬌笑之聲遠遠傳來，心下只感惱怒，五年多前對她敬若天神，只要她小指頭兒指一指，就是要自己上刀山、下油鍋，也毫無猶豫，但今晚重見，不知如何，她對自己的魅力竟已消失得無影無蹤。張無忌只道是修習九陽眞經之功，又或因發覺了她性子的陰險奸惡，以致對她觀感大異，卻不知世間少年男女，大都有過如此胡裏胡塗的一段初戀，當時爲了一個異性廢寢忘食，生死以之，可是這段熱情來得快，去得也快，日後頭腦淸醒，對自己舊日的沉迷，往往不禁爲之啞然失笑。

其時他肚中餓得咕咕直響，只想撕下一條狗腿來生吃了，但惟恐朱九眞與衛璧轉眼重回，發覺他未死，又吃了她的大將軍，當然又要行兇，自己斷了雙腿，未必抵擋得了。

第二日早晨，一頭兀鷹見到地下的死人死狗，在空中盤旋了幾個圈子，便飛下來啄食。這鷹也是命中該死，好端端的死人死狗不吃，偏向張無忌臉上撲將下來。張無忌一伸手扭住兀鷹的頭頸，微一使勁便即捏死，喜道：「這當眞是天上飛下來的早飯。」拔去鷹毛，撕下鷹腿便大嚼起來，雖是生肉，但餓了四日，卻也吃得津津有味。一頭兀鷹沒吃完，第二頭又撲了下來。張無忌便以鷹血、鷹肉充飢，似覺較之生食死狗略爲文雅。

他躺在雪地之中養傷，靜待腿骨愈合。接連數日，曠野中竟沒一個人影。他身畔是三隻死狗，一個死人，好在隆冬嚴寒，屍體不腐，他又過慣了寂寞獨居的日子，也不以爲苦。

這日下午，他運了一遍內功，眼見天上兩頭兀鷹飛來飛去的盤旋，良久良久，始終不敢下擊。只見一頭兀鷹向下俯衝，離他身子約莫三尺，便即轉而上翔，身法轉折之間極是美妙。他忽然心想：「這一下轉折，如能用在武功之中，襲擊敵人時對方固不易防備，即令一擊不中，飄然遠颺，敵人也極難還手。」

他所練的九陽眞經純係內功與武學要旨，沒半招攻防的招數。因此當年覺遠大師雖練就一身神功，受到瀟湘子和何足道攻擊時卻毛手毛腳，絲毫不會抵禦；張三丰也要楊過當面傳授四招，才能和尹克西放對。張無忌從小便學過武功，根柢遠勝於覺遠及張三丰幼時，但謝遜所傳授他的，卻主要是拳術的訣竅，並非一招一式的實用法門。張無忌此時自已明白了義父的苦心，義父一身武功博大精深，若循序漸進的傳授拆解，便教上二十年也未必教得完，眼見相聚時日無多，只有教他牢牢記住一切上乘武術的要訣，日後自行體會領悟。張無忌眞正學過的拳術，只父親在木筏上所教而拆解過的三十二勢「武當長拳」。他知此後除了繼續參習九陽神功、更求精進之外，便是設法將已練成的上乘內功融入謝遜所授的武術之中，因之每見飛花落地，怪樹撐天，以及鳥獸之動，風雲之變，往往便想到武功招數上去。

這時只盼空中的兀鷹盤旋往復，多現幾種姿態，正看得出神，忽聽得遠處有人在雪地中走來，腳步細碎，似是個女子。

張無忌轉過頭去，只見一個女子手提竹籃，快步走近。她見到雪地中的人屍犬屍，「咦」的一聲，愕然停步。

張無忌凝目看時，見是個十七八歲的少女，荊釵布裙，是個鄉村貧女，面容黝黑，臉上肌膚浮腫，凹凹凸凸，甚爲醜陋，一對眸子卻頗有神采，身材也苗條纖秀。

那少女走近一步，見張無忌睜眼瞧著她，微微一驚，道：「你……你沒死麼？」張無忌道：「好像沒死。」一個問得不通，一個答得有趣，兩人一想，都忍不住笑了。

那少女笑道：「你既不死，躺在這裏一動也不動的幹甚麼？倒嚇了我一跳。」張無忌道：「嚇到了你，可對不住啦！我從山上摔下來，把兩條腿都跌斷了，只好在這裏躺著。」那少女問道：「這人是你同伴麼？怎麼又有三條死狗？」張無忌道：「這三隻狗惡得緊，咬死了這個大哥，可是自己也變成了死狗。」那少女道：「你躺在這裏怎麼辦？肚子餓嗎？」張無忌道：「自然是餓的，可是我動不得，只好聽天由命。」

那少女微微一笑，從籃中取出兩個麥餅，遞了給他。張無忌道：「多謝姑娘。」接了過來，卻不便吃。那少女道：「你怕我的餅中有毒嗎？幹麼不吃？」

張無忌於這五年多時日之中，只偶爾和朱長齡隔著山洞對答幾句，當眞絕無意味，此外從未得有機緣和人說上一言半語，這時見那少女容貌雖醜，說話卻甚風趣，心中歡喜，便道：「是姑娘給我的餅子，我捨不得吃。」這句話已有幾分調笑之意，他向來誠厚，從不油腔滑調，但在這少女面前，心中輕鬆自在，這話不知不覺的便衝口而出。

那少女聽了，臉上忽現怒色，哼了一聲。張無忌心下大悔，忙拿起餅子便咬，吃得慌張，竟哽在喉頭，咳嗽起來。那少女轉怒爲喜，說道：「謝天謝地，嗆死了你！你這醜八怪不是好人，難怪老天爺要罰你啊。怎麼誰都不摔斷狗腿，偏生是你摔斷呢？」

張無忌心想：「我五年多不修髮剃面，自是個醜八怪，可是你也不見得美到那裏去，咱們半斤八兩，大哥別說二哥。」但這番話卻無論如何不敢出口了，一本正經的道：「我已在這裏躺了九天，好容易見到姑娘經過，你又給我餅吃，眞多謝了。」那少女抿嘴笑道：「我問你啊，怎地誰都不摔斷狗腿，偏生是你摔斷呢？你不回答，我就把餅子搶回去。」

張無忌見她這麼淺淺一笑，眼睛中流露出十分狡譎的神色，心中不禁一震：「她這眼光可多麼像媽。媽臨去世時欺騙那少林寺的老和尚，眼中就是這麼一副神氣。」想到這裏，忍不住熱淚盈眶，跟著眼淚便流了下來。

那少女「呸」了一聲，道：「我不搶你的餅子就是了，也用不著哭。原來是個沒用的傻瓜。」張無忌道：「我又不希罕你的餅子，只是我自己想起了一件心事。」那少女本已轉身，走出兩步，聽了這句話，轉過頭來，說道：「甚麼心事？你這傻頭傻腦的傢伙，也會有心事麼？」張無忌嘆了口氣，道：「我想起了媽媽，我去世的媽媽。」

那少女噗哧一笑，道：「以前你媽媽常給你餅吃，是不是？」張無忌道：「我媽以前常給我餅吃的，不過我所以想起她，是因爲你笑的時候，很像我媽。」那少女怒道：「死鬼！我很老了麼？老得像你媽了？」說著從地下拾起一根柴枝，在張無忌身上抽了兩下。張無忌要奪下她手中柴枝，自是容易，但想：「她不知我媽年輕貌美，只道是跟我一般的醜八怪，也難怪她發怒。」由得她打了兩下，說道：「我媽去世的時候，相貌是很好看的。」

那少女板著臉道：「你取笑我生得醜，不想活了？我拉斷你的腿！」說著彎下腰去，作勢要拉他的腿。張無忌吃了一驚，自己腿上斷骨剛起始愈合，給她一拉那便前功盡棄，忙抓了一團雪，只要那少女的雙手碰到自己腿上，立時便打她眉心穴道，叫她當場昏暈。

幸好那少女只嚇他一下，見他神色大變，說道：「瞧你嚇成這副樣子！誰叫你取笑我了？」張無忌道：「我若存心取笑姑娘，教我這雙腿好了之後，再跌斷三次，永遠好不了，終生做個瘸子。」那少女嘻嘻一笑，道：「那就罷了！」在他身旁坐下，說道：「你媽既是個美人，怎地拿我來比她？難道我也好看麼？」張無忌一呆，道：「我也說不上甚麼緣故，只覺得你有些像我媽。你雖沒我媽好看，可是我喜歡看你。」

那少女彎過中指，用指節輕輕在他額頭上敲了兩下，笑道：「乖兒子，那你叫我媽罷！」說了這兩句話，登時覺得不雅，按住了口轉過頭去，但仍忍不住笑出聲來。張無忌瞧著她這副神情，依稀記得在冰火島上之時，媽媽跟爸爸說笑，活脫也是這模樣，霎時間只覺這醜女清雅嫵媚，風致嫣然，一點也不醜了，怔怔的瞧著她，不由得痴了。

那少女回過頭來，見到他這副獃相，笑道：「你為甚麼喜歡看我？且說來聽聽。」張無忌呆了半晌，搖了搖頭，道：「我說不上來。我只覺得瞧著你時，心中很舒服，很平安，你只會待我好，不會欺侮我、害我！」

那少女笑道：「哈哈，你全想錯了，我生平最喜歡害人。」突然提起手中柴枝，在他斷腿上敲了兩下，跳起身來便走。這兩下出手奇快，正好敲在他斷骨的傷處，這一下出其不意，張無忌大聲呼痛：「哎喲！」只聽得那少女格格嘻笑，回過頭來扮了個鬼臉。

張無忌眼望著她漸漸遠去，斷腿處疼痛難熬，心道：「原來女子都是害人精，美麗的會害人，難看的也一樣叫我吃苦。」

這一晚睡夢之中，他幾次夢見那少女，又幾次夢見母親，又有幾次，竟分不出到底是母親還是那少女。他瞧不清夢中那臉龐是美是醜，只見到那澄澈的眼睛，又狡獪又嫵媚的望著自己。他夢到了兒時的往事，母親也常常捉弄他，故意伸足絆他跌一交，等到他摔痛了哭將起來，母親又抱著他不住親吻，不住說：「乖兒子別哭，媽媽疼你！」

他突然醒轉，腦海中猛地裏出現了一些從來沒想到過的疑團：「媽媽爲甚麼這般喜歡讓人受苦？義父的眼睛是她打瞎的，俞三師伯是傷在她手下以致殘廢的，臨安府龍門鏢局全家是她殺的。媽到底是好人呢，還是壞人？」望著天空中不住眨眼的星星，過了良久良久，嘆了一口氣，說道：「不管她是好人壞人，她是我媽媽。」心想：「要是媽媽還活在世上，可不知眞有多好！」

他又想到了那個村女，眞不明白她爲甚麼莫名其妙的來打自己斷腿。「我一點也沒得罪她，爲甚麼要我痛得大叫，她才高興？難道她眞的喜歡害人？」很想她再來，但又怕她再使甚麼法兒加害自己。摸到身邊那吃了一半的餅子，想起那村女說話的神情：「你媽既是個美人，怎地拿我來比她？難道我也好看麼？」忍不住自言自語：「你好看的，我愛看你。」

這般胡思亂想的躺了兩日，那村女並沒再來，張無忌心想她是永遠不會來了。那知到第三天下午，那村女挽著竹籃，從山坡後轉了出來，笑道：「醜八怪，你還沒餓死麼？」

張無忌笑道：「餓死了一大半，剩下一小半還活著。」那少女笑嘻嘻的坐在他身旁，忽然伸足在他斷腿上踢了一腳，問道：「這一半是死的還是活的？」張無忌大叫：「哎喲！你這人怎麼這樣沒良心？」那少女道：「甚麼沒良心？你待我有甚麼好？」張無忌一怔，道：「你大前天打得我好痛，可是我沒恨你，這兩天來，我常常在想你。」

那少女臉上一紅，便要發怒，但強行忍住，說道：「誰要你這醜八怪想？你想我多半沒好事，定是肚子裏罵我又醜又惡。」張無忌道：「你並不醜，可是為甚麼定要害得人家吃苦，你才歡喜？」那少女格格笑道：「別人不苦，怎顯得出我心中歡喜？」

她見張無忌一臉不以為然的神色，又見他手中拿著吃剩的半塊餅子，相隔三天，居然還沒吃完，說道：「這塊餅一直留到這時候，味道不好麼？」張無忌道：「是姑娘給我的餅子，我捨不得吃。」他在三天前說這句話時，有一半意存調笑，但這時卻說得甚是誠懇。

那少女知他所言非虛，微覺害羞，道：「我帶了新鮮的餅子來啦。」說著從籃中取了許多食物出來，餅子之外，又有一隻燒鷄，一條烤羊腿。張無忌大喜，五年多來在翠谷中無鹽食魚，炙鷄半生不熟，而斷腿之後，淨吃生鷹肉，血淋淋的又腥又韌，這鷄燒得香噴噴地，拿著還有些燙手，入口當真美味無窮。

那少女見他吃得香甜，笑吟吟抱膝坐著，說道：「醜八怪，你吃得開心，我瞧著倒也好玩。我對你似乎有點兒不同，用不著害你，也能教我歡喜。」

張無忌道：「人家高興，你也高興，那才是眞高興啊。」那少女冷笑道：「哼！我跟你說在前頭，這時候我心裏高興，就不來害你。那一天心中不高興了，說不定會整治得你死不了、活不成，那時候你可別怪我。」張無忌搖頭道：「我從小給壞人整治到大，越是整治，越是硬朗。」那少女冷笑道：「別把話說得滿了，咱們走著瞧罷。」

張無忌道：「待我腿傷好了，我便走得遠遠的，你就想折磨我、害我，也找不到我了。」那少女道：「那麼我先斬斷了你的腿，叫你一輩子不能離開我。」張無忌聽到她冷冰冰的聲音，不由得打了個寒噤，相信她說得出做得到，這兩句話絕非隨口說說而已。

那少女向他凝視半晌，嘆了口氣，忽然臉色一變，說道：「你配麼？醜八怪！你也配給我斬斷你的狗腿麼？」驀地站起身來，搶過他沒吃完的燒鷄、羊腿、麥餅，遠遠擲了出去，一口口唾沫向他臉上吐去。

張無忌怔怔的瞧著她，只覺她並非發怒，也不是輕賤自己，卻是滿臉慘悽之色，顯是心中說不出的悲傷難受。他有心想勸慰幾句，一時之間卻想不出適當言辭。

那村女見他這般神氣，突然住口，喝道：「醜八怪，你心裏在想甚麼？」張無忌道：「姑娘，你心裏爲甚麼這般難受？說給我聽聽，成不成？」那少女聽了他如此溫柔的說話，再也沒法矜持，驀地裏坐倒在他身旁，手抱著頭，嗚嗚咽咽的哭了起來。

張無忌見她肩頭起伏，纖腰如蜂，楚楚可憐，低聲道：「姑娘，是誰欺侮你了？等我腿傷好了之後，我去給你出氣。」那少女一時止不住哭，過了一會才道：「沒人欺侮我，是我生來命苦。我自己又不好，心裏想著一個人，總放他不下。」

張無忌點點頭，道：「是個年輕男子，是不是？他待你很兇狠罷？」那少女道：「不錯！他生得很英俊，可是驕傲得很。我要他跟著我去，一輩子跟我在一起，他不肯，那也罷了，那知還罵我、打我，將我咬得身上鮮血淋漓。」張無忌怒道：「這人如此蠻橫無理，姑娘以後再也別理他了。」那少女流淚道：「可……可是我心裏總放他不下啊，他遠遠避開我，我到處找他不著。」

張無忌心想：「這些男女間的情愛之事，當眞勉強不得。這位姑娘容貌雖差些，但顯是個至性至情之人。她脾氣有點兒古怪，那也是爲了心下傷痛、失意過甚的緣故。想不到那男子對她竟如此心狠！」柔聲道：「姑娘，你也不用難過了，天下好男子有的是，又何必牽掛這個沒良心的惡漢？」

那少女嘆了口長氣，眼望遠處，呆呆出神。張無忌知她終是忘不了意中的情郎，說道：「那男子不過罵你打你，可是我所遭之慘，卻又勝於姑娘十倍了。」那少女道：

「怎麼啦？你受了一個美麗姑娘的騙麼？」張無忌道：「本來，她也不是有意騙我，只是我自己獃頭獃腦，見她生得美麗，就呆呆的瞧她。其實我又怎配得上她？我心中也從來沒存甚麼妄想。但她和她爹爹暗中卻擺下了毒計，害得我慘不可言。」說著拉起衣袖，指著臂膀上的累累傷痕，道：「這些牙齒印，都是她所養的惡狗咬的。」

那少女見到這許多傷疤，勃然大怒，說道：「是朱九眞這賤丫頭害你的麼？」張無忌奇道：「你怎知道？」那少女道：「這賤丫頭愛養惡犬，方圓數百里之內，人人皆知。」

張無忌點點頭，淡然道：「是朱九眞朱姑娘。但這些傷早好了，我早已不痛了，幸好性命還活著，也不必再恨她了。」那少女向他凝視半晌，見他臉上神色平淡沖和，閒適自在，頗有些奇怪，問道：「你叫甚麼名字？爲甚麼到這兒來？」

張無忌尋思：「我自到中土，人人立時向我打聽義父的下落，威逼誘騙，無所不用其極，以致我吃盡了苦頭。從今以後，『張無忌』這人算是死了，世上再沒人知道金毛獅王謝遜的所在了。就算日後再遇上比朱長齡更厲害十倍之人，也不怕落入他圈套，以致無意中害了義父。」要取名字，登時想到了胡青牛，隨口道：「我叫阿牛。」那少女微微一笑，問道：「姓甚麼？」張無忌心道：「我說姓張、姓殷、姓謝都不好，『張』和『殷』兩個字的切音是『曾』字。」便道：「我姓曾。姑娘貴姓？」

那少女身子一震，道：「我沒姓。」隔了片刻，緩緩的道：「我親生爹爹不要我，見到我就會殺我，我怎能姓爹爹的姓？我媽媽是我害死的，我也不能姓她的姓。我生得醜，你叫我醜姑娘便了。」張無忌驚道：「你……你害死你媽媽？那怎麼會？」

那少女嘆了口氣，說道：「這件事說來話長。我親生的媽媽是我爹爹原配，一直沒生兒養女，爹爹便娶了二娘。二娘生了我兩個哥哥，爹爹就很寵愛她。媽後來生了我，偏生又是個女兒。二娘恃著爹爹寵愛，我媽常受她欺壓。我兩個哥哥又厲害得很，幫著他們親娘欺侮我媽。我媽只有偷偷哭泣。你說，我怎麼辦呢？」張無忌道：「你爹爹該當秉公調處才是啊。」那少女道：「就因我爹爹一味袒護二娘，我才氣不過了，一刀殺了二娘。」

張無忌「啊」的一聲，大是驚訝。他想武林中人鬥毆殺人，原也尋常，可是連這個村女居然也動刀子殺人，卻頗出意料之外。

那少女道：「我媽見我闖下了大禍，護著我立刻逃走。但我兩個哥哥跟著追來，要捉我回去。我媽阻攔不住，爲了救我，便抹脖子自盡了。你說，我媽的性命不是我害的麼？我爸爸見到我，不是非殺我不可麼？」她說著這件事時聲調平淡，絲毫不見激動。

張無忌卻聽得心中怦怦亂跳，自忖：「我雖不幸父母雙亡，可是我爹爹媽媽生時何等恩愛，對我多麼憐惜，比之這位姑娘的遭遇，我卻又幸運萬倍了。」想到這裏，對那少女同情之心更甚，柔聲道：「你離家很久了麼？這些時候便獨個兒在外邊？」那少女點點頭。張無忌又問：「你想到那兒去？」那少女道：「我也不知道，世界很大，東面走走，西面走走。只要不碰到我爹爹和哥哥，也沒甚麼。」

張無忌心中突興同病相憐之感，說道：「等我腿好之後，我陪你去找那位……那位大哥。問他到底對你怎樣。」

那少女道：「倘若他又來打我咬我呢？」張無忌昂然道：「哼，他敢碰你一根寒毛，我決計不和他干休！」那少女道：「要是他對我不理不睬，話也不肯說一句呢？」張無忌啞口無言，心想自己武功再強，也不能硬要一個男子來愛他心所不喜的女子，呆了半晌，道：「我盡力而爲。」那少女突然哈哈大笑，前仰後合，似是聽到了最可笑不過的笑話。

張無忌奇道：「甚麼好笑？」那少女笑道：「醜八怪，你是甚麼東西？人家會來聽你的話麼？再說，我到處找他，不見影蹤，也不知這會兒他是活著還是死了。你盡力而爲，你有甚麼本事？哈哈，哈哈！」

張無忌一句話本已到了口邊，但給她這麼一笑，登時脹紅了臉，說不出口。那少女見他囁囁嚅嚅，便停了笑，問道：「你要說甚麼？」張無忌道：「你笑我，我便不說了。」那少女冷冷的道：「哼，笑也笑過了，最多不過是再給我笑一場，還會笑死人麼？」張無忌大聲道：「我對你是一片好心，你不該如此笑我。」那少女道：「我問你，你本來要跟我說甚麼話？」

張無忌道：「你孤苦伶仃，無家可歸，我跟你也是一般。我爹爹媽媽都死了，也沒兄弟姊妹。我本想跟你說，那個惡人倘若仍然不理你，咱們不妨一塊作個伴兒，我也可陪著你說話解悶。但你既說我不配，我自然不敢說了。」那少女怒道：「你當然不配！那個惡人比你好看一百倍，聰明一百倍。我在這兒跟你歪纏，儘說些廢話，眞是倒霉。」說著將掉在雪地中的羊腿燒鷄一陣亂踢，掩面疾奔而去。

受了這麼一頓好沒來由的排揎，張無忌卻不生氣，心道：「這姑娘眞可憐，她心中挺不好過，原也難怪。」

忽見那少女又奔回來，惡狠狠的道：「醜八怪，你心裏一定不服氣，說我相貌這般醜陋，居然還瞧你不起，是不是？」張無忌搖頭道：「不是的。你相貌不很好看，我才跟你一見投緣，倘若你沒變醜，仍像從前那樣……」

那少女突然驚呼：「你……你怎知我從前不是這樣子的？」張無忌道：「今日你的臉，比上次我見到你時又腫得厲害了些，皮色也更黑了些。那不會生來便這樣的。」那少女驚道：「我……我這幾天不敢照鏡子。你說我越來越難看了？」

張無忌柔聲道：「一個人只要心地好，相貌美醜有甚麼干係？我媽跟我說，越是美貌的女子，良心越壞，越會騙人，叫我要加意小心提防。」那少女那有心思理會他媽媽說過甚麼話，急道：「我問你啊，你上次見我時，我還沒變得這般醜怪，是不是？」

張無忌知道倘若答應了一個「是」字，她必傷心難受，只怔怔的望著她，心中充滿了同情憐憫。那少女見到他臉上神色，早料到他所要回答的是甚麼話，掩面哭道：「醜八怪，我恨你，我恨你！」狂奔而去。這一次卻不再回轉了。

張無忌又躺了兩天。晚上有頭野狼邊爬邊嗅，走近身來。張無忌一拳便將狼打死了。這野狼覓食不得，反而做了他肚中的食料。

過了數日，他腿傷已愈合大半，大約再過得十來天便可起立行走，心想那村女這一去之後從此不會再來，只可惜連她名字也不知道，又想：「她容貌何以會越變越醜，倒令人猜想不透。」想了半日難以明白，也就不再去想，迷迷糊糊的便睡著了。

睡到半夜，睡夢中忽聽得遠處有幾人踏雪而來。他立時便驚醒了，坐起身來，向腳步聲來處望去。這晚新月如眉，淡淡月光之下，見共有七人走來，當先一人身形婀娜，似乎便是那村女。待那七人漸漸行近，這人果然是那容貌醜陋的少女，可是她身後的六人卻散成扇形，似是防她逃走。張無忌微覺驚訝，心道：「難道她給爹爹和哥哥們追上了？」

他轉念未定，那少女和她身後六人已然走近。張無忌一看之下，這一驚更加非同小可，原來那六人他無一不識，左邊是武青嬰、武烈、衛璧，右邊是何太沖、班淑嫻夫婦，最右邊是個中年女子，面目依稀相識，卻是峨嵋派的丁敏君。

張無忌大奇：「她怎麼跟這些人都相識？難道她也是武林中人，識破了我本來面目，便引他們來拿我，逼問我義父的下落？」想到此處，心下更無懷疑，不禁氣惱之極：「我和你無冤無仇，你卻也來加害於我！」尋思：「眼下我雙足不能動彈，這六人沒一個是弱者，說不定這村女的武功也強。我姑且屈服敷衍，答應帶他們去找我義父。待得雙腿養好了傷，再慢慢想法子跟他們算帳。」

若在五年之前，他只是將性命豁出去不要而已，任由對方如何加刑威逼，總咬緊牙關不說，但此時一來年紀大了，心智已開，二來練成九陽眞經後內功既長，自能神清心定，遇到危難時能沉著應付。只是沒想到那村女居然也會背負自己，憤慨之中，不自禁的有些傷心，索性躺在地下，曲臂作枕，不去理會這七人。

那村女走到他身前，向著他靜靜瞧了半晌，隔了良久，慢慢轉過身去。張無忌聽到她嘆息一聲，聲音極輕，卻充滿了哀傷之意。他心下冷笑：「你心中打的不知是甚麼惡毒主意，卻又何必假惺惺的可憐我？」

只見衛璧將手中長劍一擺，冷笑道：「你說臨死之前，定要去和一個人見上一面，我道必是個貌如潘安的英俊少年，卻原來是這麼個醜八怪，哈哈，好笑啊好笑！這人和你果然是天生一雙，地生一對。」

那村女毫不生氣，只淡淡的道：「不錯，我臨死之前，要來再瞧他一眼，因爲我要明明白白的問他一句話。我聽了之後，方能死得瞑目。」

張無忌大奇，全不明白兩人的話是何意思。那村女對著他說道：「我有一句話問你，你須得老老實實回答。」張無忌道：「是我自己的事，自可明白相告。是旁人的事，可沒這麼容易就說。」料想那村女要問謝遜的所在，他已打好了主意跟他們敷衍，沒把言語說得決絕了，似有商量餘地。

那村女道：「旁人的事，要我操甚麼心？我問你：那一天你跟我說，咱兩人都孤苦伶仃，無家可歸，你願意跟我作伴。你這句話確是出於眞心麼？」

張無忌一聽，大出意料之外，當即坐起，見她眼光中又露出那哀傷的神色，便道：「我自是眞心的。」那村女道：「你當眞不嫌我容貌醜陋，願意和我一輩子廝守？」張無忌一怔，這「一輩子廝守」五個字，他心中可從來沒想到過，但見到她這般淒然欲泣的神情，大感不忍，便道：「甚麼醜不醜，美不美，我半點也不放在心上，你如要我陪伴你說笑談心，只要你不嫌棄，我自然也很喜歡。但你如想騙我說……」

那村女顫聲問道：「那麼你是願意娶我爲妻了？」張無忌身子一震，半晌說不出話來，喃喃道：「我……我沒想過……娶妻子……」

何太沖等六人同時哈哈大笑。衛璧笑道：「連這麼一個醜八怪的鄉巴佬也不要你，我們便不殺你，你活在世上有甚麼味兒？還不如就在石頭上撞死了罷。」

張無忌聽了六人的譏笑和衛璧的說話，登時便知那村女和這六人並非一路，似乎衛璧等人立時便要殺她，想到那村女並非引人來加害自己，心中感到一陣溫暖。只見她低下了頭，淚水一滴滴的流了下來，顯是心中悲傷無比，只不知是為了命在頃刻，是為了容貌醜陋，還是為了衛璧那利刃般的諷刺譏嘲？他心中大為感動，想起自己父母雙亡之後，顛沛流離，不知受了人家多少欺侮，這村女煢煢弱質，年紀比自己小，身世比自己更加不幸，這時候不知何以巴巴的來問這句話，焉可令她傷心落淚、受人折辱？又何況她這般相問，自是誠心委身。「我一生之中，除了父母、義父、以及太師父、衆位師伯叔，有誰是這般眞心的關懷過我？我日後好好待她，她也好好待我，兩個人相依為命，有甚麼不好？」見她身子顫抖，便要走開，當即伸手握住了她右手，大聲道：「姑娘，我誠心誠意，願娶你為妻，只盼你別說我不配。」

那少女聽了這話，眼中登時射出極明亮的光采，低低的道：「阿牛哥哥，你這話不是騙我麼？」張無忌道：「我自然不騙你。從今而後，我會盡力愛護你，照顧你，不論有多少人來跟你為難，不論有多麼厲害的人來欺侮你，我寧可自己性命不要，也要保護你周全。我要讓你心裏快活，忘了從前的種種苦處。」

那村女坐下地來，倚在他身旁，又握住了他另一隻手，柔聲道：「你肯這般待我，我真快活。」閉上雙眼，道：「你再說一遍給我聽，我要每個字都記在心裏。你說啊，你要怎樣待我？」張無忌見她歡喜之極，也自欣慰，握著她一雙小手，只覺柔膩滑嫩，溫軟如綿，說道：「我要讓你心裏快活，忘了從前的苦處，不論有多少人欺侮你，跟你爲難，我寧可自己性命不要，也要保護你周全。」

那村女臉露甜笑，靠在他胸前，柔聲道：「從前我叫你跟著我去，你非但不肯，還打我、罵我、咬我……現下你跟我這般說，我眞歡喜。」張無忌聽了這幾句話，心中登時涼了，原來這村女閉著眼睛聽自己說話，卻把他幻想作她心目中的情郎。

那村女只覺得他身子一顫，睜開眼來，只向他瞧了一眼，她臉上神色登時便變了，顯得又失望，又氣憤，但隨即帶上幾分歉疚和柔情。她定了定神，說道：「阿牛哥哥，你願娶我爲妻，似我這般醜陋的女子，你竟不嫌棄，我很感激。可是早在幾年之前，我的心早就屬於旁人了。那時候他尚且不睬我，這時見我如此，更加連眼角也不會掃我一眼。這個狠心短命的小鬼啊……」她雖罵那人爲「狠心短命的小鬼」，可是罵聲之中，仍充滿不勝眷戀低徊之情。

武靑嬰冷冷的道：「他肯娶你爲妻了，情話也說完啦，可以起來了罷？」

那村女慢慢站起身來，對張無忌道：「阿牛哥哥，我快死了。就是不死，我也決不能嫁你。但是我很喜歡聽你剛才跟我說過的話。你別惱我，有空的時候，便想我一會兒。」這幾句話說得很溫柔，很甜蜜。張無忌忍不住心中一酸。

只聽得班淑嫻嘶啞著嗓子道：「我們已如你所願，讓你跟這人見面一次。你也當言而有信，將那人的下落說了出來。」那村女道：「好！我知道那人曾經藏在他家裏。」說著伸手向武烈一指。武烈臉色微變，哼了一聲，喝道：「瞎說八道！」

衛璧怒道：「快老老實實說出來，你殺我表妹，到底是受了何人指使？」張無忌這一驚當眞非同小可，顫聲道：「殺了朱……朱九眞姑娘？」衛璧瞪了他一眼，惡狠狠的道：「你也知朱九眞姑娘？」張無忌道：「雪嶺雙姝大名鼎鼎，誰沒聽見過？」

武青嬰嘴角邊掠過一絲笑意，向那村女大聲道：「喂，你到底是受了誰的指使？」

那村女道：「指使我來殺朱九眞的，是崑崙派何太沖夫婦，峨嵋派的滅絕師太。」

武烈大喝：「你妄想挑撥離間，又有何用？」呼的一掌，向那村女拍去。他這一喝威風凜凜，掌隨聲出，掌力只激得地下雪花飛舞。那村女閃身避過，身法奇特。

張無忌心下一片混亂：「她……她當眞是武林中人。她去殺了朱九眞，那自是為了我。我說受了朱姑娘的騙，給她所養的惡犬咬得遍體鱗傷，我可沒要她去殺人啊。我只道她因為相貌變醜，家事變故，以致脾氣古怪，那知竟也動不動便殺人。」

衛璧和武青嬰各持長劍左右夾擊，那村女東閃西竄，儘只避開武烈雄渾的掌力，突然間纖腰扭動，轉到了武青嬰身側，啪的一聲，打了她一記耳光，左手探處，已搶過了她手中長劍。武烈和衛璧大驚，雙雙來救。那村女長劍顫動，叫聲：「著！」已在武青嬰的臉頰上劃了條血痕。武青嬰一聲驚呼，向後便倒，其實她受傷甚輕，但她愛惜容貌，只覺臉上刺痛，便已心驚膽戰。

武烈左手揮掌向那村女按去。那村女斜身閃避，叮噹聲響，手中長劍和衛璧的長劍相交。就在此時，武烈右手食指顫動，已點中了她左腿外側的「伏兔」、「風市」兩穴。那村女出聲輕哼，立足不定，倒在張無忌身上，但覺全身暖洋洋地，半點力氣也使不出來，便是想抬一根手指，也宛似有千斤之重。

武青嬰舉起長劍，恨恨的道：「醜丫頭，我卻不讓你痛痛快快的死，只斬斷你兩手兩腿，讓你在這裏餵狼。」一揮劍便向那村女的右臂砍落。武烈道：「且慢！」伸手在女兒手腕上一帶，將她這一劍引開了，對那村女道：「你說出指使你的人來，便給你一個痛快的。否則的話，哼哼！我瞧你斷了四肢，在雪地裏滾來滾去，也不大好受罷。」

那村女微笑道：「你既定要我說，我也沒法再瞞了。朱九真姑娘要嫁給一個男子，另外一個美貌姑娘也要嫁這人，那個美貌姑娘便給了我五百兩銀子，要我去殺了朱九真。這件事我本要嚴守秘密……」她還待說下去，武青嬰已氣得花容失色，手腕直送，挺劍往那村女心窩中刺去。

那村女鑑貌辨色，早猜到了武青嬰和衛璧、朱九真三人之間的尷尬情形。她如此激怒武青嬰，正是要她爽爽快快的將自己一劍刺死，但見青光閃動，長劍已到心口。

突然之間，一物無聲無息的飛來，撞上長劍。呼的聲響，長劍飛了出去，直飛出十餘丈外方才落地。黑暗中誰也沒看清楚武青嬰的兵刃如何脫手，但這劍以如此勁道飛出，便是要她自己用力投擲，也決計沒法做到，顯然那村女已到了強援。

六人一驚之下，都退了幾步，回頭察看。四下裏地勢開闊，並無山石叢林可以藏身，一眼望出去半個人影也無，六人面面相覷，驚疑不定。武烈低聲問道：「青兒，怎麼啦？」武青嬰道：「似乎是甚麼極厲害的暗器，將我的劍震飛了。」

武烈遊目四顧，確實不見有人，哼了一聲，道：「便是這丫頭弄鬼。」心中暗暗奇怪：「她明明已中了我的一陽指，怎地尚能有力震飛青兒長劍？這丫頭的武功當眞邪門。」踏步上前，舉掌往那村女左肩拍去。這一掌運勁雄猛，要拍碎她肩骨，令她武功全失，再由女兒來稱心擺弄。

眼看那村女便要肩骨粉碎，驀地裏她左掌翻將上來，雙掌相交，武烈胸口陡熱，但覺對方的掌力猶似狂風怒潮般湧至，勢不可當，「啊」的一聲大叫，身子飛起，砰的大響，摔了出去。總算他武功了得，背脊著地後立即躍起，但胸腹間熱血翻湧，頭暈眼花，身子剛站直，待欲調勻氣息，立足不定，又俯身跌倒。

衛璧和武青嬰大驚，急忙搶上扶起。忽聽得何太沖道：「讓他多躺一會！」武青嬰回過頭來，怒道：「你說甚麼？」心想：「爹爹受了敵人暗算，你卻幸災樂禍，反來譏嘲。」何太沖道：「氣血翻湧，靜臥從容。」衛璧登時省悟，道：「是！」輕輕將師父放回地下。

何太沖和班淑嫻對望一眼，大為詫異，他們都和那村女動過手，覺得她招術精妙，果有過人之處，然內力卻只平平，可是適才和武烈對這一掌，明明是以世所罕有的內力將他震倒，委實令人大惑不解。

那村女心中，卻更加詫異萬分。她讓武烈點倒後，倒在張無忌懷中動彈不得，眼看武青嬰揮劍刺到，突然有物飛來，震開長劍，跟著忽有一股火炭般的熱氣透入自己兩腿，衝向「伏兔」和「風市」兩穴，登時將受封的穴道解開了。她全身劇震，低頭看時，只見張無忌雙手握住自己兩腳足踝，熱氣源源不絕的從「懸鐘穴」中湧入體內。這當兒變化快極，未及細思，武烈的一掌已拍了下來。她隨手抵禦，本是拚著手腕折斷，勝於肩骨給他拍得粉碎，那知雙掌相交，武烈竟給自己掌力擊出丈許。她差愕之下，心道：「難道這醜八怪鄉巴佬，竟是個武功深不可測的大高手？」

何太沖心存忌憚，不願和她比拚掌力，拔劍出鞘，說道：「我領教領教姑娘的劍法。」那村女笑道：「我沒劍啊！」衛璧道：「好，我借給你！」提起長劍，劍尖對準那村女胸口，用力擲出。那村女伸手一抄，接在手裏，笑道：「你武功太差，刺我不死。」何太沖是一派掌門，不肯佔小輩便宜，說道：「你進招罷，我讓你三招再還手。」那村女長劍刺出，逕取中宮。

何太沖怒哼一聲，低聲道：「小輩無禮！」舉劍便封。卻聽得喀喇聲響，雙劍一齊震斷。何太沖臉色大變，身形晃處，已自退開半丈。那村女暗叫：「可惜，可惜！」原來張無忌將九陽神功傳到她體內，但她不會發揮神功的威力，結果雙劍齊斷，若能運力攻敵，那麼折斷的便只對手兵刃，她手中長劍卻可完好。

班淑嫻大奇，低聲道：「怎麼啦？」何太沖手臂兀自痠痲，苦笑道：「邪門！」班淑嫻拔出長劍，寒著臉道：「我再領教。」那村女雙手一攤，意示無劍可用。班淑嫻指著掉在十餘丈之外武青嬰的那把長劍，喝道：「去撿來使！」那村女不敢離開張無忌之手，只得揚一揚手中半截斷劍，笑道：「就是這把斷劍，也可以了！」

班淑嫻大怒，心道：「死丫頭如此托大，輕視於我。」她卻不似何太沖般要處處保持前輩高人身分，長劍迴處，疾刺那村女頭頸。那村女舉斷劍擋架，班淑嫻劍法輕靈之極，早已改削她左肩。那村女忙翻劍相護。班淑嫻又已斜刺她右脅，接連八劍，勢若飄風，始終不與那村女的斷劍相碰，只發揮自己劍法所長，不令對方有施展內力之機。

那村女左支右絀，登時迭遇凶險。她劍法本就遠不及班淑嫻，再加上手中只剩半截斷劍，雙足又不敢移動，變成了只守不攻。又拆數招，班淑嫻劍尖閃處，嗤的一聲，在那村女左臂上劃了一道口子。崑崙派劍法一招得手，不容敵人更有半分喘息餘裕，隨勢著著進逼，那村女「啊」的一聲，肩頭又即中劍。

那村女叫道：「喂，你再不幫我，眼睜睜瞧我給人殺了麼？」班淑嫻退後兩步，橫劍當胸，遊目四顧，卻不見有人，長劍顫動，劍尖上抖出朵朵寒梅，又向那村女攻去。

那村女疾舞斷劍，連擋三劍，對方劍招來得奇快，她卻也擋得迅捷無倫，這當兒眼明手快，當眞招招間不容髮。班淑嫻讚道：「死丫頭，手下倒快！」那村女不肯吃虧，回罵道：「死婆娘，你手下也不慢。」班淑嫻是劍術大名家，數十年的修爲，口中說話，手下絲毫沒閒著。那村女終究不過十七八歲年紀，雖得遇明師，但豈能學得到班淑嫻好整以暇的風範？這一說話微微分心，但覺手腕忽疼，半截斷劍已脫手飛出。那村女「啊」的一聲驚呼，班淑嫻第二劍已刺向她脅下。

丁敏君一直在旁袖手觀戰，這時看出便宜，不及拔劍，一招「推窗望月」，雙掌便向那村女背上擊去，同時武青嬰也縱身而起，飛腿直踢那村女右腰。那村女只嚇得一顆心幾欲從腔子中跳了出來，但覺全身炙熱，如墮火窖，隨手伸指往班淑嫻的長劍上彈去，便在此時，背心中掌，腰間遭踢。卻聽得「啊喲」「哎唷」兩聲慘叫，丁敏君和武青嬰同時向後摔出，班淑嫻手中也只剩下了半截斷劍。

原來張無忌見情勢危急，霎時間將全身眞氣急速送入那村女體內。他所修習的九陽神功已有三四成功力，威力實不在小，於是班淑嫻的長劍、丁敏君的雙手腕骨、武青嬰的右足趾骨，一一分別折斷。何太沖、武烈、衛璧三人目瞪口呆，一時都怔住了。

班淑嫻將半截斷劍往地下一拋，恨恨的道：「走罷，丟人現眼還不夠麼？」向丈夫怒目而視，一肚皮怨氣，盡數要發洩在他身上。何太沖道：「是！」兩人並肩奔出，片刻之間，已奔得老遠，崑崙派輕功之佳妙，確是武林一絕。至於班淑嫻回家如何整治何太沖出氣，是罰跪頂劍，或是另有崑崙派怪招，自非外人所知。

衛璧右手扶著師父，左手扶了師妹，慢慢走開。他三人極怕那村女乘勝追擊，可是又不能如何太沖夫婦這般飛馳遠去，每一步中都擔著一份心事。

丁敏君雙手腕骨斷折，腿足卻仍無傷，咬緊牙關，獨自離去。

那村女得意之極，哈哈大笑，說道：「醜八怪！你……」突然間一口氣接不上來，暈了過去。原來張無忌眼見六個對頭分別離去，當即縮手，放脫她足踝，充塞在那村女體內的一股九陽眞氣驀地裏洩去，她便如全身虛脫，四肢百骸再無分毫力氣。張無忌一驚之下，便即領會，雙手拇指輕輕按住她眉頭盡處的「絲竹空穴」，微運神功，那村女這才慢慢醒轉。

她睜開眼來，見自己躺在張無忌懷裏，他正笑嘻嘻的望著自己，不覺大羞，急躍而起，似笑非笑的向他瞪了一會，突然伸手抓住他左耳用力一扭，罵道：「醜八怪，你騙人！你有一身厲害武功，怎不跟我說？」張無忌痛叫：「哎喲！你幹甚麼？」那村女哈哈笑道：「誰叫你騙人？」張無忌道：「我幾時騙你了，你沒跟我說你會武功，我也沒跟你說我會武功。」那村女道：「好，便饒了你這遭。適才多承你助我一臂之力，將功折罪，我也不來追究了。你的腿能走路了嗎？」張無忌道：「還不能。」

那村女嘆道：「總算好心有好報，若不是我記掛著你，要再來瞧你一次，你也不能救我。」頓了一頓，又道：「早知你本事比我強得多，我也不用替你去殺朱九眞那鬼丫頭了。」張無忌臉一沉，道：「我本來沒叫你去殺她啊。」那村女道：「啊喲，啊喲！原來你心中還是放不下這個美麗姑娘，倒是我不好，害了你意中人。」張無忌道：「朱姑娘不是我意中人，她再美麗，也不跟我相干。」那村女奇道：「咦！這可奇了。她害得你這樣慘，我殺了她給你出氣，難道不好嗎？」

張無忌淡淡的道：「害過我的人很多，要一個個都去殺了出氣，也殺不盡這許多。何況，有些人存心害我，其實他們也是挺可憐的。好比朱姑娘，她整日價提心吊膽，生怕她表哥不跟她好，擔心他娶了武姑娘爲妻。像她這樣，做人又有甚麼快活？」

那村女怒道：「你是譏刺我麼？」張無忌一呆，沒想到說著朱九眞時，無意中觸犯了眼前這位姑娘之忌，忙道：「不，不。我是說各人有各人的不幸。別人對你不起，你就去殺了他，那很不好。」那村女冷笑道：「你學武功如不是爲了殺人，那學來做甚麼？」

張無忌沉吟道：「學好了武功，壞人如來加害，我們便可抵擋了。」那村女道：「佩服，佩服！原來你是個正人君子，大大的好人！」

張無忌呆呆的瞧著她，總覺對這位姑娘的舉止神情，自己感到說不出的親切，說不出的熟悉。那村女下顎一揚，問道：「你瞧甚麼？」張無忌道：「我媽媽常笑我爸爸是濫好人，軟心腸的書生。她說話時的口吻模樣，就跟你這時候一樣。」

那村女臉上一紅，斥道：「呸！又來佔我便宜，說我像你媽媽，你自己就像你爸爸了！」她雖出言斥責，眼光中卻孕含笑意。張無忌急道：「老天爺在上，我若有心佔你便宜，教我天誅地滅。」那村女笑道：「口頭上佔一句便宜，也沒甚麼大不了，又用得著賭咒發誓？」

剛說到此處，忽聽得東北角上有人清嘯一聲，嘯聲明亮悠長，是女子的聲音。跟著近處有人作嘯相應，正是尚未走遠的丁敏君。她隨即停步不走。

那村女臉色微變，低聲道：「峨嵋派又有人來了。」

那村女用柴枝紮了個雪橇，抱起張無忌，讓他雙腿伸直，躺在雪橇上。拉著雪橇，提氣疾奔。張無忌見她身形微晃，背影婀娜，一陣風般掠過雪地，直趕了三四十里地。

十七　青翼出沒一笑颺

張無忌和那村女向東北方眺望，這時天已黎明，只見一個綠色人形在雪地裏輕飄飄的走來，行近十餘丈，看清楚是個身穿蔥綠衣衫的女子。她和丁敏君說了幾句話，向張無忌和那村女看了一眼，便即走了過來。她衣衫飄動，身法輕盈，出步甚小，行走卻極迅捷，頃刻間便到了離兩人四五丈處。只見她清麗秀雅，姿容甚美，約莫十八九歲年紀。張無忌頗爲詫異，暗想聽她嘯聲，看她身法，料想必比丁敏君年長，那知她似乎比自己還小了幾歲。

只見這女郎腰間懸著一柄短劍，卻不拔取兵刃，空手走近。丁敏君出聲警告：「周師妹，這鬼丫頭功夫邪門得緊。」那女郎點點頭，斯斯文文的說道：「請問兩位尊姓大名？因何傷我師姊？」

自她走近之後，張無忌一直覺得她好生面熟，待得聽到她說話，登時想起：「原來她便是漢水中的船家小女孩周芷若姑娘。太師父攜她上武當山去，如何卻投入了峨嵋門下？」胸口一熱，便想探問張三丰的近況，但轉念想到：「張無忌已經死了，我這時是鄉巴佬、醜八怪、曾阿牛。只要我少有不忍，日後便是無窮無盡的禍患。我決不能洩露自己身分，以免害及義父，讓爹媽白白的冤死於九泉之下。」

那村女冷冷一笑，說道：「令師姊一招『推窗望月』，雙掌擊我背心，自己折了手腕，難道也怪得我麼？你倒問問令師姊，我可有向她發過一招半式？」

周芷若轉眼瞧著丁敏君，意存詢問。丁敏君怒道：「你帶這兩人去見師父，請她老人家發落便是。」周芷若道：「倘若這兩位並非存心得罪師姊，以小妹之見，不如一笑而罷，化敵為友。」丁敏君大怒，喝道：「甚麼？你反而相助外人？」

張無忌眼見丁敏君這副神色，想起那一年晚上彭瑩玉和尚在林中受人圍攻，紀曉芙因而和丁敏君反臉，今日舊事重演，丁敏君又來逼迫這個小師妹，不禁暗暗為周芷若躭心。但周芷若對丁敏君卻極尊敬，躬身道：「小妹聽由師姊吩咐，不敢有違。」

丁敏君道：「好，你去將這臭丫頭拿下，把她雙手也打折了。」周芷若道：「是，請師姊給小妹掠陣照應。」轉身向那村女道：「小妹無禮，想領教姊姊的高招。」那村女冷笑道：「那裏來的這許多囉唆！」心想：「難道我會怕了你這小姑娘？」自不須張無忌相助，躍起身來，快如閃電般連擊三掌。周芷若斜身搶進，左掌擒拿，以攻爲守，招數頗見巧妙。

張無忌內力雖強，武術上的招數卻未融會貫通，見周芷若和那村女都以快打快，周芷若的峨嵋綿掌輕靈迅捷，那村女的掌法則古怪奇奧。他看得又佩服，又關懷，也不知盼望誰勝，但願兩個都別受傷。

兩女拆了二十餘招，便各遇凶險，猛聽得那村女叫聲：「著！」左掌已斬中了周芷若肩頭。跟著嗤的聲響，周芷若反手扯脫了那村女的半幅衣袖。兩人各自躍開，臉上微紅。那村女喝道：「好擒拿手！」待欲搶步又上，只見周芷若眉頭深皺，按著心口，身子晃了兩下，搖搖欲倒。張無忌忍不住叫道：「你……你……」臉上滿是關切之情。

周芷若見這長鬚長髮的男子居然對自己大爲關心，暗自詫異。丁敏君道：「師妹，你怎麼啦？」周芷若左手搭住師姊肩膀，搖了搖頭。

丁敏君吃過那村女的苦頭，知她厲害，只不過師父常自稱許這小師妹，說她悟性奇高，進步神速，本派將來發揚光大，多半要著落在她身上，丁敏君心下不服，是以叫她上去一試，只盼也讓她吃些苦頭。見她竟能和那村女拆上二十餘招方始落敗，已遠遠勝過自己，心中頗爲妒忌，待得覺到她搭在自己肩上的那隻手全無力氣，才知她受傷不輕，生怕那村女上前追擊，忙道：「咱們走罷！」兩人攙扶著向東北方而去。

那村女瞧著張無忌臉上神色，冷笑道：「醜八怪，見了美貌姑娘便魂飛天外。」張無忌欲待解釋，但想：「若不吐露身世，這件事便說不清楚，還不如不說。」便道：「她美不美，關我甚麼事？我是關心你，怕你受了傷。」那村女道：「你這話是眞是假？」張無忌想：「我本是對兩個姑娘都關心。」說道：「我騙你作甚？想不到峨嵋派中一個年輕姑娘，武藝竟恁地了得。」那村女道：「厲害，厲害！」

張無忌望著周芷若的背影，見她來時輕盈，去時蹣跚，想起當年漢水舟中她對自己餵飲餵食、贈巾抹淚之德，心想但願她受傷不重。

那村女忽然冷笑道：「你不用擔心，她壓根兒就沒受傷。我說她厲害，不是說她武功，是說她小小年紀，心計卻如此厲害。」張無忌奇道：「她沒受傷？」那村女道：「不錯！我一掌斬中她肩頭，她肩上生出內力，將我手掌彈開，原來她已練過峨嵋九陽功，倒震得我手臂微微酸麻。她那裏會受甚麼傷？」張無忌大喜，心想：「原來滅絕師太對她青眼有加，竟將峨嵋派鎭派之寶的峨嵋九陽功傳了給她。」

那村女忽地翻過手背，重重打了他一個耳光，這一下突如其來，張無忌毫沒防備，半邊面頰登時紅腫，怒道：「你……你幹甚麼？」那村女恨恨的道：「見了人家閨女生得好看，你靈魂兒也飛上天啦。我說她沒受傷，要你樂得這個樣子的幹甚麼？」張無忌道：「我就是爲她歡喜，跟你又有甚麼相干？」那村女又揮掌劈來，這一次張無忌卻頭一低，讓了開去。那村女大怒，說道：「你說過要娶我爲妻的。這句話說了還不上半天，便見異思遷，瞧上人家美貌姑娘了。」

張無忌道：「你早說過我不配，又說你心中自有情郎，決不能嫁我的。」那村女道：「不錯，可是你答允了我，這一輩子要待我好，照顧我。」張無忌道：「我說過的話自然算數。」那村女怒道：「既是如此，你怎地見了這個美貌姑娘，便如此失魂落魄？教人瞧著好不惹氣！」張無忌笑道：「我沒失魂落魄。」那村女道：「我不許你喜歡她，不許你想她。」

張無忌道：「我又沒說喜歡她。但你爲甚麼心中又牽記著旁人，一直念念不忘呢？」那村女道：「我識得那人在先啊。要是我先識得你，就一生一世只對你一人好，再不會去想念旁人，這叫做『從一而終』。一個人要是三心兩意，便天也不容。」張無忌心想：「我相識周家姑娘，遠在識得你之前。」但這句話不便出口，便道：「要是你只對我一人好，我也只對你一人好。要是你心中想著旁人，我也去想旁人。」

那村女沉吟半晌，數度欲言又止，突然間眼中珠淚欲滴，轉過頭去，乘張無忌不覺，伸袖拭了拭眼淚。張無忌心下不忍，輕輕握住了她手，柔聲道：「咱們沒來由的說這些幹甚麼？再過得幾天，我的腿傷便全好了。咱們一起到處去遊玩，豈不甚美？」

那村女回過頭來，愁容滿臉，說道：「阿牛哥哥，我求你一件事，你別生氣。」張無忌道：「甚麼事啊？但教我力之所及，總會給你做到。」那村女道：「你答允我不生氣，我才跟你說。」張無忌道：「不生氣就是。」那村女躊躇了一會，道：「你嘴裏說不生氣，心裏也不可生氣才成。」張無忌道：「好，我心裏也不生氣。」

那村女反握著他手，說道：「阿牛哥哥，我從中原萬里迢迢的來到西域，爲的就是找他。以前還聽到一點蹤跡，但到了這裏，卻如石沉大海，再也問不到他的消息了。你腿好之後，幫我去找到他，然後我再陪你去遊山玩水，好不好？」

張無忌忍不住心中不快，哼了一聲。那村女道：「你答允我不生氣的，這不是生氣了麼？」張無忌沒精打采的道：「好，我幫你去找他。」

那村女大喜，道：「阿牛哥，你眞好。」望著遠處天地相接的那一線，心搖神馳，輕聲道：「咱們找到了他，他想著我找了他這麼久，就會不惱我了。他說甚麼，我就做甚麼，一切全聽他的話。」張無忌道：「你這個意中人到底有甚麼好，教你如此念念不忘？」那村女微笑道：「他有甚麼好，我怎說得上來？阿牛哥，你說咱們能找到他麼？他見了我還會打我罵我麼？」張無忌見她如此痴情，不忍叫她傷心，低聲道：「不會了，他不會打你罵你了。」那村女櫻口微動，眼波欲流，也低聲道：「是啊，他愛我憐我，再也不會打我罵我了。」

張無忌心想：「這姑娘對她意中人痴心如此，倘若世上也有一人如此關懷我，思念我，我這一生便再多吃些苦，也是快活。」瞧著周芷若和丁敏君並排在雪地中留下的兩行足印，心想：「倘若丁敏君這行足印是我留下的，我得能和周姑娘並肩而行……」

那村女突然叫道：「啊喲，快走，再遲便來不及了。」張無忌從幻想中醒轉，道：「怎麼？」那村女道：「那峨嵋派姑娘不願跟我拚命，假裝受傷而去，可是那丁敏君口口聲聲說要拿我們去見她師父，滅絕師太必在左近。這老賊尼挺好勝，怎能不來？」

張無忌想起滅絕師太一掌擊死紀曉芙的殘忍狠辣，不禁心悸，驚道：「老尼姑好厲害的，咱們可不是對手。」那村女道：「你見過她麼？」張無忌道：「峨嵋掌門，豈同等閒？我不能行走，你快逃走罷。」那村女怒道：「哼，我怎能拋下你不顧，獨自逃生？你當我半點良心也沒有麼？」沉吟片刻，取下柴堆中的硬柴，再用軟柴搓成繩子，紮了個雪橇，抱起張無忌，讓他雙腿伸直，躺在雪橇上，拉了他向西北方跑去。

張無忌見她身形微晃，宛似曉風中一朵荷蕖，背影婀娜，姿態美妙，拖著雪橇，一陣風般掠過雪地。她奔馳不停，趕了三四十里路。

張無忌過意不去，說道：「喂，好歇歇啦！」那村女笑道：「甚麼喂不喂的，我沒名字麼？」張無忌道：「你不肯說，我有甚麼法子？你要我叫你『醜姑娘』，可是我覺得你好看啊。」那村女嗤的一笑，一口氣洩了，便停了腳步，掠了掠頭髮，說道：「好罷，跟你說也不打緊，我叫蛛兒。」

張無忌道：「珠兒，珠兒，珍珠寶貝兒。」那村女道：「呸！不是珍珠的珠，是毒蜘蛛的蛛。」張無忌一怔，心想：「那有用這個『蛛』字來作名字的？」

蛛兒道：「我就是這個名字。你若害怕，便不用叫了。」張無忌道：「是你爸爸給取的麼？」蛛兒道：「哼，若是爸爸取的，你想我還肯要麼？是媽取的。她教我練『千蛛萬毒手』，說就用這個名字。」張無忌聽到「千蛛萬毒手」五字，不由得心中一寒。

蛛兒道：「我從小練起，還差著好多呢。等得我練成了，也不用怕滅絕老賊尼啦。你要不要瞧瞧？」說著便從懷中取出一個黃澄澄的金盒，打開盒蓋，盒中兩隻拇指大小的蜘蛛蠕蠕而動。蜘蛛背上花紋斑爛，鮮明奪目。張無忌一看之下，驀地想起王難姑的《毒經》中言道：「蜘蛛身有彩斑，乃劇毒之物，螫人後極難解救。」不由得心下驚懼。

蛛兒見他臉色鄭重，笑道：「你倒知道我這寶貝蛛兒的好處。你等一等。」說著飛身上了一棵大樹，眺望周遭地勢，躍回地下，道：「咱們且走一程，慢慢再說蜘蛛的事。」拉著雪橇，又奔出七八里地，來到一處山谷邊上，將張無忌扶下雪橇，然後搬了幾塊石頭，放在橇中，拉著急奔，衝向山谷。她奔到山崖邊上，猛地收步，那雪橇仍有衝力，帶著石塊，轟隆隆的滾下深谷，聲音良久不絕。

張無忌回望來路，見雪地中柴橇所留下的兩行軌跡遠遠蜿蜒而來，至谷方絕，心想：「這姑娘心思細密。滅絕師太倘若順著軌跡找來，只道我們已摔入雪谷，跌得屍骨無存了。」

蛛兒蹲下身來，道：「你伏在我背上！」張無忌道：「你負著我走嗎？那太累了。」蛛兒白了他一眼，道：「我累不累，自己不知道麼？」張無忌不敢多說，便伏在她背上，輕輕摟住她頭頸。蛛兒笑道：「你怕扼死我麼？輕手輕腳的，教人頭頸裏癢得要命。」張無忌見她對自己一無猜嫌，心下甚喜，手上便摟得緊了些。蛛兒突然躍起，帶著他飛身上樹。

這一排樹木一直向西延伸，蛛兒從一株大樹躍上另一株大樹，她身材纖小，張無忌卻甚高大，但她步法輕捷，竟也不見累贅，過了七八十棵樹，躍到一座山壁之旁，便跳下地來，將他輕輕放落，笑道：「咱們在這兒搭個牛棚，倒是不錯。」張無忌奇道：「牛棚？搭牛棚幹甚麼？」蛛兒笑道：「給大牯牛住啊，你不是叫阿牛麼？」張無忌道：「那不用了，再過得四五天，我斷骨的接續處便硬朗啦，其實這時勉強要走，也對付得了。」

蛛兒道：「哼！勉強走，已經是個醜八怪，牛腿再跛了，很好看麼？」說著便折下一條樹枝，掃去山石旁的積雪。

張無忌聽著「牛腿再跛了，很好看麼？」這句話，驀地裏體會到她言語中的關切之意，不由得心中一動。只聽她輕輕哼著小曲，攀折樹枝，在兩塊大石之間搭了個上蓋，便成了一間足可容身的小屋，茅頂石牆，倒也好看。蛛兒搭好小屋，又抱起地下一大塊一大塊雪團，堆在小屋頂上，忙了半天，直至外邊瞧不出半點痕跡，方始罷手。

她取出手帕，擦了擦臉上汗珠，道：「你等在這裏，我去找些吃的來。」張無忌道：「我也不怎麼餓，你太累啦，歇一會兒再去罷。」蛛兒道：「你要待我好，要眞的待我好，嘴裏說得甜甜的，又有甚麼用？」說著快步鑽入樹林。

張無忌在小屋之中，想起蛛兒語音嬌柔，舉止輕盈，無一不是個絕色美女的風範，可就一張臉蛋兒卻生得這麼醜陋，又想起母親臨終時說過的話來：「越是美麗的女子，越會騙人，你越要小心提防。」蛛兒相貌不美，待自己又極好，有心和她終身相守，可是她心中另有情郎，全沒把自己放在意下，也眞無味之極。

他胡思亂想，心念如潮，不久蛛兒已提了兩隻雪鷄回來，生火烤了，味美絕倫。張無忌將一隻雪鷄吃得乾乾淨淨，猶未饜足。蛛兒抿著嘴笑了，將預先留下的兩條鷄腿又擲了給他。那是她在自己那隻雪鷄上省下來的，原是鷄上的精華。張無忌欲待推辭，蛛兒怒道：「你想吃便吃，誰對我假心假意，言不由衷，我用刀子在他身上刺三個透明窟窿。」張無忌不敢多說，便把兩條鷄腿吃了。他滿嘴油膩，從地下抓起一塊雪來擦了擦臉，伸衣袖抹去。

蛛兒回過頭來，看到他用雪塊擦乾淨了的臉，不禁怔住了，呆呆的望著他。張無忌讓她瞧得不好意思，問道：「怎麼啦？」蛛兒道：「你幾歲啦？」張無忌道：「二十一歲。」蛛兒道：「嗯，原來你只比我大三歲。爲甚麼留了這麼長的鬍子？」張無忌笑道：「我一直獨個兒在深山荒谷中住，從不見人，就沒想到要剃鬚。」

蛛兒從身旁取出一把金柄小刀來，按著他臉，慢慢將鬍子剃去了。張無忌只覺刀鋒銳利，所到之處，髭鬚紛落，她手掌手指卻柔膩嬌嫩，摸在面頰上，忍不住怦然心動。

那小刀漸漸剃到他頸中，蛛兒笑道：「我稍一用力，在你喉頭一割，立時一命嗚呼。你怕不怕？」張無忌笑道：「死在姑娘玉手之下，做鬼也是快活。」蛛兒反過刀子，用刀背在他咽喉上用力一斬，喝道：「叫你做個快活鬼！」

張無忌嚇了一跳，但她出手太快，刀子又近，待得驚覺，一刀已然斬下，半點反抗之力也無，但體內九陽神功自然而然的生出反彈之力，將刀子震開，隨後才知她用以斬落的只是刀背。蛛兒手臂一震，叫聲：「哎唷！」隨即格格笑道：「快活麼？」張無忌笑著點了點頭。他本來爲人樸實，但在蛛兒面前，不知怎的，心中無拘無束，似乎跟她自幼兒一塊長大一般，說不出的逍遙自在，忍不住要說幾句笑話。

蛛兒爲他剃乾淨鬍鬚，向他呆望半晌，突然長長嘆了口氣。張無忌道：「怎麼啦？」蛛兒不答，又爲他割短頭髮，梳個髻兒，用樹枝削了根釵子，插入他髮髻。見他這麼一打扮，雖衣衫襤褸不堪，又實在太短太窄，便像是偷來的一般，但神采煥發，醜八怪變成了個英俊青年。蛛兒又嘆了口氣，說道：「眞想不到，原來你生得這麼好看。」

張無忌知她是爲自身的醜陋難過，便道：「我也沒甚麼好看。再說，天地間極美的物事之中，往往含有極醜。孔雀羽毛華美，其膽卻是劇毒。仙鶴丹頂殷紅，何等好看，那知卻是最厲害的毒藥。諸凡蛇豸昆蟲，也都是越美的越具毒性。你那兩隻毒蜘蛛可不是美得很麼？一個人相貌俊美有甚麼好，要心地良善那才好啊。」蛛兒冷笑道：「心地良善有甚麼好，你倒說說看。」張無忌一時倒答不上來，怔了一怔，才道：「心地良善，便不會去害人。」蛛兒道：「不去害人又有甚麼好？」張無忌道：「你不去害人，自己心裏就平安喜樂，處之泰然。」蛛兒道：「我不害人便不痛快，要害得旁人慘不可言，自己心裏才會平安喜樂，才會處之泰然。」張無忌搖頭道：「你強辭奪理。」

蛛兒冷笑道：「我若非爲了害人，練這千蛛萬毒手又幹甚麼？自己受這無窮無盡的痛苦熬煎，難道貪好玩麼？」說著盤膝坐下，行了一會兒內功，從懷裏取出黃金小盒，打開盒蓋，將雙手兩根食指伸進盒中。盒中的一對花蛛慢慢爬近，分別咬住了她兩根指頭。她深深吸一口氣，雙臂輕微顫抖，潛運內力和蛛毒相抗。花蛛吸取她手指上的血液爲食，但蛛兒手指上血脈運轉，也帶了花蛛體內毒液，回入自己血中。

張無忌見她滿臉神色莊嚴肅穆，同時眉心和兩旁太陽穴罩上一層淡淡黑氣，咬緊牙關，竭力忍受痛楚。再過一會，又見她鼻尖上滲出細細的一粒粒汗珠。她這功夫練了幾有半個時辰，雙蛛直到吸飽了血，肚子漲得和圓球相似，這才跌入盒中，沉沉睡去。

蛛兒又運功良久，臉上黑氣漸退，重現血色，一口氣噴了出來，張無忌聞著，只覺一股甜香，隨即微覺暈眩，似乎她所噴的這口氣中也含了劇毒。蛛兒睜開眼來，微微一笑。張無忌問道：「要練到怎樣，才算大功告成？」蛛兒道：「要每隻花蛛的身子從花轉黑，再從黑轉白，去淨毒性而死，蜘蛛體中的毒液便都到了我手指之中。至少要練過一百隻花蛛，才算小成。眞要功夫深啊，那麼一千隻、兩千隻也不嫌多。」

張無忌聽她這麼說，心中不禁發毛，道：「那裏來這許多花蛛？」蛛兒道：「一面得自己養，他們會生小蜘蛛，一面須得到產地去捉。」張無忌嘆道：「天下武功甚多，何必非練這門毒功不可？這蛛毒猛烈之極，吸入體內，雖說你有抵禦之法，日子久了，終究沒好處。」

蛛兒冷笑道：「天下武功固然甚多，可有那一門功夫，能及得上這千蛛萬毒手的厲害？你別自恃內功了得，要是我這門功夫練成了，你未必能擋得住我手指的一戳。」說著凝氣於指，隨手在身旁的一株樹上戳了一下。她功力未到，只戳入半寸來深。

張無忌又問：「怎地你媽媽教你練這功夫？她自己練成了麼？」

蛛兒眼中突然射出狠毒的光芒，恨恨的道：「練這千蛛萬毒手，只要練到二十隻花蛛以上，體內毒質積得多了，容貌便起始變形，待得千蛛練成，更會奇醜無比。我媽本已練到將近一百隻，偏生遇上了我爹，怕自己容貌變醜，我爹爹不喜，硬生生將畢身的功夫散了，成爲一個手無縛鷄之力的平庸女子。她容貌雖好看，但受二娘和我哥哥的欺侮凌辱，竟沒半點還手的本事，到頭來還是送了自己性命。哼，相貌好看有甚麼用？我媽本來是個極美麗、極秀雅的女子，只因年長無子，我爹爹還是另娶妾侍……」

張無忌的眼光在她臉上一掠而過，低聲道：「原來……你是爲了練功夫……」蛛兒道：「不錯，我是爲了練功夫，才將一張臉毒成這樣。哼，那個負心人不理我，等我練成了千蛛萬毒手之後，找到了他，他若沒旁的女子，那便罷了……」張無忌道：「你並沒跟他成婚，也無白頭之約，不過是……不過是……」蛛兒道：「爽爽快快的說好啦，怕甚麼？你要說我不過是自己單相思，是不是？單相思便怎樣？我既愛上了他，便不許他心中另有別的女子。他負心薄倖，教他嚐嚐我這『千蛛萬毒手』的滋味。」

張無忌微微一笑，也不跟她再行辯說，心想她脾氣奇特，好起來很好，兇野起來卻全然蠻不講理，又想起太師父和大師伯、二師伯們常說的武林中正邪之別，看來她所練的「千蛛萬毒手」必是極歹毒的邪派功夫，她母親也必是妖邪一流，想到此處，不由得對她多了幾分戒懼之意。

蛛兒卻並未察覺他心情異樣，在小屋中奔進奔出，採了許多青翠枝葉布置起來。張無忌見她將這間小小的屋子整治得頗具雅趣，可見愛美出自天性，然而一副容貌卻毒成這個模樣，便道：「蛛兒，我腿好之後，去採些藥來，設法治好你臉上毒腫。」

蛛兒聽了這幾句話，臉上突現恐懼之色，說道：「不……不……不要，我熬了多少摧心刺骨的苦楚才到今日地步，你要散去我的千蛛萬毒功麼？」張無忌道：「咱們或能想到一個法子，功夫不散，卻能消去你臉上毒腫。」

蛛兒道：「不成的，要是有這法子，我媽媽是祖傳的功夫，怎能不知？天下除非是蝶谷醫仙胡青牛，方有這等驚人本事，可是他……他早已死去多年了。」張無忌奇道：「你也知道胡青牛？」蛛兒瞪了他一眼，道：「怎麼啦？甚麼事奇怪？蝶谷醫仙名滿江湖，誰都知道。」說著又嘆了口氣，說道：「便是他還活著，這人號稱『見死不救』，又有甚麼用？」

張無忌心想：「她不知蝶谷醫仙的一身本事已盡數傳了給我，這時我且不說，日後我想到了治她臉上毒腫之法，也好讓她大大驚喜一場。」

說話間天已入夜，兩人便在這小屋中倚靠著山石睡了。

睡到半夜，張無忌睡夢中忽聽到一兩下低泣之聲，登時醒轉，定了定神，原來蛛兒正在哭泣。他坐直身子，伸手在她肩頭輕輕拍了兩下，安慰她道：「蛛兒，別傷心。」那知他柔聲說了這兩句話，蛛兒更難抑止，伏在他肩頭，放聲大哭。

張無忌問道：「蛛兒，甚麼事？你想起了媽媽，是不是？」蛛兒點了點頭，抽抽噎噎的道：「媽媽死了！我一個人孤零零的，誰也不喜歡我，誰也不同我好。」張無忌拉起衣襟，緩緩替她擦去眼淚，輕聲道：「我喜歡你，我會待你好。」蛛兒道：「我不要你待我好。我心中只喜歡一個人，他不睬我，打我、罵我，還要咬我。」張無忌顫聲道：「你忘了這個薄倖郎罷。我娶你爲妻，讓我一生好好的待你。」

蛛兒大聲道：「不，不！我不忘記他。你再叫我忘了他，我永遠不睬你了。」

張無忌大是羞慚，幸好在黑暗之中，蛛兒沒瞧見他滿臉通紅的尷尬模樣。

好一會兒，誰都沒有說話。

過了良久，蛛兒道：「阿牛哥，你惱了我麼？」張無忌道：「我沒惱你，我是生自己的氣，不該跟你說這些話。」蛛兒忙道：「不，不！你說願意娶我爲妻，一生要好好待我，我很愛聽。你再說一遍罷。」張無忌怒道：「你既忘不了那人，我還能說甚麼？」

蛛兒伸過手去，握住了他手，柔聲道：「阿牛哥，你別著惱，我得罪了你，是我不好。你如眞的娶了我爲妻，我會刺瞎了你眼睛，會殺了你的。」張無忌身子一顫，驚道：「你說甚麼？」蛛兒道：「你眼睛瞎了，就瞧不見我的醜模樣，就不會去瞧峨嵋派那個周姑娘。倘若你還忘不了她，我就一指戳死你，一指戳死峨嵋派的周姑娘，再一指戳死我自己。」她說著這些奇怪的話，但聲調自然，似乎天經地義一般。張無忌聽她說得兇惡狠毒，心頭怦的一跳。

便在此時，忽然遠遠傳來一個蒼老的聲音：「峨嵋派周姑娘，礙著你們甚麼事了？」

蛛兒一驚躍起，低聲道：「是滅絕師太！」她說得很輕，但外面那人還是聽見了，森然道：「不錯，是滅絕師太。」

外面那人說第一句話時，相距尚遠，但第二句話卻已是在小屋近旁發出。蛛兒心知事情不妙，已不及抱起張無忌設法躲避，只得屏息不語。

只聽得外面那人冷冷的道：「出來！還能在這裏面躲一輩子麼？」蛛兒握了握張無忌的手，掀開茅草，走了出來。只見小屋兩丈外站著個老尼，身裁高大，背脊微僂，小帽下露出未曾剃淨的稀疏白髮，正是峨嵋派掌門人滅絕師太。她身後遠處有數十人分成三排奔來。奔到近處，衆人在滅絕師太兩側一站，其中約有半數是尼姑，其餘的有男有女，丁敏君和周芷若也在其內。男弟子站在最後，原來峨嵋派向來重女輕男，男弟子不能獲傳上乘武功，地位也較女弟子爲低。

滅絕師太冷冷的向蛛兒上下打量，半晌不語。張無忌提心吊膽的伏在蛛兒身後，打定了主意，她若向蛛兒下手，明知不敵，也要竭力一拚。只聽滅絕師太哼了一聲，問丁敏君道：「就是這個小女娃麼？」丁敏君躬身道：「是！」

猛聽得喀喇、喀喇兩響，蛛兒悶哼一聲，身子已摔出三丈之外，雙手腕骨折斷，暈倒在雪地之中。

張無忌但見眼前灰影閃動，滅絕師太以快捷無倫的身法欺到蛛兒身旁，以快捷無倫的手法斷她腕骨、摔擲出去，又以快捷無倫的身法退回原處，顫巍巍的有如一株古樹，又詭怪又雄偉的挺立在夜風裏。這幾下出手，每一下都乾淨利落，張無忌都瞧得淸淸楚楚，但實是快得不可思議，他竟給這駭人的手法鎭懾住了，要待救援，不但來不及，也無所措手足，失卻了行動之力。

滅絕師太刺人心魄的目光瞧向張無忌，喝道：「出來！」周芷若走上一步，稟道：「師父，這人斷了雙腿，一直行走不得。」滅絕師太道：「做兩個雪橇，帶了他們去。」

衆弟子齊聲答應。十餘名男弟子快手快腳的紮成兩個雪橇。兩名女弟子抬了蛛兒，兩名男弟子抬了張無忌，分別放上雪橇，拖橇跟在滅絕師太身後，向西奔馳。

張無忌凝神傾聽蛛兒動靜，不知她受傷輕重如何，奔出里許，才聽得蛛兒輕輕呻吟了一聲。張無忌大聲問道：「蛛兒，傷得怎樣？受了內傷沒有？」蛛兒道：「她折斷了我雙手腕骨，胸腹間似乎沒傷。」張無忌道：「內臟沒傷，那就好了。你用左手手肘去撞右手臂彎下三寸五分處，再用右手手肘去撞左手臂彎下三寸五分處，便可稍減疼痛。」

蛛兒還沒答話，滅絕師太「咦」的一聲，回過頭來，瞪了張無忌一眼，說道：「這小子倒還通曉醫理，你叫甚麼名字？」張無忌道：「在下姓曾，名阿牛。」滅絕師太道：「你師父是誰？」張無忌道：「我師父是鄉下小鎮的一位無名儒醫，師太不會知道他名字。」滅絕師太哼了一聲，不再理他。

一行人直走到天明，才歇下來分食乾糧。

周芷若拿了幾個冷饅頭，分給張無忌和蛛兒。她將饅頭遞給張無忌時，向他瞧了一眼，便轉開了頭。張無忌心中一陣激動，再也忍耐不住，輕聲說道：「漢水舟中餵飯之德，永不敢忘。」周芷若全身一震，轉頭向他瞧去，這時張無忌已剃去了鬍鬚，她瞧了好一會，突然間「啊」的一聲，臉現驚喜，輕聲道：「你……你……」張無忌知她終於認出了自己，緩緩點頭。周芷若輕聲問道：「身上寒毒，已好了嗎？」聲細如蚊，幾不可聞。張無忌輕聲道：「已經好了。」周芷若臉上一陣暈紅，便走了開去。

其時蛛兒在張無忌身後，見周芷若驀地裏喜不自勝，隨即嘴唇微動，臉上又現羞色，雙目中卻光采明亮，待她走開，便問張無忌：「她跟你說甚麼？」張無忌臉上一紅，道：「沒……沒甚麼。」蛛兒哼了一聲，怒道：「當面撒謊！」

各人歇了三個時辰，又即趕路，如此向西急行，直趕了三天，看來顯有要務在身。一眾男女弟子不論趕路休息，若不是非說話不可，否則誰都一言不發，似乎都是啞巴一般。

這時張無忌腿上骨傷早已愈合復元，隨時可以行走，但他不動聲色，有時還假意呻吟幾聲，好令滅絕師太不防，只待時機到來，便可救了蛛兒逃走。只是一路上所經之處都是莽莽平野，逃不多遠，立時便給追上，一時卻也不敢妄動。他爲蛛兒接上腕骨，滅絕師太冷冷的瞧著，也沒加干預。滅絕師太從蛛兒的武功之中，料想她必是對頭一路，反正帶著他們也不礙事，可不能輕易放了。日間休息、晚間歇宿之時，張無忌忍不住總要向周芷若瞧上幾眼，但她始終沒再走到他跟前。

又行兩天，這日午後來到一片大沙漠中，地下積雪已融，兩個雪橇便在沙上滑行。正走之間，忽聽得馬蹄聲自西而來。滅絕師太做個手勢，衆弟子立時在沙丘之後隱身伏下。兩人分挺短劍，對住張無忌和蛛兒的後心，意思非常明白，峨嵋派是在伏擊敵人，張無忌等若出聲示警，短劍向前一送，立時便要了他們性命。

只聽馬蹄聲奔行甚急，但相距尚遠，過了好半天方馳到近處。馬上乘客突然見到沙地上的足跡，勒馬注視。峨嵋大弟子靜玄師太拂塵一舉，數十名弟子分從埋伏處躍出，將乘者團團圍住。

張無忌探首張望，見來人共四乘馬，乘者均穿白袍，袍上繡著一個紅色火燄。四人陡見中伏，齊聲吶喊，拔出兵刃，便往東北角上突圍。

靜玄師太大叫：「是魔教的妖人，一個也不可放走了！」

峨嵋派雖然人多，卻不以衆攻寡。兩名女弟子、兩名男弟子遵從靜玄師太呼喝號令，分別上前堵截。魔教的四人手持彎刀，出手勇狠。峨嵋派這次前來西域的弟子皆是派中英萃，個個武藝精強，鬥不七八合，三名魔教徒衆分別中劍，落馬摔下。

餘下那人卻厲害得多，砍傷了一名峨嵋男弟子的左肩，奪路而走，縱馬奔出數丈。峨嵋派排行第三的靜虛師太叫道：「下來！」步法迅捷，欺到那人背後，拂塵揮出，捲他左腿，勁力甚爲凌厲。那人迴刀擋架，靜虛拂塵突然變招，唰的一聲，打中他後腦。這一招擊中要害，拂塵中蘊蓄深厚內力，那人倒撞下馬。不料那人極是剽悍，身受重傷之下，竟圖與敵人同歸於盡，張開雙臂，疾向靜虛撲來。靜虛側身閃開，揮拂塵又擊在他胸口。

便在此時，掛在那人坐騎項頸的籠子中忽有三隻白鴿振翅飛起。靜玄叫道：「玩甚麼古怪？」衣袖抖動，三枚鐵蓮子分向三鴿射去。兩鴿應手而落。第三枚鐵蓮子卻給躺在地下的一名白袍客打出暗器，撞歪了準頭，一隻白鴿衝入雲端。峨嵋諸弟子暗器紛出，卻再也打牠不著，眼見那鴿投東北方去了。靜玄左手一擺，男弟子拉起四名白袍客，站在她面前。

自攻敵以至射鴿、擒人，滅絕師太始終冷冷的負手旁觀。張無忌心想：「她親自對蛛兒動手，那是對蛛兒十分看重了，想是因丁敏君雙腕震斷之故。這老尼若要攔下那隻白鴿，只一舉手之勞，有何難處？可是她偏生不理，任由衆弟子自行處理。」想起當年靜玄帶同紀曉芙等人上武當山向太師父祝壽，已可與崑崙、崆峒諸派掌門人分庭抗禮，這些峨嵋派的大弟子顯然在江湖上都已頗有名望，任誰都能獨當一面，處分大事，對付魔教中的幾名徒衆，自不能再由滅絕師太出手。

一名女弟子拾起地下兩頭打死了的白鴿，從鴿腿上的小筒中取出一個紙捲，呈給靜玄。靜玄打開看了，說道：「師父，魔教已知咱們圍剿光明頂，這信是向天鷹敎告急的。」她再看另一個紙捲，道：「一模一樣。可惜有一頭鴿兒漏網。」滅絕師太冷冷的道：「有甚麼可惜？羣魔聚會，一舉而殲，豈不痛快？省得咱們東奔西走的四處搜尋。」靜玄道：「是！」

張無忌聽到「向天鷹敎告急」這幾個字，心下一怔：「天鷹敎敎主是我外公，不知他老人家會不會來？哼，你這老尼如此傲慢自大，卻未必是我外公對手。」他本想乘機救了蛛兒逃走，但這時想見外公之心甚爲熱切，便不想走了。

靜玄向四名白袍人喝問：「你們還邀了甚麼人手？如何得知我六派圍剿魔敎的消息？」四個白袍人仰天慘笑，突然間一齊撲倒在地，一動也不動了。衆人吃了一驚。兩名男弟子俯身看時，但這時見四人臉上各露詭異笑容，均已氣絕，驚叫：「師姊，四個都死了！」靜玄怒道：「妖人服毒自盡，這毒藥倒厲害得緊，發作得這麼快。」

靜虛道：「搜身。」四名男弟子應道：「是！」便要分別往屍體的衣袋中搜查。

周芷若忽道：「衆位師兄小心，提防袋中藏有毒物。」四名男弟子一怔，取兵刃去挑屍體的衣袋，只見袋中蠕蠕而動，每人衣袋中各藏著兩條極毒小蛇，若伸手入袋，立時便會給毒蛇咬中。眾弟子臉上變色，人人斥罵魔教徒眾行事毒辣。

滅絕師太冷冷的道：「咱們從中土西來，今日首次和魔教徒眾周旋。這四人不過是無名小卒，已如此陰毒，魔教中的主腦人物，卻又如何？」她哼了一聲，又道：「靜虛年紀不小了，處事這等草率，還不及芷若細心。」靜虛滿臉通紅，躬身領責。

張無忌心中，卻儘在思量靜玄所說「六派圍剿魔教」這六個字：「六派？六派？我武當派在不在內？」

二更時分，忽聽得玎玲、玎玲的駝鈴聲響，有一頭駱駝遠遠奔來。眾人本已睡倒，聽了一齊驚醒。駝鈴聲本從西南方響來，但片刻間便自南而北，響到了西北方。隨即轉而趨東，鈴聲竟又在東北方出現。如此忽東忽西，行同鬼魅。眾人相顧愕然，均想不論那駱駝的腳程如何迅速，決不能一會兒在東，一會兒在西，聽聲音卻又絕不是數人分處四方，先後振鈴。過了一會，駝鈴聲自近而遠，越響越輕，陡然之間，東南方鈴聲大振，竟似那駱駝像飛鳥般飛了過去。峨嵋派諸人從未來過大漠，聽這鈴聲如此怪異，人人都暗暗驚懼。

滅絕師太朗聲喝道：「是何方高人，便請現身相見，這般裝神弄鬼，成何體統？」

話聲遠遠傳送出去。她說了這句話後，鈴聲便此斷絕，似乎鈴聲的主人怕上了她，不敢再弄玄虛。

第二日白天平安無事。到得晚上二更時分，駝鈴聲又作，忽遠忽近，忽東忽西，滅絕師太又再斥責，這一次駝鈴卻對她毫不理會，一會兒輕，一會兒響，有時似乎是那駱駝怒馳而至，但驀地裏卻又悄然而去，吵得人人頭昏腦脹。

張無忌和蛛兒相視而笑，雖不明白這鈴聲如何響得這般怪異，但知定是魔教中的高手所為，這般攪得峨嵋派眾人束手無策，六神不安，倒也好笑。

滅絕師太手一揮，眾弟子躺下睡倒，不再理會鈴聲。這鈴聲響了一陣，雖花樣百出，但峨嵋眾人不加理睬，似乎自己覺得無趣，突然間在正北方大響數下，就此寂然無聲，看來滅絕師太這「見怪不怪，其怪自敗」的法子，倒也頗具靈效。

次晨眾人收拾衣毯，起身欲行，兩名男弟子突然不約而同的一聲驚呼，只見身旁有一人伏地呼呼大睡。這人自頭至腳，以一塊污穢的毯子裹著，不露出半點身體，屁股翹得老高，鼾聲大作。

峨嵋派餘人也隨即驚覺，昨晚各人輪班守夜，竟不知有人混了進來？滅絕師太何等神功，便風吹草動，花飛葉落，也逃不過她耳目，怎地人羣中突然多了一人，直到此時才見？各人又驚又愧，早有兩人手挺長劍，走到那人身旁，喝道：「是誰，弄甚麼鬼？」

那人仍呼呼打鼾，不理不睬。一名男弟子伸出長劍，挑起毯子，見毯子底下赫然是個身披青條子白色長袍的男子，臉孔向下，伏在沙裏，睡得正酣。

靜虛心知這人膽敢如此，定然大有來頭，走上一步，問道：「閣下是誰？來此何事？」那人鼻鼾聲更響，簡直便如打雷一般。靜虛見這人如此無禮，心下大怒，揮動拂塵，唰的一下，便朝那人高高翹起的臀部打去。猛聽得呼的一聲，靜虛手中那柄拂塵，不知如何，竟爾筆直向空中飛去，直飛上十餘丈高，眾人不自禁的抬頭觀看。

滅絕師太叫道：「靜虛，留神！」話聲甫落，只見那身穿青條袍子的男子已在數丈之外，正自飛步疾奔，靜虛卻給他橫抱在雙臂之中。靜玄和另一名年長女弟子蘇夢清各挺兵刃，提氣追去。可是那人身法之快，直是匪夷所思，兩女雖展開輕功，卻萬萬追趕不上。滅絕師太一聲清嘯，手執倚天寶劍，隨後趕去。

峨嵋掌門的身手果真與眾不同，瞬息間已越過靜玄、蘇夢清兩人，青光閃處，挺劍向那人背上刺出。但那人奔得快極，這一劍差了尺許，沒能刺中。那人雖抱著靜虛，但奔行之速，絲毫不遜於滅絕師太。他似乎有意炫耀功夫，竟不遠走，便繞著眾人急兜圈子。滅絕師太連刺數劍，始終刺不到他身上。只聽得啪的一響，靜虛的拂塵才落下地來。

這時靜玄和蘇夢清也停了腳步，各人凝神屏息，望著數十丈外兩大高手的追逐。此處雖是沙漠，但兩人急奔飛跑，塵沙卻不飛揚。峨嵋眾弟子見靜虛爲那人擒住，便似已死一般，一動也不動，無不心驚。各人有心上前攔截，但想以師父的威名，怎能自己拾奪不下，卻要門人弟子相助？這以衆欺寡的名聲傳了出去，豈不受江湖上好漢恥笑？各人提心吊膽，卻誰也不敢上前，只盼師父奔快一步，一劍便刺入那怪客後心。

片刻之間，那人和滅絕師太已繞了三個大圈，眼見滅絕師太只須多跨一步，劍尖便能傷敵，但總是差了這麼一步。那人雖起步在先，滅絕師太自後趕上，可是那人手中抱著一人，多了百來斤重量，這番輕功較量就算打成平手，無論如何也是滅絕師太輸了一籌。

待奔到第四個圈子時，那人突然回身，雙手送出，將靜虛向滅絕師太擲去。滅絕師太只覺狂風撲面，這一擲之力勢不可當，忙氣凝雙足，使個「千斤墜」功夫，輕輕將靜虛接住。那人哈哈長笑，說道：「六大門派圍剿光明頂，只怕沒這麼容易罷！」說著向北疾馳。他初時和滅絕師太追逐時腳下塵沙不驚，這時卻踢得黃沙飛揚，一路滾滾而北，聲勢威猛，宛如一條數十丈的大黃龍，登時將他背影遮住了。

峨嵋衆弟子擁向師父身旁，只見滅絕師太臉色鐵青，一語不發。蘇夢淸突然失聲驚呼：「靜虛師姊……」但見靜虛臉如黃蠟，喉頭有個傷口，已然氣絕。傷口血肉模糊，卻齒痕宛然，竟是給那怪人咬死的。衆女弟子都大哭起來。滅絕師太大喝：「哭甚麼？把她埋了。」衆人立止哭聲，就地將靜虛的屍身掩埋立墓。

靜玄躬身道：「師父，這妖人是誰？咱們當牢記在心，好爲師妹報仇。」滅絕師太冷冷的道：「此人吸人頸血，殘忍狠毒，定是魔教四王之一的『青翼蝠王』，早聽說他輕功天下無雙，果然名不虛傳，遠勝於我。」

張無忌對滅絕師太本來頗存憎恨，但這時見她身遭大變，仍絲毫不動聲色，鎮定如恆，而且當眾讚揚敵人，自愧不如，確是一派宗匠的風範，不由得欽服。

丁敏君恨恨的道：「他便是不敢和師父動手過招，一味奔逃，算甚麼英雄？」滅絕師太哼了一聲，突然間啪的一響，打了她一個耳光，怒道：「師父沒追上他，沒能救得靜虛之命，便是他勝了。勝負之數，天下共知，難道英雄好漢是自封的麼？」

丁敏君半邊臉頰登時紅腫，躬身道：「師父教訓的是，徒兒知錯了。」心中卻道：「你奈何不得人家，丟了臉面，這口惡氣卻來出在我頭上。算我倒霉！」

靜玄道：「師父，這『青翼蝠王』是甚麼來頭，還請師父示知。」滅絕師太將手一擺，不答靜玄的話，自行前行。衆弟子見大師姊都碰了這麼一個釘子，還有誰敢多言？一行人默默無言的走到傍晚，生了火堆，在一個沙丘旁露宿。

滅絕師太望著那一堆火，一動也不動，有如一尊石像。

羣弟子見師父不睡，誰都不敢先睡。這般呆坐了一個多時辰，滅絕師太突然雙掌推出，一股勁風撲去，蓬的一響，一堆大火登時熄了。衆人仍默坐不動。冷月清光，洒在各人肩頭。

張無忌心中忽起憐憫之意：「難道威名赫赫的峨嵋派竟會在西域一敗塗地，甚至全軍覆沒？」又想：「周姑娘我卻非救不可。可是魔教人物這等厲害，我又有甚麼本事救人？」

只聽得滅絕師太喝道：「熄了這妖火，滅了這魔火！」她頓了一頓，緩緩說道：「魔教以火為聖，尊火為神。魔教自從第三十三代教主陽頂天死後，便沒了教主。左右光明使者，四大護教法王，五散人，以及金、木、水、火、土五旗掌旗使，誰都覬覦這教主之位，自相爭奪殘殺，魔教便此中衰。也是正大門派合當興旺，妖邪數該覆滅，倘若魔教不起內鬨，要想挑了這批妖孽，倒也大大的不易呢！」

張無忌自幼便聽到魔教之名，可是自己母親和魔教頗有牽連，每當多問幾句，父母均各不喜，問到義父時，他不是呆呆出神，便是突然暴怒，因之魔教到底是怎麼一回事，始終莫名其妙。其後跟著太師父張三丰，他對魔教也深惡痛絕，一提起來，便諄諄告誡，叫他千萬不可和魔教中人沾惹結交。可是張無忌後來遇到的常遇春、胡青牛、王難姑、徐達、鄧愈、湯和、朱元璋等好漢，都是魔教中人，這些人慷慨仗義，未必全是惡人，不過各人行動詭秘，外人瞧著頗感莫測高深而已。這時他聽滅絕師太說起魔教，當即全神貫注的傾聽。

滅絕師太說道：「魔教傳入中土後，歷代教主都以『聖火令』作爲傳代的信物，可是到了第三十一代教主手中，天奪其魄，聖火令竟然失落，第三十二代、第三十三代兩代教主有權無令，這教主便做得有點兒勉強。陽頂天突然死去，實不知是中毒還是受人暗算，不及指定繼承之人。魔教中本事了得的大魔頭著實不少，有資格當教主的，少說也有五六人，你不服我，我不服你，內部就此大亂。直到此時，仍沒推定教主。咱們今日所遇，也是個想做教主的。他便是魔教中四大護教法王之一，青翼蝠王韋一笑。」

羣弟子聽了「青翼蝠王韋一笑」的名字，回想此人身手，均默不作聲。

滅絕師太道：「這人絕足不到中原，魔教中人行事又鬼祟得緊，因此這人武功雖強，在中原卻半點名氣也無。但白眉鷹王殷天正、金毛獅王謝遜這兩個人你們總知道罷？」

張無忌心中一凜。蛛兒輕輕「啊」的一聲驚呼。

殷天正和謝遜的名頭何等響亮，武林中無人不知。靜玄問道：「師父，這兩人也都在魔教？」滅絕師太道：「哼！豈僅『也在魔教』而已？『魔教四王，紫白金青』。紫衫龍王、白眉鷹王、金毛獅王、青翼蝠王，是爲魔教四王。青翼排名最末，身手如何，今日大家都眼見了，那紫衫、白眉和金毛可想而知。金毛獅王喪心病狂，倒行逆施，二十多年前突然濫殺無辜，終於不知所終，成爲武林中的一個大謎。殷天正沒能當上魔教教主，一怒而另創天鷹教，自己去過一過教主的癮。我只道殷天正既背叛魔教，和光明頂已勢成水火，那知光明頂遇上危難之時，還是會去向天鷹教求援。」

張無忌心中混亂之極，他早知義父和外祖父行事邪僻，爲正派人士所不容，卻沒料到他二人居然都屬魔教中的「護教法王」，自然均位高權重，是魔教中第一流的重要人物。滅絕師太又說「左右光明使者」也覬覦教主之位，然則自己多年前所遇、楊不悔之父明教光明左使者楊逍，也和四王相若？自己想著心事，沒聽到峨嵋弟子說些甚麼。

過了一會，才聽得滅絕師太說道：「咱們六大門派這次進剿光明頂，志在必勝，衆妖邪便齊心合力，咱們又有何懼？但相鬥時損傷必多，各人須得先存決死之心，不可意圖僥倖，心有畏懼，臨敵時墮了峨嵋派的威風。」衆弟子一齊站起，躬身答應。

滅絕師太又道：「武功強弱，關係天資機緣，半分勉強不來。像靜虛這般一招未交，便中了暗算，死於吸血惡魔之手，誰都不會恥笑於她。咱們平素學武，所爲何事？還不是要鋤強扶弱，撲滅妖邪？今日靜虛第一個先死，說不定第二個便輪到你們師父。少林、武當、峨嵋、崑崙、崆峒、華山六大派此番圍剿魔教，本以爲六派齊心出手，而魔教內部四分五裂，該當轉眼便可覆滅，但今日見了青翼蝠王這等身手，魔教中確實仍大有能人，今後前途艱危正多，吉凶禍福，咱們峨嵋派自當置之度外……」

張無忌心道：「我武當派果在其內。」隱隱覺到此番西去，定將遇上無數目不忍睹、耳不忍聞的大慘事，眞想就此帶了蛛兒轉身逃走，永不見到這些江湖上的爭鬥兇殺，但此事與外公、義父有關，總不能置之不理。

只聽滅絕師太道：「俗語說得好：『千棺從門出，其家好興旺。子存父先死，孫在祖乃喪。』人孰無死？只須留下子孫血脈，其家便死了千人百人，仍能興旺。最怕是你們都死了，老尼卻孤零零的活著。」她頓了一頓，又道：「嘿嘿，但縱是如此，亦不足惜。百年之前，世上又有甚麼峨嵋派？只須大夥兒轟轟烈烈的死戰一場，峨嵋派就是一舉覆滅，又豈足道哉？」

羣弟子人人熱血沸騰，拔出兵刃，大聲道：「弟子誓決死戰，不與妖魔邪道兩立。」滅絕師太淡淡一笑，道：「很好！大家坐下罷！」

張無忌見峨嵋派衆人雖大都是弱質女流，但這番慷慨決死的英風豪氣，絲毫不讓鬚眉，心想峨嵋位列六大門派，自非偶然，不僅以武功取勝而已，眼前她們這副情景，大有荊軻西入強秦，「風蕭蕭兮易水寒，壯士一去兮不復還」之慨。本來這些話在出發之前便該說了，但想來當時以爲魔教內亂，舉手可滅，沒想到魔教在分崩離析之際，羣魔仍能聯手以抗外侮。今者青翼蝠王這一出手，才知局勢竟全然不如所料。

果然滅絕師太又道：「青翼蝠王既然能來，白眉鷹王和金毛獅王自然亦能來，紫衫龍王、五散人和五大掌旗使更加能來。咱們原定傾六派之力先取光明左使楊逍，然後逐一掃蕩妖魔餘孽，豈知華山派的神機先生鮮于掌門這一次料事不中，嘿嘿，全盤錯了！」

靜玄問道：「那紫衫龍王，又是甚麼惡毒的魔頭？」

滅絕師太搖頭道：「紫衫龍王惡跡不著，我也僅聞其名而已。聽說此人爭教主不得，便遠逸海外，不再和魔教來往。這一次他若能置身事外，自是最好。『魔教四王，紫白金青』，這人位居四王之首，不用說是極不好鬥的。魔教的光明使者除楊逍之外，另有一人。魔教歷代相傳，光明使者必是一左一右，地位在四大護教法王之上。楊逍是光明左使，可是那光明右使的姓名，武林中卻誰也不知。少林派空智大師、武當派宋遠橋宋大俠，都算得博聞廣見，他們兩位卻也不知。咱們和楊逍正面爲敵，明槍交戰，勝負各憑武功取決，那倒罷了，但若那光明右使暗中偷放冷箭，這才最爲可慮。」

衆弟子心下悚然，不自禁的回頭向身後瞧瞧，似乎那光明右使或紫衫龍王會陡然掩至、前來偷襲一般。冷冷的月光照得人人臉色慘白。

滅絕師太冷然道：「楊逍害死你們孤鴻子師伯，又害死紀曉芙，韋一笑害死靜虛，峨嵋派和魔教此仇不共戴天。本派自郭祖師創派以來，掌門之位，慣例由女子擔任，別說男兒無份，便是出了閣的婦人，也不能身任掌門。但本派今日面臨存亡絕續的大關頭，豈可墨守成規？這一役之中，只要是誰立得大功，不論他是男子婦女，都可傳我衣缽。」羣弟子默然俯首，都覺得師父鄭而重之的安排後事、計議門戶傳人，似乎自料不能生還中土，各人心中都有三分不祥之感、淒然之意。

滅絕師太縱聲長嘯，呵呵、嘿嘿，嘯聲從大漠上遠遠的傳了出去。羣弟子相顧愕然，暗自驚駭。滅絕師太衣袖一擺，喝道：「大家睡罷！」

靜玄就如平日一般，分派守夜人手。滅絕師太道：「不用守夜了。」靜玄一怔，隨即領會，要是青翼蝠王這等高手半夜來襲，衆弟子那能發覺？守夜也不過是白守。

這一晚峨嵋派戒備外弛內緊，似疏實密，卻無意外之事。

驀地裏青光閃動，一柄長劍從般梨亭手中擲出，急飛向北，射向那道人背心。長劍穿過他身子，仍向前疾飛。那道人腳下兀自不停，又奔了兩丈有餘，這才撲地倒斃。

十八　倚天長劍飛寒鋩

次日繼續西行，走出百餘里後，已是正午，赤日當頭，雖在隆冬，亦覺炎熱。正行之際，西北方忽地傳來隱隱幾聲兵刃相交和呼叱之聲，衆人不待靜玄下令，均各加快腳步，向聲音來處疾馳。

奔行不久，前面便出現幾個相互跳盪激鬥的人形，奔到近處，見是三個白袍道人手持兵刃，圍攻一個中年漢子。三個道人左手衣袖上都繡著個紅色火燄，顯是魔教中人。那中年漢子手舞長劍，劍光閃爍，和三道鬥得甚爲激烈，以一敵三，絲毫不落下風。

張無忌腿傷早愈，但仍假裝不能行走，坐在雪橇之中，好讓峨嵋派諸人不加提防。這時他眼光爲身前一名峨嵋派男弟子擋住了，須得側身探頭，方能見到那四人相鬥。只見那中年漢子長劍越使越快，突然間轉過身來，一聲呼喝，唰的一劍，在一名魔教道人胸口穿過。

峨嵋眾人喝采聲中，張無忌忍不住輕聲驚呼，這一招「順水推舟」，正是武當劍法的高招；使這招劍法的中年漢子，乃武當派的六俠殷梨亭。

峨嵋羣弟子遠遠觀鬥，並不上前相助。餘下兩名魔教道人見己方傷了一人，對方又來了幫手，心中早怯，突然呼嘯一聲，兩人分向南北急奔。殷梨亭飛步追逐那逃向南方的道人。他腳下快得多，搶出七八步，便已追到道人身後。那道人回過身來，狂舞雙刀，想與他拚個兩敗俱傷。

峨嵋眾人見殷梨亭一人難追兩敵，逃向北方的道人輕功又甚了得，越奔越快，瞧這情勢，殷梨亭待得殺了南方那纏戰的道人，終究來不及再回身追殺北逃之敵。峨嵋弟子和魔教中人仇深似海，都望著靜玄，盼她發令攔截。眾女弟子大都和紀曉芙交好，心想若非魔教奸人作惡，這位武當六俠本該是本派女婿，此時均盼能助他一臂之力。靜玄心下也頗躊躇，但想武當六俠在武林中位望何等尊崇，他若不出聲求助，旁人貿然伸手，便屬對他不敬，略一沉吟，便不發令攔截，心想寧可讓這妖道逃走，也不能得罪了武當殷六俠。

便在此時，驀地裏青光閃動，一柄長劍從殷梨亭手中擲出，急飛向北，如風馳電掣般射向那道人背心。那道人陡然驚覺，待要閃避時，長劍已穿心而過，透過了他身子，仍向前疾飛。那道人腳下兀自不停，又向前奔了兩丈有餘，這才撲地倒斃。那柄長劍卻又在那道人身前三丈之外方始落下，青光閃耀，筆直的揷在沙中，雖是一柄無生無知的長劍，卻也神威凜凜。

衆人看到這驚心動魄的一幕，無不神馳目眩，半晌說不出話來。待得回頭再看殷梨亭時，只見和他纏鬥的那魔教道人身子搖搖晃晃，便似喝醉了酒一般，拋下了雙刀，兩手在空中亂舞亂抓，殷梨亭不再理他，自行向峨嵋衆人走來。他只跨出幾步，那道人一聲悶哼，仰天倒下，就此不動，至於殷梨亭用甚麼手法將他擊斃，卻誰也沒瞧見。

峨嵋羣弟子這時才大聲喝采。連滅絕師太也點了點頭，跟著凄然嘆息一聲。這一聲長嘆也許是說：武當派有這等佳弟子，我峨嵋派卻無如此了得的傳人。更也許是說：曉芙福薄，沒能嫁得此人，卻傷在魔教淫徒之手。在滅絕師太心中，紀曉芙當然是爲楊逍所害，而不是她自己擊死的。

張無忌一句「六師叔」衝到了口邊，卻又強行縮回。在衆師伯叔中，殷梨亭和他父親最爲交好，待他也親厚殊甚。他瞧著這位相別九年的六師叔時，見他滿臉風塵之色，兩鬢微見斑白，想是紀曉芙之死於他心靈有極大打擊。張無忌乍見親人，亟欲上前相認，終於想到眼下耳目衆多，不能在旁人之前吐實，以免惹起無窮後患。周芷若雖已知道自己眞實身分，但顯然沒向別人洩露。

殷梨亭向滅絕師太躬身行禮，說道：「敝派大師兄率領衆師弟及第三代弟子，一共三十二人，已到了一線峽畔。晚輩奉大師兄之命，前來迎接掌門師太及諸位師姊、師兄。」滅絕師太道：「好，還是武當派先到了。可跟妖人接過仗麼？」殷梨亭道：「曾跟魔教的木、火兩旗交戰三次，殺了幾名妖人，七師弟莫聲谷受了一點傷。」

滅絕師太點了點頭，她知殷梨亭雖說得輕描淡寫，其實這三場惡鬥必定慘酷異常，以武當五俠之能，尚且殺不了魔教的掌旗使，七俠莫聲谷甚至受傷。滅絕師太又問：「貴派可曾查知光明頂上實力如何？」殷梨亭道：「聽說天鷹教等魔教支派大舉赴援光明頂，有人還說，紫衫龍王和青翼蝠王也到了。」滅絕師太一怔，道：「紫衫龍王也來了麼？」兩人說著話並肩而行。羣弟子遠遠跟隨在後，不敢去聽兩人說些甚麼。

兩人說了一陣，殷梨亭舉手作別，要再去和華山派聯絡。靜玄說道：「殷六俠，你來回奔波，必定餓了，吃些點心再走。」殷梨亭也不客氣，道：「如此叨擾了。」

峨嵋衆女俠紛紛取出乾糧，有的更堆沙爲灶，搭起鐵鍋煮麵。她們自己飲食簡樸，款待殷梨亭卻十分殷勤，自是爲了紀曉芙之故。殷梨亭明白她們心意，眼圈微紅，哽咽道：「多謝衆位師姊、師妹。」

蛛兒一直旁觀不語，這時突然說道：「殷六俠，我跟你打聽一個人，成麼？」殷梨亭手中捧著一碗湯麵，回過頭來，說道：「這位小師妹尊姓大名？不知要查問何事？但教所知，自當奉告。」神態很謙和。蛛兒道：「我不是峨嵋派的。我是給他們捉拿來的。」

殷梨亭起先只道她是峨嵋派小弟子，聽她這麼說，不禁一呆，但想這小姑娘倒很率直，問道：「你是魔教的麼？」蛛兒道：「不是，我是魔教的對頭。」殷梨亭不暇細問她來歷，爲了尊重主人，眼望靜玄，請她示意。靜玄道：「你要問殷六俠何事？」蛛兒道：「我想請問：令師兄張翠山張五俠，也到了一線峽麼？」

此話一出，殷梨亭和張無忌都大吃一驚。

殷梨亭道：「你打聽我五師哥，爲了何事？」蛛兒紅暈生臉，低聲道：「我是想知道他的公子張無忌，是不是也來了。」張無忌更加吃驚，心道：「原來她早知道了我的身分，這時要揭露出來了。」殷梨亭道：「你這話可眞？」蛛兒道：「我是誠心向殷六俠請問，怎敢相欺？」殷梨亭道：「我五師哥逝世已過十年，墓木早拱，難道姑娘不知麼？」

蛛兒一驚站起，「啊」的一聲，道：「原來張五俠早去世了，那麼……他……他早就是個孤兒了。」殷梨亭道：「姑娘認得我那無忌姪兒麼？」蛛兒道：「六年之前，我曾在蝶谷醫仙胡青牛家中見過他一面，不知他現下到了何處？」殷梨亭道：「我奉家師之命，也曾到蝴蝶谷去探視過，但胡青牛夫婦已死，無忌不知去向，後來多方打聽，音訊全無，唉，那知……那知……」說到這裏，神色淒然，不再說下去了。

蛛兒忙問：「怎麼？你聽到甚麼惡耗麼？」殷梨亭凝視著她，問道：「姑娘何以如此關切？我那無忌姪兒與你有恩，還是有仇？」

蛛兒眼望遠處，幽幽的道：「我要他隨我去靈蛇島上……」殷梨亭插口道：「靈蛇島？金花婆婆和銀葉先生是你甚麼人？」蛛兒不答，仍自言自語：「……他非但不肯，還打我罵我，咬得我一隻手鮮血淋漓……」她一面說著，一面左手輕輕撫摸著右手手背：「……可是……可是……我還是想念著他。我決不是要害他，我帶他去靈蛇島，婆婆會教他一身武功，設法治好他身上玄冥神掌的陰毒，那知他兇得很，將人家一番好心，當作了歹意。」

張無忌心中一團混亂，這時才知：「原來蛛兒便是在蝴蝶谷中抓住我的那個少女阿離，她念念不忘的意中人，居然就是我。」側頭細看，見她臉頰浮腫，那裏還有初遇時的半分俏麗？但眼如秋水，澄澈清亮，依稀仍如當年。

滅絕師太冷冷的道：「她師父金花婆婆，聽說也是跟魔教有樑子的。但金花婆婆實非正人，此刻我們不想多結仇家，暫且將她扣著。」殷梨亭道：「嗯，原來如此。姑娘，你對我無忌姪兒倒一片好心，只可惜他福薄，前幾日我遇到朱武連環莊的武莊主武烈，得知無忌已於五年多之前，失足摔入萬丈深谷之中，屍骨無存。唉，我和他爹爹情逾手足，那知皇天不祐善人，竟連僅有的這點骨血……」

他話未說完，砰的一聲，蛛兒仰天跌倒，竟暈了過去。

周芷若搶上去扶了她起來，在她胸口推拿好一會，蛛兒方始醒轉。張無忌甚是難過，眼見殷梨亭和蛛兒如此傷心，自己卻硬起心腸置身事外，一抬頭，見周芷若正瞧向自己，目光中大有疑問之色，似乎在問：「怎麼她會不認得你？」張無忌微一搖頭，他知自己這些年來身形相貌均已大變，若非自己先提到漢水舟中之事，周芷若也必認不出來。

蛛兒咬了咬牙，問道：「殷六俠，張無忌是給誰害死的？」殷梨亭道：「不是給誰害死的。據那朱武連環莊的武烈說，他親眼見到無忌自行失足，摔下深谷，武烈的結義兄弟『驚天一筆』朱長齡，也一起摔死了。」蛛兒長嘆一聲，頹然坐下。

殷梨亭道：「姑娘尊姓大名？」蛛兒搖頭不答，怔怔下淚，突然伏在沙中，放聲大哭。殷梨亭勸道：「姑娘也不須難過。我那無忌姪兒便不摔入雪谷，此刻陰毒發作，也難存活。唉，他跌得粉身碎骨，未始非福，勝於受那無窮無盡陰毒的熬煎。」

滅絕師太忽道：「張無忌這孽種，早死了倒好，否則定是為害人間的禍胎。」

蛛兒大怒，厲聲道：「老賊尼，你胡說八道甚麼？」峨嵋羣弟子聽她竟膽敢當面辱罵師尊，早有四五人拔出長劍，指住她胸口背心。蛛兒毫不畏懼，凜然罵道：「老賊尼，張無忌的父親是這位殷六俠的師兄，他武當派俠名播於天下，有甚麼不好？」滅絕師太冷笑不答。靜玄道：「你嘴裏放乾淨些。張無忌的父親固是名門正派弟子，可是他母親呢？魔教妖女生的兒子，不是孽種禍胎是甚麼？」蛛兒問道：「張無忌的母親是誰？怎會是魔教妖女？」

峨嵋衆弟子齊聲大笑，只周芷若垂頭瞧著地下。殷梨亭神態頗爲尷尬。張無忌面紅耳赤，熱淚盈眶，若非決意隱瞞自己身世，便要站起身來爲母親申辯。

靜玄爲人忠厚，對蛛兒道：「張五俠的妻子便是天鷹教教主殷天正的女兒，名叫殷素素……」蛛兒「啊」的一聲，神色大變。靜玄續道：「張五俠便因娶了這妖女，以致身敗名裂，在武當山上自刎而死。難道姑娘竟不知麼？」蛛兒道：「我……我住在靈蛇島上，中原武林之事，全無聽聞。」靜玄道：「這便是了。你得罪了我師父，趕快謝罪。」蛛兒卻問：「那殷素素呢？她在何處？」靜玄道：「她和張五俠一齊自盡。」

蛛兒身子又是一顫，道：「她……她也死了？」殷梨亭道：「若不是她害死了我五師哥，我武當派爲何一聽到天鷹教姓殷的來人，便個個怒不可遏？又何況，我兪三師哥也是因她搶奪屠龍刀而害得終身殘廢！」蛛兒喃喃的道：「怪不得我一到武當山去打聽，就給人惡聲惡氣的轟下山來，話也不讓多說一句……」

便在此時，突見東北方一道藍燄衝天而起。殷梨亭道：「啊喲，是我靑書姪兒受敵人圍攻。」轉身向滅絕師太彎腰行禮，對餘人一抱拳，便即向藍燄奔去。

靜玄手一揮，峨嵋羣弟子跟著前去。

眾人奔到近處，只見又是三人夾攻一人的局面。那三人羅帽直身，都作傭僕打扮，手中各持單刀。眾人只瞧了幾招便暗暗驚訝，這三人雖穿傭僕裝束，出手之狠辣竟不輸於一流好手，比之殷梨亭所殺那三名道人武功高得多了。三人繞著一個青年書生，轉來轉去的廝殺。那書生左支右絀，大落下風，但一口長劍仍將門戶守得嚴密異常。

在酣鬥四人的左側，站著六個身穿黃袍的漢子，袍上各繡紅色火燄，自是魔教中人。這六人遠遠站著，並不參戰，眼見殷梨亭和峨嵋派眾人趕到，六人中一個矮矮胖胖的漢子叫道：「殷家兄弟，對方來幫手了，你們夾了尾巴走罷，老子給你們斷後。」一穿僕人裝束的一人怒道：「厚土旗爬得最慢，姓顏的，還是你先請。」

靜玄冷冷道：「死到臨頭，還在自己吵嘴。」周芷若問道：「師姊，這些人是誰？」靜玄道：「那三個穿傭僕衣帽的，是殷天正的奴僕，叫做殷無福、殷無祿、殷無壽。」周芷若驚道：「三個奴僕，也這麼……這麼了得？」靜玄道：「他們本是黑道中成名的大盜，原非尋常之輩。那些穿黃袍的是魔教厚土旗下的妖人。這個矮胖子說不定便是厚土旗的掌旗使顏垣。師父說魔教五旗掌旗使和天鷹教教主爭位，向來不和……」

這時那青年書生迭遇險招，左手衣袖倏給殷無壽的單刀割去了一截，左臂出血。

殷梨亭一聲清嘯，長劍遞出，指向殷無祿。殷無祿橫刀硬封，刀劍相交。殷梨亭內力渾厚，非同小可，啪的一聲，殷無祿的單刀震得陡然彎了過去，變成了一把曲尺。殷無祿吃了一驚，向旁躍開三步。

突然之間，蛛兒急縱而上，右手食指疾伸，戳中了殷無祿後頸，立即躍回原處。殷無祿武功原非泛泛，但在殷梨亭內力撞激之下，胸口氣血翻湧，兀自立足不定，竟給蛛兒一指戳中。他痛得彎下了腰，口中低哼，全身不住顫抖。

殷無福、殷無壽大驚之下，顧不得再攻那青年書生，搶到殷無祿身旁扶住，見他身子不住扭曲，顯然受傷極重。兩人眼望蛛兒，突然齊聲道：「原來是小姐！」蛛兒道：「哼，還認得我麼？」眾人心想這兩人定要上前和蛛兒廝拚，那知兩人抱起殷無祿，一言不發，便向北方奔去。這變故突如其來，人人目瞪口呆，摸不著頭腦。

那身穿黃袍的矮胖子左手一揚，手裏已執了一面黃色大旗，其餘五人一齊取出黃旗揮舞，雖只六人，但大旗獵獵作響，氣勢威武，緩緩向北退卻。

峨嵋眾人見那旗陣古怪，都是一呆。兩名男弟子發一聲喊，拔足追去。殷梨亭身形晃動，後發先至，轉身攔在兩人之前，橫臂輕輕一推，那兩人身不由主的退了三步，滿臉脹得通紅。靜玄喝道：「兩位師弟回來，殷六俠是好意，這厚土旗追不得。」殷梨亭道：「前日我和莫七弟追擊烈火旗陣，吃了大虧，莫七弟頭髮眉毛燒掉了一半。」一面拉起右手衣袖，只見他手臂上紅紅的一大塊燒炙傷痕。兩名峨嵋男弟子不禁暗自心驚。

滅絕師太寒森森的眼光在蛛兒臉上轉了幾圈，冷冷的道：「你這是『千蛛萬毒手』？」蛛兒道：「還沒練成。」滅絕師太道：「倘若練成了，那還了得？你爲甚麼要傷這人？」蛛兒道：「可惜沒戳死他。」滅絕師太問道：「爲甚麼？」蛛兒道：「是我自己的事，不用你管！」

滅絕師太身形微側，已從靜玄手中接過長劍，只聽得錚的一聲，蛛兒急忙向後躍開，臉色慘白如紙。原來滅絕師太在這一瞬之間，已在蛛兒的右手食指上斬了一劍，手法奇快，誰都沒看清。那知蛛兒因斷腕未愈，手上無力，兼之千蛛萬毒手亦未練成，這次出手之前先在手指上套了精鋼套子，滅絕師太所使的不是倚天劍，這一劍斬在她精鋼套子之上，竟沒能斬去她手指。

滅絕師太將長劍擲還靜玄，哼了一聲，道：「這次便宜了你，下次再使這等邪惡功夫，休教撞在我手中。」她對小輩既一擊不中，就自重身分，不願再度出手。

殷梨亭見蛛兒練這門歹毒陰狠的武功，原是武家大忌，但她指戳殷無祿，乃相助自己，再者見她牽掛無忌，一往情深，也不禁爲之感動，不願滅絕師太傷她，便勸道：「師太，這孩子學錯了功夫，咱們慢慢再叫她另從明師，嗯，或者……」他本想滅絕師太如肯將她收入峨嵋門下，實在最好不過，但立即想起這小姑娘剛才罵她爲「老賊尼」，當即住口，拉著那書生過來，說道：「靑書，快拜見師太和衆位師伯、師叔。」

那書生搶上三步，跪下向滅絕師太行禮，待得向靜玄行禮時，衆人連稱不敢當，一一還禮。張三丰年過百歲，算起輩份來比滅絕師太高了實不止一輩。殷梨亭只因曾和紀曉芙有婚姻之約，才算比滅絕師太低了一輩，倘若張三丰和峨嵋派祖師郭襄平輩而論，那麼滅絕師太反過來要稱殷梨亭為師叔了。好在武當和峨嵋門戶各別，互相不叙班輩，大家各憑年紀，隨口亂叫。但那青年書生稱峨嵋眾弟子為師伯師叔，靜玄等人自非謙讓不可。

眾人適才見他力鬥殷氏三兄弟，法度嚴謹，招數精奇，的是名門子弟風範，而在三名高手圍攻之下，雖然已大落下風，但仍鎮靜拒敵，絲毫不見慌亂，尤其不易，此時走到臨近，眾人心中不禁暗暗喝采：「好個美少年！」但見他眉目清秀，俊美之中帶著三分軒昂氣度，令人一見之下，自然心折。

殷梨亭道：「這是我大師哥的獨生愛子，叫做青書。」靜玄道：「近年來多聞玉面孟嘗的俠名，江湖上都說宋少俠慷慨仗義，濟人解困。今日得識尊範，幸何如之。」峨嵋眾弟子竊竊私議，臉上均有「果然名不虛傳」的讚佩之意。

蛛兒站在張無忌身旁，低聲道：「阿牛哥，這人可比你俊多啦。」張無忌道：「當然，那還用說？」蛛兒道：「你喝醋不喝？」張無忌道：「笑話，我喝甚麼醋？」蛛兒道：「他在瞧你那位周姑娘，你還不喝醋？」

張無忌向宋青書望去，果見他似乎正注視著周芷若，也不在意。他自得知蛛兒即是當年在蝴蝶谷中遇見過的阿離，一直思潮翻湧，當時蛛兒用強，要拉他前赴靈蛇島，他掙扎不脫，只得在她手上狠命咬了一口，豈知她竟會對自己這般念念不忘，不由得好生感激。

殷梨亭道：「青書，咱們走罷。」宋青書道：「崆峒派預定今日中午在這一帶會齊，但這時候還不到，只怕出了岔子。」殷梨亭臉有憂色，道：「此事甚爲可慮。」宋青書道：「殷六叔，不如咱們便和峨嵋派衆位前輩同向西行罷。」殷梨亭點頭道：「甚好！」

滅絕師太和靜玄等均想：「近年來張三丰眞人早就不管俗務，實則宋遠橋才是眞正的武當掌門。看來第三代武當掌門將由這位宋少俠接任。殷梨亭雖是師叔，反倒聽師姪的話。」她們卻不知殷梨亭性子隨和，不大有自己主張，別人說甚麼，他總不加反對。

一行人向西行了十四五里，來到一個大沙丘前。靜玄見宋青書快步搶上沙丘，便左手一揮，兩名峨嵋弟子奔了上去，不願落於武當派之後。三人一上沙丘，不禁齊聲驚呼，只見沙丘之西，沙漠中橫七豎八的躺著三十來具屍體。

衆人聽得三人驚呼，都急步搶上沙丘，只見那些死者有老有少，不是頭骨碎裂，便是胸口陷入，似乎個個受了巨棍大棒的重擊。

殷梨亭見識甚多，說道：「江西鄱陽幫全軍覆沒，是給魔教巨木旗殲滅的。」滅絕師太皺眉道：「鄱陽幫來幹甚麼？貴派邀了他們麼？」言中頗有不悅之意。武林中的名門正派對各幫會向來不大瞧得起，滅絕師太不願跟他們混在一起。殷梨亭忙道：「沒邀鄱陽幫。不過鄱陽幫劉幫主是崆峒派的記名弟子，他們想必聽到六派圍剿光明頂，便自告奮勇，前來爲師門效力。」滅絕師太哼了一聲，不再言語了。

衆人將鄱陽幫幫衆的屍體在沙中埋了，正要繼續趕路，突然間最西一座墳墓從中裂開，沙塵飛揚中躍出一人，抓住一名男弟子，疾馳而去。

這一下衆人當眞嚇得呆了。七八個峨嵋女弟子尖聲大叫。滅絕師太、殷梨亭、宋青書、靜玄四人一齊發足追趕。過了好一陣，衆人這才醒悟，從墳墓中跳出來的那人正是魔教的青翼蝠王。他穿了鄱陽幫幫衆的衣服，混在衆屍首之中，閉住呼吸，假裝死去，峨嵋羣弟子不察，竟將他埋入沙墳。他藝高人膽大，當時卻不發作，好在黃沙鬆軟，在沙下屏息片時，也自無礙，直將衆人作弄夠了，這才突然破墳而出。

初時滅絕師太等四人並肩齊行，奔了大半個圈子，已然分出高低，變成二前二後。殷梨亭和滅絕師太在前，宋青書和靜玄在後。青翼蝠王輕功之高，當眞世上無雙，手中雖抱著一個男子，殷梨亭等又怎追趕得上？

第二個圈子將要兜完，宋青書猛地立定，叫道：「趙靈珠師叔、貝錦儀師叔，請向離位包抄，丁敏君師叔、李明霞師叔，請向震位堵截……」

他隨口呼喝，號令峨嵋派的三十多名弟子分佔八卦方位。峨嵋衆人正當羣龍無首之際，聽到他號令之中自有一番威嚴，人人立即遵從。這麼一來，青翼蝠王韋一笑已沒法順利大兜圈子，縱聲尖笑，將手中抱著那人向空中擲去，疾馳而逝。

滅絕師太伸手接住從空落下的弟子，只聽得韋一笑的聲音隔著塵沙遠遠傳來：「峨嵋派居然有這等人才，滅絕老尼了不起啊。」這幾句話顯是稱讚宋青書的。滅絕師太臉一沉，看懷中那名弟子時，只見他咽喉上鮮血淋漓，露出兩排齒印，已然氣絕。

衆人圍在她身旁，愴然不語。隔了良久，殷梨亭道：「曾聽人說，這青翼蝠王每次施展武功之後，必須飽吸一個活人的熱血，果然所言不虛。只可惜這位師弟……唉……」滅絕師太又慚愧，又痛恨，她自接任掌門以來，峨嵋派從未受過如此重大挫折，兩名弟子接連爲敵人吸血而死，但連敵人面目如何竟也沒能瞧清。

她呆了半晌，瞪目問宋青書道：「我門下這許多弟子的名字，你怎麼都知道？」宋青書道：「適才靜玄師叔給弟子引見過了。」滅絕師太道：「嘿，入耳不忘！我峨嵋派那有這等人才？」

當日晚間歇宿，宋青書恭恭敬敬的走到滅絕師太跟前，行了一禮，說道：「前輩，打擾了，晚輩有個不情之請。」滅絕師太冷冷的道：「既爲不情之請，便不必說了。」宋青書恭恭敬敬的行了一禮，道：「是。」回到殷梨亭身旁坐下。

衆人聽到他向滅絕師太出言求懇，一遭拒絕，便不多言，都好奇心起，不知他想求甚麼事。丁敏君沉不住氣，過去問他：「宋兄弟，你想求我師父甚麼事？」

宋青書道：「家父傳授晚輩劍法之時，說道當世劍術通神，自以本門師祖爲第一，其次便是峨嵋派掌門滅絕前輩。家父說道，武當和峨嵋劍法各有長短，例如本門這一招『手揮五弦』，招式和貴派的『輕羅小扇』大同小異，但劍刃上勁力強了，出招時便不夠輕靈活潑，難免及不上『輕羅小扇』揮洒自如。」他一面說，一面拔出長劍比劃了兩招，使那一招「輕羅小扇」時卻有些不倫不類。

丁敏君笑道：「這一招不對。」接過他手中長劍，試給他看，說道：「我手腕還痛著，使不出力，但就是這麼個模樣。」宋青書大爲嘆服，說道：「家父常自言道，他自恨福薄，沒能見到尊師的劍術。今日晚輩見到丁師叔這招『輕羅小扇』，當眞開了眼界。晚輩適才是想請師太指點幾手，以解晚輩心中劍法上的幾個疑團，但晚輩非貴派子弟，這些話原本不該出口。」

滅絕師太坐在遠處，將他的話都聽在耳裏，聽他說宋遠橋推許自己爲天下劍法第二，心中甚爲樂意。張三丰是當世武學的泰山北斗，武林中人人佩服，她從未想過能蓋過這位古今罕見的大宗師。但武當派大弟子居然認爲她除張三丰外劍術最精，不禁頗感得意，眼見丁敏君比劃這一招，精神勁力都只三四分火候，名震天下的峨嵋劍法豈僅如此而已？當下走近身去，一言不發的從丁敏君手中接過長劍，手齊鼻尖，輕輕一顫，劍尖嗡嗡連響，自右至左、又自左至右的連晃九下，快得異乎尋常，但每一晃卻又都清清楚楚。衆弟子見師父施展如此精妙劍法，無不看得心中劇跳，掌心出汗。

殷梨亭大叫：「好劍法，好劍法！妙極！」

宋青書凝神屏氣，暗暗心驚。他初時不過爲向滅絕師太討好，稱讚一下峨嵋劍法，那知她施將出來，實有難以想像的高妙，不由得衷心欽服，誠心誠意的向她討教起來。宋青書問甚麼，滅絕師太便教甚麼，竟比傳授本門弟子還要盡力。宋青書武學修爲本高，人又聰明，所問皆中竅要。峨嵋羣弟子圍在兩人之旁，見師父所施展的每一記劍招，無不精微奇奧，妙到顛毫，有的隨師十餘年，也未見師父顯過如此神技。

張無忌與蛛兒站在人圈之外，均覺不便偷看峨嵋派的劍術絕技。蛛兒忽向張無忌道：「阿牛哥，我若能學到青翼蝠王那樣的輕功，當眞死也甘心。」張無忌道：「這些邪門功夫，學他作甚？殷六……殷六俠說，這韋一笑每施展一次武功，便須吸飲人血，那不是成了魔鬼麼？」蛛兒道：「他武功好，便殺死峨嵋派弟子，要是他輕功差了些，給老尼姑他們捉住，還不是一樣給人殺死，就只不吸他的血而已。可是人都死了，吸不吸血又有甚相干？名門正派，邪魔外道，又怎麼不同了？」

張無忌一時無言可答，忽見人叢中飛起一柄明晃晃的長劍，直向天空。原來宋青書和滅絕師太拆招，給她在第五招上使一招「黑沼靈狐」，將宋青書的長劍震上了天空。這一招是峨嵋派祖師郭襄爲紀念當年她和楊過同到黑沼捕捉靈狐而創。

眾人一齊抬頭瞧著那柄長劍，突見東北角上十餘里外一道黃燄衝天升起。殷梨亭叫道：「崆峒派遇敵，快去赴援。」這次六大派遠赴西域圍剿魔教，爲了隱蔽行動，六派分進合擊，議定以六色火箭爲聯絡信號，黃燄火箭是崆峒派的信號。

眾人疾向火箭升起處奔去，但聽得廝殺聲大作，聲音越來越慘厲，不時傳來一兩聲臨死時的呼叫。待得馳到臨近，各人都大吃一驚。眼前竟是一個大屠殺的修羅場，雙方各有數百人參戰，明月照耀之下，刀光劍影，人人均在捨死忘生的惡鬥。

張無忌一生之中，從未見過如此大戰的場面，但見刀劍飛舞，血肉橫濺，情景慘不忍睹。他並不盼望魔教得勝，但也不願殷六叔他們得勝，一面是父親的一派，一面是母親的一派，可是雙方卻在勢不兩立的惡鬥，每一人被殺，他都心中一凜，一陣難過。

殷梨亭一觀戰局，說道：「敵方是銳金、洪水、烈火三旗，嗯，崆峒派在這裏，華山派到了，崑崙派也到了。我方三派會鬥敵方三旗。青書，咱們也參戰罷。」長劍在空中虛劈一招，嗡嗡作響。宋青書道：「且慢，六叔你瞧，那邊尙有大批敵人，伺機而動。」

張無忌順著他手指向東方瞧去，果見戰場數十丈外黑壓壓的站著三隊人馬，行列整齊，每隊均有一百餘人。戰場中三派鬥三旗，眼見勢均力敵，但若魔教這三隊投入戰鬥，崆峒、華山、崑崙三派勢必大敗，只不知爲何，這三隊始終按兵不動。

滅絕師太和殷梨亭都暗暗心驚。殷梨亭問宋青書道：「這些人幹麼不動手？」宋青書搖頭道：「想不通。」蛛兒突然冷笑道：「有甚麼想不通？再明白也沒有了。」宋青書臉一紅，默然不語。滅絕師太想要開口相詢，但終於忍住。

殷梨亭道：「還請姑娘指點。」蛛兒道：「那三隊人是天鷹教的。天鷹教雖是明教旁支，但向來跟五行旗不睦，你們若把五行旗殺光了，天鷹教反而會暗暗歡喜。殷教主說不定便能當上明教的教主啦。」

滅絕師太等登時恍然大悟。殷梨亭道：「多謝姑娘指點。」蛛兒道：「不敢當。」滅絕師太向蛛兒瞪了一眼，點了點頭，心想：「金花婆婆武功不弱，想不到她一個小小徒兒，卻也如此了得。」

這時峨嵋羣弟子已先後到達，站在滅絕師太身後。靜玄道：「宋少俠，說到布陣打仗，咱們誰也不及你，大夥兒都聽你號令，但求殺敵，你不用客氣。」宋青書道：「六叔，這個……這個……姪兒如何敢當？」滅絕師太道：「這當兒還講究甚麼虛禮？發號令罷。」

宋青書見戰場中情勢急迫，崑崙派對戰銳金旗頗佔上風，華山派和洪水旗鬥得勢均力敵，崆峒派卻越來越感不支，給烈火旗圍在垓心，大施屠戮，便道：「咱們分三路衝下去，一齊攻擊銳金旗。師太領人從東面殺入，六叔領人從西面殺入，靜玄師叔和晚輩等從南面殺入……」靜玄奇道：「崑崙派並不吃緊啊，我看倒是崆峒派挺危急。」

宋青書道：「崑崙派已佔上風，咱們再以雷霆萬鈞之勢殺入，當能一舉而殲銳金旗，餘下兩旗便望風披靡。倘若去救崆峒，殺了個難解難分，天鷹教來個漁翁得利，那便糟了。」靜玄大是欽服，道：「宋少俠說得不錯。」當即將羣弟子分爲三路。

蛛兒拉著張無忌的雪橇，道：「咱們走罷，在這兒沒甚麼好處。」說著轉身便行。宋青書發足追上，橫劍攔住，叫道：「姑娘休走。」蛛兒奇道：「你攔住我幹麼？」宋青書道：「姑娘來歷甚奇，不能如此容你走開。」蛛兒冷笑道：「我來歷奇便怎樣？不奇又怎樣？」

滅絕師太心急如焚，恨不得立時大開殺戒，將魔教人衆殺個乾淨，聽得蛛兒和宋青書鬥口，身形晃動，已欺近身去，伸手點了她背上、腰間、腿上三處穴道。蛛兒和她武功相去太遠，這一下全無招架之力，膝彎酸軟，摔倒在地。

滅絕師太長劍揮動，喝道：「今日大開殺戒，除滅妖邪。」和殷梨亭、靜玄各率一隊，逕向銳金旗衝去。

崑崙派何太沖、班淑嫻夫婦領著門人弟子對抗銳金旗本已頗佔優勢，峨嵋、武當兩派一衝入，聲勢更是大盛。滅絕師太劍法凌厲絕倫，沒一名明教的教衆能擋得了她三劍，但見她高大的身形在人叢中穿挿來去，東一刺、西一劈，瞬息間便有七名教衆喪生在她長劍之下。

銳金旗掌旗使莊錚見情勢不對，手挺狼牙棒搶上迎敵，才將滅絕師太擋住。十餘招一過，滅絕師太展開峨嵋劍法，越打越快，竭力搶攻。莊錚武藝甚精，一時竟和她鬥了個旗鼓相當。這時殷梨亭、靜玄、宋青書、何太沖、班淑嫻等人放手大殺，銳金旗下雖也不乏高手，但如何敵得過峨嵋、崑崙、武當三派聯手，頃刻間死傷慘重。

莊錚砰砰砰三棒，將滅絕師太向後逼退兩步，跟著又舉棒摟頭蓋腦的壓將下來。滅絕師太長劍斜走，在狼牙棒上一點，使一招「順水推舟」，要將他狼牙棒帶開。那知莊錚是明教中非同小可的人物，在武林中實可算得是一流高手，他天生膂力奇大，內功外功俱臻上乘。這時狼牙棒上感到對方劍上內力，大聲呼喝，一股剛猛的臂力反彈出去，啪的一響，滅絕師太長劍斷爲三截。

滅絕師太兵刃斷折，手臂酸麻，卻不退開閃避，反手抽出背上負著的倚天劍，寒芒吞吐，電閃星飛，一招「鐵鎖橫江」推送而上。莊錚猛覺手下輕了，狼牙棒生滿尖齒的棒頭已給倚天劍從中剖開，跟著半個頭顱也給這柄鋒利無匹的利劍削下。

銳金旗旗下諸人眼見掌旗使喪命，盡皆大聲呼叫，紅了眼不顧性命的狠鬥，崑崙和峨嵋門下接連數人喪命。洪水旗中一人叫道：「莊旗使殉教歸天，銳金、烈火兩旗退走，洪水旗斷後。」烈火旗陣中旗號立變，應命向西退卻。但銳金旗衆人竟愈鬥愈狠，誰也不退。

洪水旗中那人又高聲叫道：「洪水旗唐旗使有令，情勢不利，銳金旗諸人速退，日後再爲莊旗使報仇。」銳金旗中數人齊聲叫道：「請洪水旗速退，將來爲我們報仇雪恨。銳金旗兄弟，人人和莊旗使同生共死。」

洪水旗陣中突然揚起黑旗，一人聲如巨雷，叫道：「銳金旗諸位兄弟，洪水旗決爲你們復仇。」銳金旗中這時尚剩下七十餘人，齊聲叫道：「多謝唐旗使。」只見洪水旗旗幟翻動，向西退走。華山、崆峒兩派見敵人陣容嚴整，斷後者二十餘人手持金光閃閃的圓筒，不知有何古怪，便也不敢追擊。各人回過頭來，向銳金旗夾攻。

這時情勢已定，崑崙、峨嵋、武當、華山、崆峒五派圍攻明教銳金旗，武當派只到二人，其餘四派都菁英盡出。銳金旗掌旗使已死，羣龍無首，自不是敵手，但旗下諸人竟個個重義，視死如歸，決意追隨莊錚殉教。

殷梨亭殺了數名教衆，頗覺勝之不武，大聲叫道：「魔教妖人聽者：你們眼前只有死路一條，快抛下兵刃投降，饒你們不死。」那掌旗副使哈哈笑道：「你把我明教教衆忒也瞧得小了。莊大哥已死，我們豈願再活？」殷梨亭叫道：「崑崙、峨嵋、華山、崆峒諸派的朋友，大夥兒退後十步，讓這批妖人投降。」四派人衆分別後退。

滅絕師太卻恨極了魔教，兀自揮劍狂殺。倚天劍劍鋒到處，劍折刀斷，肢殘頭飛。

峨嵋派弟子見師父不退，已退下的又再搶上廝殺，變成了峨嵋派獨鬥銳金旗的局面。明教銳金旗下教眾尚有六十餘人，武功了得的好手也有二十餘人，在掌旗副使吳勁草率領下，與峨嵋派的三十餘人相抗，以二敵一，原可穩佔上風。但滅絕師太的倚天劍實在太過鋒銳，她劍招又凌厲之極，青霜到處，所向披靡，霎時之間，又有七八人喪於劍下。

張無忌看得不忍，對蛛兒道：「咱們走罷！」伸手去解她身上穴道，那知在她背心和腰間推拿幾下，蛛兒只感一陣酸麻，穴道卻仍閉塞不開，才知滅絕師太內力渾厚，只出手輕點，勁力直透穴道深處，他解法雖然對路，卻非片刻之間所能奏功。他嘆了口氣，轉過頭來，只見銳金旗數十人手中兵刃已盡數斷折，給崑崙、華山、崆峒諸派人眾四面團團圍住，而教眾也不想逃遁，各憑空手和峨嵋羣弟子搏鬥。

滅絕師太雖痛恨魔教，但她以一派掌門之尊，不願用兵刃屠殺赤手空拳之徒，左手手指連伸，腳下如行雲流水般四下飄動，片刻之間，已將銳金旗的五十多人點了穴道。各人或木然直立，或伸展手足欲動，都突然之間全身定住，沒法動彈。旁觀眾人見滅絕師太顯了這等高強身手，盡皆喝采。峨嵋羣弟子也已住手不殺。

這時天將黎明，忽見天鷹教三隊人眾分自東南北三方影影綽綽的移近，走到十餘丈外，便停步不動，顯是遠遠在旁監視，不即上前挑戰。

蛛兒道：「阿牛哥，咱們快走，要是落入了天鷹教手中，可糟糕得緊。」張無忌心中對天鷹教卻有一片難以形容的親近之感。那是他母親的教派，當想念母親之時，往往便想：「媽媽是見不到了，幾時能見外公和舅舅一面？」這時天鷹教人眾便在附近，只想看看外公舅舅是不是也在其間，實不願便此離去。

宋青書走上一步，對滅絕師太道：「前輩，咱們快些處決了銳金旗，轉頭再對付天鷹教，免有後顧之憂。」滅絕師太點了點頭。

東方朝日將升，朦朦朧朧的光芒射在滅絕師太高大的身形之上，照出長長影子，威武之中，帶著幾分淒涼恐怖之感。她有心要挫折魔教銳氣，不願就此一劍將他們殺了，厲聲喝道：「魔教妖人聽者：那一個想活命的，只須出聲求饒，便放你們走路。」

隔了半晌，只聽得嘿嘿、哈哈、呵呵之聲不絕，明教眾人一齊大笑，聲音響亮。

滅絕師太怒道：「有甚麼好笑？」銳金旗掌旗副使吳勁草朗聲道：「我們和莊大哥誓共生死，快快將我們殺了。」滅絕師太哼了一聲，說道：「好啊，這當兒還充英雄好漢！你想死得爽快，沒這麼容易。」長劍輕顫，已將他右臂斬落。

吳勁草哈哈一笑，神色自若，說道：「明教替天行道，濟世救民，生死始終如一。老賊尼想要我們屈膝投降，乘早別妄想了。」

滅絕師太愈益憤怒，唰唰唰三劍，又斬下三名教眾的手臂，問第五人道：「你求不求饒？」那人罵道：「放你老尼姑的狗臭屁！」

靜玄閃身上前，手起一劍，斬斷了那人右臂，叫道：「讓弟子來誅斬妖孽！」她連問數人，明教教眾無一屈服。靜玄殺得手也軟了，回頭道：「師父，這些妖人刁頑得緊……」意下是向師父求情。滅絕師太全不理會，道：「先把每個人的右臂斬了，倘若倔強到底，再斬左臂。」靜玄無奈，又斬了幾人的手臂。

張無忌再也忍耐不住，從雪橇中躍起，攔在靜玄身前，叫道：「且住！」靜玄一怔，退了一步。張無忌大聲道：「這般殘忍凶狠，你不慚愧麼？」

眾人突然見到一個衣衫襤褸不堪的少年挺身而出，都是一怔，待得聽到他質問靜玄的這兩句話理正詞嚴，便各派的名宿高手，也不禁為他氣勢所懾。

靜玄一聲長笑，說道：「邪魔外道，人人得而誅之，有甚麼殘忍不殘忍的？」張無忌道：「這些人個個輕生重義，慷慨求死，實是鐵錚錚的英雄好漢，怎能說是邪魔外道？」靜玄道：「魔教徒眾難道還不是邪魔外道？那青翼蝠王吸血殺人，害死我師妹師弟，乃你親眼目睹，這不是妖邪，甚麼才是妖邪？」張無忌道：「魔教中就算有人做了壞事，難道人人都做壞事？正派之中，難道就沒人做壞事？說到殺人，那青翼蝠王只殺了二人，你們所殺之人已多了十倍。他用牙齒殺人，尊師用倚天劍殺人，一般的殺，有何善惡之分？」

靜玄大怒，喝道：「好小子，你竟敢將我師父與妖邪相提並論？」呼的一掌，往他面門擊去，張無忌忙閃身相避。靜玄是峨嵋門下大弟子，武功已頗得師門眞傳，這一掌擊他面門，實是虛招，待得張無忌閃身，立時飛出左腿，一腳踢中他胸口。

但聽得砰嘭、喀喇兩聲，靜玄左腿斷折，身子向後飛出，摔在數丈之外。原來張無忌胸口中了敵招，體內九陽神功自然而然的發生抗力，他招數之精固遠不及靜玄，但九陽神功威力何等厲害，敵招勁力愈大，反擊愈重，靜玄這一腿便如踢在自己身上一般。幸好靜玄並沒想傷他性命，這一腿只使了五成力，自己才沒受厲害內傷。

張無忌歉然道：「眞對不住！」搶上去欲扶。靜玄怒道：「滾開，滾開！」張無忌道：「是！」只得退開。峨嵋派兩名女弟子忙奔過去扶起大師姊。

旁觀衆人大都識得靜玄，知她是滅絕師太座下數一數二的好手，怎地如此不濟，一招之間便給這破衫少年摔出數丈？若說徒負虛名，卻又不然，適才她會鬥銳金旗時劍法凌厲，人人皆見。難道人不可以貌相，這襤褸少年竟具絕世武功？

滅絕師太也暗暗吃驚：「這少年到底是甚麼路道？我擒獲他多日，一直沒留心他，原來眞人不露相，竟是個了不起的人物。我便要將靜玄如此震出，也有所不能，當今之世，只怕唯有張三丰那老道，以百年的內功修爲，才有這等能耐。」滅絕師太是薑桂之性，老而彌辣，雖不敢小覷了張無忌，卻也無半分畏懼之心，橫著眼向他上上下下打量。

這時張無忌正忙於爲銳金旗的各人止血裹傷，手法熟練之極，伸指點了各人數處穴道，斷臂處血流立時大減。旁觀各人中自有不少療傷點穴的好手，但他所使的手法卻令人人自愧不如，至於他所點的奇門穴位，更是人所不知。掌旗副使吳勁草道：「多謝少俠仗義，請問高姓大名。」張無忌道：「在下姓曾，名阿牛。」

滅絕師太冷冷的道：「回過身來，好小子，接我三劍。」

張無忌道：「對不起，請師太稍待，救人要緊。」直到爲最後一個斷臂之人包紮好了傷口，這才回身，抱拳說道：「滅絕師太，我不是你對手，更不想跟你老人家動手，只盼你們雙方罷鬥，揭開過去的怨仇。」他說到「雙方罷鬥」這四個字之時，辭意十分誠懇。他心中所想到的雙方，正是已去世的父母，一邊是父親武當派的名門正派，一邊是母親天鷹教的邪魔外道。

滅絕師太道：「哈哈，憑你這臭小子一言，便要我們罷鬥？你是武林至尊麼？」張無忌心念一動，問道：「請問是武林至尊便怎樣？」滅絕師太道：「他便有屠龍刀在手，也得先跟我的倚天劍爭個高下。當眞成了武林中的至尊，那時再來發號施令不遲。」峨嵋羣弟子聽師父出言譏刺張無忌，都笑了起來。別派中也頗有人附和訕笑。

以張無忌的身分年紀，說出「罷鬥」的話來原本大大不配，他聽得各人譏笑，登時面紅耳赤，但忍不住道：「你爲甚麼要殺死這許多人？每個人都有父母妻兒，你殺死了他們，他們家中的孩兒便要伶仃孤苦，受人欺辱。你老人家是出家人，請大發慈悲罷！」他原本不擅辭令，但想到自己身世，出言便即眞摯。這幾句話情辭懇切，衆人聽了都心中一動。

滅絕師太臉色木然，冷冰冰的道：「好小子，我用得著你來教訓麼？你自負內力深厚，在這兒胡吹大氣。好，你接得住我三掌，我便放了這些人走路。」張無忌躬身道：「晚輩武功低微，我連你徒兒的一招都躲不開，何況是師太？我不敢跟你比武，只求你老人家慈悲爲懷，體念上天好生之德。」

吳勁草大聲叫道：「曾相公，不用跟這老賊尼多說。我們寧可個個死在老賊尼手下，何必要她假作寬大。」

滅絕師太斜眼瞧著張無忌，問道：「你師父是誰？」

張無忌心想：「爹爹、義父雖都教過我武功，卻都不是我師父。」說道：「我沒師父。」此言一出，衆人均大感奇怪，本來心想他在一招之間震跌靜玄，自是高人之徒，各人心中都還存著三分顧忌，那知他竟說沒有師父。武林中人最尊師道，不肯吐露師父姓名，那是常事，但決不敢有師而說無師，他說沒有師父，那便是眞的沒有師父了。

滅絕師太不再跟他多言，說道：「接招罷！」右手屈伸，隨隨便便的拍了出去。

當此情勢，張無忌不能不接，他不敢大意，雙掌並推，以兩隻手同時來接她一掌。

不料滅絕師太手掌忽低，便像一尾滑溜無比、迅捷無倫的小魚一般，從他雙掌之下穿過，波的一響，拍在他胸前。

張無忌大驚之下，護體的九陽神功自然發出，擋接對方拍來的掌力，就在這兩股巨大的內勁將觸未撞、方遇未接之際，滅絕師太的掌力忽然消失得無影無蹤。張無忌一呆，抬頭看她時，猛地裏胸口猶似受了鐵鎚一擊。他立足不定，向後接連摔了兩個觔斗，哇的一聲，噴出一口鮮血，委頓在地，便似一堆軟泥。

滅絕師太的掌力如此忽吞忽吐，閃爍不定，只出一掌，卻分了先後次序，先引開敵人內力，然後再次發力，實是內家武學中精奧之極的修爲。旁觀衆人中武功深湛之士識得這一掌的妙處，都忍不住大聲喝采。

蛛兒大急，搶到張無忌身旁，伸手待去相扶，不料腿膝酸麻，便又摔倒。原來她雖得張無忌解穴，但血脈未曾行開，眼見他受傷，焦急之下，便即奔出相救，但過得片刻，終於站立不定，叫道：「阿牛哥，你……你……」

張無忌但覺胸口熱血翻湧，搖了搖手，道：「死不了。」慢慢爬起。只聽滅絕師太對三名女弟子道：「將一干妖人的右臂全都砍了。」那三名女弟子應道：「是！」挺劍走向銳金旗衆人。張無忌忙道：「你……你說我受得你三掌，就放他們走路，我……我挨了你一掌，還有……還有兩掌。」

滅絕師太擊了他一掌，已試出他的內功正大渾厚，絕非妖邪一路，甚至和自己所學頗有相似之處，又見他雖袒護魔教教衆，實則不是魔教中人，說道：「少年人別多管閒事，正邪之分，該當淸淸楚楚。適才這掌我只用了三分力道，你知道麼？」

張無忌知她以一派掌門之尊，自不會虛言，她說只用三分力道，那便眞的只用三分，但不論餘下的兩掌如何難挨，總不能顧全自己性命，眼睜睜讓銳金旗人衆受她宰割，便道：「晚輩不自量力，捨命再受……再受師太兩掌。」

吳勁草大叫：「曾相公，我們深感你的大德！你英雄仗義，人人感佩。餘下兩掌千萬不可再挨了！」

滅絕師太見蛛兒倒在張無忌身旁，嫌她礙手礙腳，左手袍袖拂動，已將她身子捲起，向後擲出。周芷若搶上一步接住，將她輕輕放落。蛛兒急道：「周姊姊，你快勸他別再挨那兩掌，你說的話，他會聽的。」周芷若奇道：「他怎會聽我的話？」蛛兒道：「他心中很喜歡你，難道你不知麼？」周芷若滿臉通紅，啐道：「那有此事？」

只聽滅絕師太朗聲道：「你既要硬充英雄好漢，那是自己找死，須怪我不得。」右手一起，風聲獵獵，直襲張無忌胸口。

張無忌這一次不敢伸掌抵擋，身形側過，意欲避開她掌力。滅絕師太右臂斜彎急轉，手掌竟從絕不可能的彎角橫將過來，啪的一聲，已擊中他背心。他身子便如一綑稻草般，在空中平平飛出，重重摔落，動也不動的伏在沙裏，似已斃命。滅絕師太這一招手法精妙無比，本來旁觀眾人都會喝采，但各人對張無忌的俠義心腸均已忍不住暗中欽佩，見他慘遭不幸，連峨嵋弟子也有人驚呼嘆息，竟沒一人叫好。

蛛兒道：「周姊姊，求求你，快去瞧他傷得重不重。」周芷若一顆心突突跳動，聽蛛兒求得懇切，原想過去瞧瞧，但眾目睽睽之下，以她一個十八九歲少女，如何敢去看視一個青年的傷勢？何況傷他之人正是自己師父，這一過去，雖非公然反叛師門，究是對師父大大不敬，是以跨了一步，卻又縮回。

這時天已大明，陽光燦爛。過了片刻，只見張無忌背脊微動，掙扎著慢慢坐起，但手肘撐高尺許，突然支持不住，一大口鮮血噴出，重新跌下。他昏昏沉沉，只盼一動也不動的躺著，但仍記著尚有一掌未挨，救不得銳金旗眾人的性命。

他深深吸一口氣，終於硬生生坐起。但見他身子發顫，隨時都能再度跌倒，各人屏住了呼吸注視，四周雖有數百人眾，但靜得連一針落地都能聽見。

便在這萬籟俱寂之際，張無忌突然間記起了《九陽眞經》中的幾句話：「他強由他強，清風拂山岡。他橫任他橫，明月照大江。」他在幽谷中誦讀這幾句經文之時，始終不明其中之理，這時候猛地裏想起，以滅絕師太之強橫狠惡，自己決非其敵，照《九陽眞經》中要義，似乎不論敵人如何強猛、如何凶惡，儘可當他是清風拂山、明月映水，雖能加於我身，卻不能有絲毫損傷。然則如何方能不損我身？經文下面說道：「他自狠來他自惡，我自一口眞氣足。」他想到此處，心下豁然有悟，盤膝坐下，依照經中所示的法門調息，只覺丹田中暖烘烘地、活潑潑地，眞氣流動，頃刻間便遍於四肢百骸。那九陽神功的大威力，這時方才顯現出來。他外傷雖重，嘔血成升，但內力眞氣，竟沒多大損耗。

滅絕師太見他運氣療傷，也不禁暗自訝異，這少年果有非常之能。她打張無忌的第一掌是「飄雪穿雲掌」中的一招，第二掌更加厲害，是「截手九式」的第三式，這都是峨嵋派掌法中精華所在。第一掌她只出三分力，第二掌將力道加到七成，料想便算不能將他一掌斃命於當場，至少也要教他筋斷骨折，全身萎癱，再也動彈不得。那知他俯伏半晌，便又坐起，實大出她意料之外。依照武林中的比武慣例，滅絕師太原可不必等候他運息療傷，但她自重身分，自不會在此時乘人之危，對一個後輩動手。

丁敏君高聲大叫：「喂，姓曾的，你如不敢再接我師父第三掌，乘早給我滾得遠遠的。你在這兒養一輩子傷，我們也在這兒等你一輩子嗎？」周芷若細聲細氣的道：「丁師姊，讓他多休息一會，也礙不了事。」丁敏君怒道：「你……你也來袒護外人，是不是瞧著這小子……」她本來想說：「瞧著這小子英俊，對他有了意思啦。」但立即想到有各大門派不少知名之士在旁，這些粗俗的言語可不能出口，因此一句話沒說完，便即住口。但她言下之意，旁人怎不明白？下面半句話雖然沒說，還是和說出口一般無異。

周芷若又羞又急，氣得臉都白了，卻不分辯，淡淡的道：「小妹只是顧念本門和師尊的威名，盼望別讓旁人說一句閒話。」丁敏君愕然道：「甚麼閒話？」

周芷若道：「本門武功天下揚名，師父更是當世數一數二的前輩高人，自不會跟這等後生小子一般見識。只不過見他大膽狂妄，這才出手教訓於他，難道眞會要了他的性命不成？本門俠義之名已垂之百年，師尊仁俠寬厚，誰不欽仰？這年輕人螢燭之光，如何能與日月爭輝？便讓他再去練一百年，也不能是咱們師尊對手，多養一會兒傷，又算得甚麼？」這一番話侃侃而言，聽得人人暗暗點頭。滅絕師太心下更喜，覺這小徒兒識得大體，在各派的高手之前爲本門增添光采。

張無忌體內眞氣一加流轉，登時精神煥發，把周芷若的話句句聽在耳裏，知她是在極力迴護自己，又以言語先行扣住，使滅絕師太不便對自己痛下殺手，不由得心中感激，站起身來，說道：「師太，晚輩捨命陪君子，再挨你一掌。」

滅絕師太見他只這麼盤膝一坐，立時便精神奕奕，暗道：「這小子的內力如此渾厚，當眞邪門。」說道：「你只管出手向我還擊，誰教你挨打不還手？」張無忌道：「晚輩這點兒粗陋功夫，連師太的衣角也碰不到半分，說甚麼還手？」滅絕師太道：「你既有自知之明，那便乘早走開。少年人有這等骨氣，也算難得。滅絕師太掌下素不饒人，今日對你破一破例。」

張無忌躬身道：「多謝前輩。這些銳金旗的大哥們你也都饒了麼？」滅絕師太的長眉斜斜垂下，冷笑道：「我的法名叫作甚麼？」張無忌道：「前輩的尊名是上『滅』下『絕』。」滅絕師太道：「你知道就好了。妖魔邪徒，我是要滅之絕之，決不留情。難道『滅絕』兩字是白叫的麼？」張無忌道：「既然如此，請前輩發第三掌。」

滅絕師太斜眼相睨，似這般頑強的少年，一生之中確實從未見過，她素來心冷，但突然間起了愛才之念，心想：「我第三掌一出，他非死不可。這人究非妖邪一流，年紀輕輕就此送命，不免有些可惜！」微一沉吟，決意第三掌要打在他丹田要穴之上，運內力震盪他丹田，使他立時閉氣暈厥，待誅盡魔教銳金旗眾妖人之後，再救他醒轉。

她左袖揮拂，第三掌正要擊出，忽聽得一人叫道：「滅絕師太，掌下留人！」這八個字的聲音猶如針尖一般鑽入各人耳中，人人覺得極不舒服。

只見西北角上一個白衫男子手搖摺扇，穿過人叢，走將過來，他行路足下塵沙不起，便如是在水面上飄浮一般。這人白衫的左襟上繡著一隻小小黑鷹，雙翅展開。眾人一看，便知他是天鷹教中的高手人物。原來天鷹教教眾的法袍和明教一般，也是白袍，只是明教教袍上繡一個紅色火燄，天鷹教則繡一頭黑鷹。

那人走到離滅絕師太三丈開外，拱手笑道：「師太請了，這第三掌嘛，便由區區代領如何？」滅絕師太道：「你是誰？」那人道：「在下姓殷，草字野王。」

他「殷野王」三字一出口，旁觀眾人登時起了鬨。殷野王的名聲，這二十年來在江湖上著實響亮，武林中人多說他武功之高，跟他父親白眉鷹王殷天正已差不了多少。他是天鷹教天微堂堂主，權位僅次於教主，十餘年來率領天鷹教高手，與少林、崑崙、崆峒諸派相抗，隱若敵國，不落下風，羣豪都對他心生敬畏。

滅絕師太見這人不過四十來歲年紀，但一雙眼睛猶如冷電，精光四射，氣勢懾人，倒也不能小覷於他，何況平時也頗聽到他的名頭，冷冷的道：「這小子是你甚麼人，要你代接我這一掌？」

張無忌心中只叫：「他是我舅舅，是我舅舅！難道他認出我來了？」

殷野王哈哈一笑，道：「我跟他素不相識，只是見他年紀輕輕，骨氣好硬，頗不像武林中那些假仁假義、沽名釣譽之徒。心中一喜，便想領教一下師太的功力。」最後一句話說得頗不客氣，意下似乎全沒將滅絕師太放在眼裏。

滅絕師太卻也並不動怒，對張無忌狠狠的瞪了一眼，說道：「小子，你倘若還想多活幾年，這時候便走，還來得及。」張無忌道：「晚輩不敢貪生忘義。」滅絕師太點了點頭，向殷野王道：「這小子還欠我一掌。咱們的帳一筆歸一筆，回頭不教閣下失望便是。」殷野王嘿嘿一笑，說道：「滅絕師太，你有本事便打死這個少年。這少年倘若活不了，我教你們人人死無葬身之地。」一說完，立時飄身而退，穿過人叢，喝道：「現身！」

突然之間，四周沙中湧出無數人頭，每人身前支著一塊盾牌，各持強弓，一排排的利箭對著衆人。原來天鷹教教衆在沙中挖掘地道，早將各派人衆團團圍住了。

衆人全神注視滅絕師太和張無忌對掌，毫沒分心，便宋青書等有識之士，也只防備天鷹教教衆奔前衝擊，那料得他們乘著沙土鬆軟，竟挖掘地道，冷不防佔盡了周遭有利地形。這一來，人人臉上變色，眼見利箭上的箭頭在日光下發出暗藍光芒，顯是餵有劇毒，只消殷野王一聲令下，各派除了武功最強的數人之外，其餘的只怕都性命難保。當地五派之中，論到資望年歲，均以滅絕師太爲長，各人一齊望著她，聽她號令。

滅絕師太的性子最是執拗不過，雖眼見情勢惡劣，竟絲毫不爲所動，對張無忌道：「小子，你只好怨自己命苦。」突然間全身骨骼中發出噼噼啪啪的輕微爆裂之聲，炒豆般的響聲未絕，右掌已向張無忌胸口擊去。

這一掌乃是峨嵋的絕學，叫做「佛光普照」。任何掌法劍法必定連綿成套，多則數百招，最少也有三五式，但不論三式或五式，必定每一式中再藏變化，一式抵得數招乃至十餘招。可是這「佛光普照」的掌法便只一招，而且這一招也無其他變化，一招拍出，擊向敵人胸口也好，背心也好，肩頭也好，面門也好，招式平平淡淡，一成不變，其威力之生，全在於以峨嵋九陽功作爲根基。一掌既出，敵人擋無可擋，避無可避。當今峨嵋派中，除滅絕師太一人之外，再無第二人會使。她本來只想擊中張無忌丹田，將他擊暈便罷，但殷野王出來一加威嚇之後，她再手下留情，那便不是寬大，而是貪生怕死、向敵人屈膝投降了。因此這一招使上了全力，絲毫不留餘地。

張無忌見她手掌擊出，骨骼先響，也知這一掌非同小可，自己生死存亡，便決於這頃刻之間，那敢有些微怠忽？在這一瞬之間，只記著「他自狠來他自惡，我自一口真氣足」這兩句經文，絕不想去如何出招抵禦，但把一股真氣匯聚胸腹。

猛聽得砰然一聲大響，滅絕師太一掌已打中他胸口。

旁觀衆人齊聲驚呼，只道張無忌定然全身骨骼粉碎，說不定竟給這排山倒海般的一擊將身子打成了兩截。那知一掌過去，張無忌臉露訝色，竟好端端的站著，滅絕師太卻臉如死灰，手掌微微發抖。

原來適才滅絕師太這一招「佛光普照」純以峨嵋九陽功爲基，偏生張無忌練的正是九陽神功。峨嵋九陽功乃當年郭襄聽覺遠背誦《九陽眞經》後記得若干片段而化成，和原本的九陽神功相較，威力自是遠遜。但兩門內功威力雖有大小，本質卻爲一致，峨嵋九陽功一遇到九陽神功，猶如江河入海，又如水乳交融，登時無影無蹤。滅絕師太擊他的第一掌是「飄雪穿雲掌」，第二掌是「截手九式」，均非九陽神功所屬，是以擊在張無忌身上，卻能令他受傷嘔血。

這中間的道理，張無忌固然茫無所知，滅絕師太雖見識廣博，但世上從未出現過九陽神功，她自然也不知，只道這小子內功深湛、自己傷他不得而已。是以圈子內外的數百人，除了滅絕師太自己，個個均以爲她手下留情，有的道她佛門慈悲；有的以爲她愛惜張無忌的骨氣，饒了他性命；有的以爲她顧全大局，不願五派在天鷹敎的毒箭下傷亡慘重；更有的以爲她膽小害怕，屈服於殷野王的威嚇之下。

張無忌躬身下揖，說道：「多謝前輩手下留情。」滅絕師太哼了一聲，大是尷尬，若上前再打，自己明明說過只擊他三掌，若就此作罷，那是向天鷹敎屈服的奇恥大辱。

便在她這微一遲疑之間，殷野王哈哈大笑，說道：「識時務者爲俊傑，滅絕師太不愧爲當世高人。」一喝令：「撤去弓箭！」一衆敎徒陡然間翻翻滾滾的退了開去，一排盾牌，一排弓箭，排列得極是整齊，看來這殷野王以兵法部勒敎衆，進退攻拒之際，頗具陣法。

滅絕師太臉上無光，卻又如何能向衆人分辯，說自己這一掌並非手下留情？各人明明見到她輕輕兩掌，便將張無忌打得重傷，但給殷野王一嚇之後，第三掌竟徒具威勢，一點力道也沒使上。她便竭力申辯，各人也不會相信，何況她向來高傲慣了的，豈肯去求人相信？向張無忌橫了一眼，朗聲道：「殷堂主，你要考較我掌力，這就請過來。」

殷野王拱手道：「今日深感師太高義，不敢再行得罪，咱們後會有期。」

滅絕師太左手一揮，不再言語，領了眾弟子向西奔去。崑崙、華山、崆峒各派人眾，以及殷梨亭、宋青書等跟隨而去。

蛛兒雙足尚自行走不得，急道：「阿牛哥，快帶我走。」

張無忌卻很想和舅舅多說幾句話，道：「等一會。」迎著向殷野王走了過去，說道：「前輩援手大德，晚輩決不敢忘。」殷野王拉著他手，向他打量了一會，問道：「你姓曾？」

張無忌眞想撲在他懷裏，叫出聲來：「舅舅，舅舅！」但終於強行忍住，雙眼卻不自禁的紅了。有道是：「見舅如見娘」，他父母雙亡，殷野王是他十年多來第一次見到的親人，如何不教他心情激動？

殷野王見他眼色中顯得對自己十分親近，只道他感激自己救他性命，也不放在心上，眼光轉到躺在地下的蛛兒，淡淡一笑，說道：「阿離，你好啊！」

蛛兒抬起頭來，眼光中充滿了怨毒，隨即低頭，過了一會，叫道：「爹！」

這個「爹」字一出口，張無忌大吃一驚，但心中念頭迅速轉動，頃刻間明白了許多事情：「原來蛛兒是舅舅的女兒，那麼便是我表妹了。她殺了二娘，累死了自己母親，又說爹爹一見到便要殺她……哦，她使『千蛛萬毒手』戳傷殷無祿，想來這個家人跟著主人，也對她母女不好。殷無福、殷無壽雖心中痛恨，卻不能跟她動手，是以說了一句『原來是小姐』，便抱了殷無祿而去。」他回頭瞧著蛛兒時，忽又想到：「怪不得我總覺得她舉動像我媽媽，原來她和我有血肉之親，我媽是她的嫡親姑母。」

只聽殷野王冷笑道：「你還知道叫我一聲爹，哼，我只道你跟了金花婆婆，便將天鷹教不瞧在眼裏了。沒出息的東西，跟你媽一模一樣，練甚麼『千蛛萬毒手』，哼，你找面鏡子自己瞧瞧，成甚麼樣子，我姓殷的家中可有你這樣的醜八怪？」

蛛兒本已嚇得全身發顫，突然轉過頭來，凝視著父親的臉，朗聲道：「爹，你不提從前的事，我也不提。你既要說，我倒要問你，媽好好的嫁了你，你爲甚麼又要另娶二娘？」殷野王怒道：「這……這……死丫頭，男子漢大丈夫，那一個沒三妻四妾？你忤逆不孝，今日狡辯也是無用。甚麼金花婆婆、銀葉先生，天鷹教也沒放在眼裏。」回手一揮，對殷無福、殷無壽兩人道：「帶了這丫頭走。」

張無忌雙手一攔，道：「且慢！殷……殷前輩，你要拿她怎樣？」殷野王道：「這丫頭是我的親生逆女，她害死庶母、累死親母，如此禽獸不如之人，怎能留於世間？」

張無忌道：「那時殷姑娘年幼，見母親受人欺辱，一時不忿，做錯了事，還望前輩念在父女之情，從輕責罰。」殷野王仰天大笑，說道：「好小子，你究竟是那一號人物，甚麼閒事都管，連我殷家的家事也要插手？你是『武林至尊』不是？」

張無忌心下激動，眞想便說：「我是你外甥，可不是外人。」但終究忍住了。

殷野王笑道：「小子，你今天的性命是撿來的，再這般多管江湖上的閒事，再有十條小命，也不夠賠。」說著左手一擺。殷無福、殷無壽二人上前架起蛛兒，拉到殷野王身後。

張無忌知蛛兒這一落入她父親手中，性命多半無倖，情急之下，衝上去便要搶人。殷野王眉頭一皺，左手陡地伸出，抓住他胸口衣衫，輕輕往外摔出。張無忌身不由主，便如騰雲駕霧般的直摔出去，砰的一聲，重重摔入了黃沙之中。他有九陽神功護體，自不致受傷，但陷身沙內，眼耳口鼻之中塞滿了沙子，難受之極。他不肯干休，爬起來又搶上去。

殷野王冷笑道：「小子，第一下我手下留情，再來可不客氣了。」張無忌懇求道：「她……她是你的親生女兒啊，她小時候你抱過她，親過她，請你……你饒了她罷。」

殷野王心念一動，回頭瞧了蛛兒一眼，但見到她浮腫的臉，不由得厭惡之情大增，喝道：「走開！」張無忌反而走上一步，便想搶人。蛛兒叫道：「阿牛哥，你別理我，我永遠記得你待我的好處。你快走開，你打不過我爹爹的。」

便在這時，黃沙中突然鑽出一個青袍人來，雙手一長，已抓住殷無福、殷無壽兩人的後領，跟著併臂一合，兩人額頭對額頭猛撞一下，登時暈去。那人抱起蛛兒，疾馳而去。殷野王怒喝：「韋蝠王，你也來多管閒事？」

青翼蝠王韋一笑縱聲長笑，抱著蛛兒向前急馳，他名叫「一笑」，這笑聲卻連綿不絕，何止百笑千笑？殷野王和張無忌一齊發足急追。

這一次韋一笑不再大兜圈子，逕向西南方飄行。這人身法之快，實屬匪夷所思。殷野王內力深厚，輕功了得，張無忌體內眞氣流轉，越奔越快，但韋一笑快得更加厲害。眼見初時和他相距數丈，到後來變成十餘丈、二十餘丈、三十餘丈……終於人影不見。

殷野王怒極而笑，見張無忌始終和自己並肩疾奔，半步也沒落後，心下暗驚，這時明知已無法追上韋一笑，卻要考一考這少年的腳力，足底加勁，身子如箭離弦，激射而出，卻見他不即不離，仍和自己並肩而行，忽聽他說道：「殷前輩，這青翼蝠王奔跑雖快，未必長力也夠，咱們跟他死纏到底。」

殷野王一驚，立時停步，自忖：「我施展如此輕功，已竭盡平生之力，別說開口說話，便換錯了一口氣也不成。這小子隨口說話，居然足下絲毫不慢，那是甚麼功夫？」他陡然間停步，張無忌一竄已在數丈之外，忙轉身回頭，退回到殷野王身旁，聽他示下。

殷野王道：「曾兄弟，你師父是誰？」張無忌忙道：「不，不！你千萬不能叫我兄弟，我是你晚輩，你老人家叫我『阿牛』便了。我沒師父。」殷野王心念一動：「這小子對我倒也恭敬，但他武功如此怪異，留著大是禍胎，不如出其不意，一掌打死了他。」

便在此時，忽聽得幾下極尖銳的海螺聲遠遠傳來，正是天鷹教有警的訊號。殷野王眉頭一皺，心想：「定是洪水、烈火各旗怪我不救銳金旗，又起了亂子。倘若一掌打不死這小子，這時候卻沒功夫跟他纏鬥。不如借刀殺人，讓他去送命在韋一笑手裏。」便道：「天鷹教遇上了敵人，我須得趕回應付，你獨自去找韋一笑罷。這人凶惡陰險，待得遇上了，你須先下手爲強。」

張無忌道：「我本領低微，怎打得過他？你們有甚麼敵人來攻？」殷野王側耳聽了一下號角，道：「果然是明教的洪水、烈火、厚土三旗都到了。」張無忌道：「大家都是明教一脈，又何必自相殘殺？」殷野王臉一沉，道：「小孩子懂得甚麼？又來多管閒事！」轉身向來路奔回。

張無忌心想：「蛛兒落入了大惡魔韋一笑手中，若給他在咽喉上咬了一口，吸起血來，那裏還有命在？」想到此處，更是著急，當即吸一口眞氣，發足便奔。好在韋一笑輕功雖佳，手上抱了一個人後，總不能踏沙無痕，沙漠之中還是留下了一條足跡。張無忌打定了主意：「他休息，我不休息，他睡覺，我不睡覺，奔跑三日三夜，好歹也追上了他。」

可是在烈日之下，黃沙之中，奔跑三日三夜當眞談何容易，他奔到傍晚，已口乾唇燥，全身汗如雨下。但說也奇怪，腳下卻毫不疲累，積蓄了數年的九陽神功一點一滴的發揮出來，越使力，越加精神奕奕。

他在一處泉水中飽飽的喝了一肚子水，足不停步，循著韋一笑的足印奔跑。奔到半夜，眼見月在中天，張無忌忽地恐懼起來，只怕突然之間，蛛兒給吸乾了血的屍體在眼前出現。就在這時，隱隱聽得身後似有足步之聲，他回頭看去，卻不見有人。他不敢躭擱，發足又跑，背後的腳步聲立時跟著出現。

他心中大奇，回頭再看，仍然無人，仔細望去，沙漠中明明有三道足跡，一道是韋一笑的，一道是自己的，另一道卻是誰的？再回過頭來，身前只韋一笑的一道足跡。那麼有人在跟蹤自己，定然無疑，怎麼總瞧不見他，難道這人有隱身術不成？

他滿腹疑團，拔足又跑，身後的足步聲又即響起。

張無忌叫道：「是誰？」身後一個聲音道：「是誰？」張無忌大吃一驚，喝道：「你是人是鬼？」那聲音也道：「你是人是鬼？」

張無忌急速轉身，這一次看到了身後那人映在地下的一點影子，才知是個身法奇快之人躲在自己背後，叫道：「你跟著我幹麼？」那人道：「我跟著你幹麼？」張無忌笑道：「我怎知道？這才問你啊。」那人道：「我怎知道？這才問你啊。」

張無忌見這人似乎並無多大惡意，否則他在自己身後跟了這麼久，隨便甚麼時候一出手，都能致自己死命，便道：「你叫甚麼名字？」那人道：「說不得。」張無忌道：「爲甚麼說不得？」那人道：「說不得就是說不得，有甚麼道理好講。你叫甚麼名字？」張無忌道：「我……我叫曾阿牛。」那人道：「你半夜三更的狂奔亂跑，在幹甚麼？」

張無忌知道這是一位身懷絕技的異人，便道：「我一個朋友給青翼蝠王捉了去，我要去救回來。」那人道：「你救不回來的。」張無忌道：「爲甚麼？」那人道：「青翼蝠王的武功比你強，你打他不過。」張無忌道：「打他不過也要打。」

那人道：「很好，有志氣。你朋友是個姑娘麼？」張無忌道：「是的，你怎知道？」那人道：「要不是姑娘，少年人怎會甘心拚命。很美罷？」張無忌道：「醜得很！」那人道：「你自己呢，醜不醜？」張無忌道：「你到我面前，就看到了。」那人道：「我不要看。那姑娘會武功麼？」張無忌道：「會的，是天鷹教殷野王前輩的女兒，曾跟靈蛇島金花婆婆學武。」那人道：「不用追了，韋一笑捉到了她，一定不肯放。」張無忌道：「爲甚麼？」

那人哼了一聲，道：「你是傻瓜，不會用腦子。殷野王是殷天正的甚麼人？」張無忌道：「是他兒子。」那人道：「白眉鷹王和青翼蝠王的武功誰高？」張無忌道：「我不知道。請問前輩，是誰高啊？」那人道：「各有所長。兩人誰的勢力大些？」張無忌道：「鷹王是天鷹教教主，想必勢力大些。」那人道：「不錯。因此韋一笑捉了殷天正的孫女，那是奇貨可居，不肯就還的，他想要挾殷天正就範。」張無忌搖頭道：「只怕做不到，殷野王前輩一心一意想殺了自己的女兒。」那人奇道：「爲甚麼？」張無忌於是將蛛兒殺死父親愛妾、累死親母之事簡略說了。

那人聽完後，嘖嘖讚道：「了不起，了不起，當眞是美質良材。」張無忌奇道：「甚麼美質良材？」那人道：「小小年紀，就會殺死庶母、害死親母，再加上靈蛇島金花婆婆的一番調教，當眞是我見猶憐。韋一笑要收她作個徒兒。」張無忌吃了一驚，問道：「你怎知道？」那人道：「韋一笑是我好朋友，我自然明白他的心思。」

張無忌一呆之下，大叫一聲：「糟糕！」發足便奔。那人仍緊緊跟在他背後。

張無忌一面奔跑，一面問道：「你爲甚麼跟著我？」那人道：「我好奇心起，要瞧瞧熱鬧。你還追韋一笑幹麼？」張無忌急道：「蛛兒已經有些邪氣，我決不許她再拜韋一笑爲師。倘若她也學成一個吸飲人血的惡魔，那怎生是好？」

那人道：「你很喜歡蛛兒麼？爲甚麼這般關心？」張無忌嘆了口氣，道：「我也不知道喜不喜歡她，不過她……她有點兒像我媽媽。」那人道：「嗯，原來你媽媽也是個醜八怪，想來你也好看不了。」張無忌急道：「我媽媽很好看的，你別胡說八道。」那人道：「可惜，可惜！」張無忌道：「可惜甚麼？」那人道：「你這少年有肝膽，有血性，著實不錯，可惜轉眼便是一具給吸乾了血的殭屍。」

張無忌心念一動：「他的話確也不錯，我就算追上了韋一笑，又怎能救得蛛兒，也不過是白白饒上自己的性命而已。」說道：「前輩，你幫幫我，成不成？」那人道：「不成。一來韋一笑是我好朋友，二來我也打不過他。」張無忌道：「韋一笑既是你好朋友，你怎地不勸勸他？」那人長嘆一聲，道：「勸有甚麼用？韋一笑自己又不想吸飲人血，他是迫不得已，不吸血就要死。」張無忌奇道：「迫不得已？那有此事？」那人道：「韋一笑練內功時走火，自此每次激引內力，必須飲一次人血，否則全身寒戰，立時凍死。」張無忌沉吟道：「那是三陰脈絡受損麼？」

那人奇道：「咦，你怎知道？」張無忌道：「我只是猜測，不知對不對。」那人道：「我曾三入長白山，想給他找一頭火蟾，治療此病，但三次都徒勞無功。第一次還見到了火蟾，差著兩丈沒捉到，第二次第三次連火蟾的影子也沒見到。待眼前難關過了之後，我總還得再去一次。」張無忌道：「我同你一起去，好不好？」那人道：「嗯，你內力倒夠，就是輕功太差，簡直沒半點火候，到那時再說罷。喂，我問你，幹麼你要去幫忙捉火蟾？」

張無忌道：「倘若捉到了，不但治好韋一笑的病，也救了很多人，那時候他不用再吸人血了。啊，前輩，他奔跑了這麼久，激引內力，是不是迫不得已，只好吸蛛兒的血呢？」那人一呆，說道：「這倒說不定。他雖想收蛛兒爲徒，但打起寒戰來，自己血液要凝結成冰，那時候啊，只怕自己的親生女兒……」

張無忌越想越怕，捨命狂奔。那人忽道：「咦，你後面是甚麼？」張無忌回過頭來想看，突然間眼前一黑，全身已遭一隻極大的套子套住，跟著身子懸空，似乎是處身在一隻布袋之中，給那人提了起來。他忙伸手去撕布袋，豈知那布袋非綢非革，堅韌異常，摸上去布紋宛然，顯是粗布所製，但雙手用力撕扯，卻紋絲不動。

那人提起袋子往地下一擲，哈哈大笑，說道：「你能鑽出我的布袋，算你本事。」張無忌運起內力，雙手往外猛推，但那袋子軟軟的絕不受力。他提起右腳，用力一腳踢出，波的一聲悶響，那袋子微微向外一凸，不論他如何拉推扯撕，翻滾頂撞，這隻布袋總是死樣活氣的不受力道。那人笑道：「你服了麼？」張無忌道：「服了！」那人又問：「你當眞服了我麼？」張無忌道：「我當眞心甘情願的服了前輩啦！你這隻袋子好了不起！」

那人哈哈一笑，說道：「很好，很好！」啪的一下，隔著袋子在他屁股上打了一記，笑道：「小子，乖乖的在我乾坤一氣袋中別動，我帶你去一個好地方。你開口說一句話，給人知覺了，我可救不得你。」張無忌道：「你帶我去那裏？」那人笑道：「你已落入我乾坤一氣袋中，我要取你小命，你逃得了麼？你只要不動不作聲，總有你的好處。」張無忌心想這話倒也不錯，便不再掙扎。

那人道：「你能鑽進我的布袋，是你的福緣。」提起布袋往肩頭上一掮，拔足便奔。張無忌道：「蛛兒怎麼辦啊？」那人道：「我怎知道？你再囉唆一聲，我把你從布袋裏抖了出來。」張無忌心想：「你把我抖出來，正求之不得。」嘴裏卻不敢答話，只覺那人腳下迅捷之極。

那人走了幾個時辰，張無忌在布袋中覺得漸漸熱了起來，知道已是白天，太陽晒在袋上，過了一會，只覺那人越走越高，似在上山。這一上山，又走了兩個多時辰，這時張無忌身上已頗有寒意，心想：「多半是到了極高的山上，峯頂積雪，因此這麼冷。」突然之間，身子飛了起來，他大吃一驚，忍不住叫出聲來。

他叫聲未絕，只覺身子一頓，那人已然著地，張無忌這才明白，原來適才那人是帶了自己縱躍了一下，心想身處之地多半是極高山峯上的危崖絕壁，那人揹負了自己如此跳躍，山巖積了冰雪，甚是滑溜，倘若一個失足，豈不是兩人都一齊粉身碎骨？剛想到此處，那人又已躍起。這人不斷的跳躍，忽高忽低，忽近忽遠，張無忌雖在布袋之中，見不到半點光亮，也能料想得到，當地地勢必定險峻異常。

圓眞拔出匕首，猛力向布袋上刺去。那布袋遇到刀尖時只凹陷入內，卻不穿破。圓眞連刺數刀，怎奈何得了它？當即飛起右腳，將布袋踢了出去。

十九　禍起蕭牆破金湯

張無忌讓那人帶著又一次高高躍起，忽聽得遠處有人叫道：「說不得，怎麼到這時候才來？」負著張無忌的那人道：「路上遇到了一點小事。韋一笑到了麼？」遠處那人道：「沒見啊！眞奇怪，連他也會遲到。說不得，你見到他沒有？」一面問，一面走近。

張無忌暗自奇怪：「原來這人就叫『說不得』，怎麼一個人會取這樣一個怪名？」又想：「原來他和韋一笑約好了在此相會，不知蛛兒是否無恙？他是韋一笑的好朋友，不知要怎樣對付我？」

只聽說不得道：「鐵冠道兄，咱們找找韋兄去，我怕他出了亂子。」鐵冠道人道：「青翼蝠王機警聰明，武功卓絕，會有甚麼亂子？」說不得道：「我總覺有些不對。」

忽聽得一個聲音從底下山谷中傳了上來，叫著：「說不得臭和尙，鐵冠老雜毛，快來幫個忙，糟糕之極了，糟糕之極了！」

說不得和鐵冠道人齊聲驚道：「是周顛，他甚麼事情糟糕？」說不得又道：「他好像受了傷，怎地說話中氣這等衰弱？」不等鐵冠道人答話，揹了張無忌便往下躍去。鐵冠道人跟在後面，忽道：「啊！周顛負著甚麼人？是韋一笑！」

說不得道：「周顛休慌，我們來助你了。」周顛叫道：「慌你媽的屁，我慌甚麼？吸血蝙蝠老命要歸天！」說不得驚道：「韋兄怎麼啦，受了甚麼傷？」說著加快腳步。

張無忌身在袋中，更如騰雲駕霧一般，忍不住低聲道：「前輩，你暫且放下我，下去救人要緊。」說不得突然提起袋子，在空中轉了三個圈子，張無忌大吃一驚，倘若他一脫手，將布袋擲了出去，後果不堪設想。

只聽說不得沉著嗓子道：「小子，我跟你說，我是『布袋和尚說不得』，後面那人是鐵冠道人張中，下面說話的是周顛。我們三個，再加上冷面先生冷謙，彭瑩玉彭和尚，是明教的五散人。你知道明教麼？」張無忌道：「知道。原來大師也是明教中人。」

說不得道：「我和冷謙不大愛殺人，鐵冠道人、周顛、彭和尚他們，卻是素來殺人不眨眼的。他們倘若知道你藏在我這乾坤一氣袋中，隨隨便便的給你一下子，你就變成了一團肉泥。」張無忌道：「我又沒得罪貴教，為甚麼……」說不得道：「鐵冠道人他們殺人，還要問得罪不得罪麼？從此之後，你在我袋中若想活命，就不得再說一個字，知道麼？」張無忌點了點頭。說不得道：「你怎不回答？」張無忌道：「你不許我說出一個字來，我就點點頭。」說不得微微一笑，道：「你知道就好……啊，韋兄怎麼了？」

最後一句話，卻是跟周顛說的，只聽周顛啞著嗓子道：「他……他……糟之透頂，糕之極矣。」說不得道：「嗯，韋兄心口還有一絲暖氣，周顛，是你救他來的？」周顛道：「廢話，難道是他救我來的？」鐵冠道人道：「周顛，你受了甚麼傷？」

周顛道：「我見吸血蝙蝠僵在路旁，凍得氣都快沒有了，不合強盜發善心，運氣助他，那知吸血蝙蝠身上的陰毒當眞厲害，就是這麼一回事。」

說不得道：「周顛，你這一次當眞做了好事。」周顛道：「甚麼好事壞事，吸血蝙蝠此人又陰毒又古怪，我平素瞧著最不順眼，不過這一次他做的事很合周顛胃口，周顛便救他一救。那知道沒救到吸血蝙蝠，寒毒入體，反要賠上周顛一條老命。」鐵冠道人驚道：「你傷得這般厲害？」周顛道：「報應，報應。吸血蝙蝠和周顛生平不做好事，那知一做好事便橫禍臨頭。」說不得問道：「韋兄做了甚麼好事？」

周顛道：「他激引內毒，陰寒發作，本來只須吸飲人血，便能抑制。他身旁明明有個活生生的女娃子，可是他寧願自己送命，也不吸她血。周顛一見之下，說道：『啊喲不對，吸血蝙蝠既倒行逆施，周顛也只好胡作非為一下，要救他一救。』」

張無忌聽得韋一笑沒吸飲蛛兒的血，一喜非同小可。說不得反手在布袋外一拍，問道：「那女娃子是誰？」周顛道：「我也這般問吸血蝙蝠。他說這是白眉老兒的孫女。他說眼前明教有難，大夥兒須當齊心合力，因此萬萬不能吸她的血。」說不得和鐵冠道人一齊鼓掌，說道：「正該如此。白鷹、青蝠兩王攜手，明教便聲勢大振了。」

說不得將韋一笑身子接了過來，驚道：「他全身冰冷，那怎麼辦？」周顛道：「是啊，我說你們快活得太早了些，吸血蝙蝠這條老命十成中已去了九成，一隻死蝙蝠和白眉鷹王攜手，於明教有甚麼好處？」鐵冠道人道：「你們在這兒等一會，我下山去找個活人來，讓韋兄飽飲一頓人血。」說罷縱身便欲下山。

周顛叫道：「且慢！鐵冠雜毛，這兒如此荒涼，等你找到了人，韋一笑早就變成了韋不笑。死屍倘若會笑，那就可怕得很了。說不得，你布袋中那個小子，拿出來給韋兄喝了罷。」張無忌一驚：「原來他們早瞧出我藏身布袋之中。」

說不得道：「不成！這個人於本教有恩，韋兄倘若喝了他，五行旗非跟韋兄拚老命不可。」於是將張無忌如何挺身甘受滅絕師太三掌重擊、救活銳金旗下數十人的事簡略說了，又道：「這麼一來，五行旗還不死心塌地的服了這小子麼？」

鐵冠道人問道：「你把他裝在袋中，奇貨可居，想收服五行旗麼？」

說不得道：「說不得，說不得！總而言之，本教四分五裂，眼前大難臨頭，天鷹教遠來相助，偏又跟五行旗算起舊帳來，打了個落花流水。咱們總得攜手一致，才免覆滅。袋中這人有利於本教諸路人馬攜手，決然無疑。」

他說到這裏，伸右手貼在韋一笑後心「靈台穴」上，運氣助他抵禦寒毒。周顛嘆道：「說不得，你為朋友賣命，那是沒得說的，可是你小心自己老命。」鐵冠道人道：「我也來相助一臂之力。」伸右掌和說不得的左掌相接。兩股內力同時衝入韋一笑體內。

過了一頓飯時分，韋一笑低低呻吟一聲，醒了過來，但牙關仍不住相擊，顯然冷得厲害，顫聲道：「周顛、鐵冠道兄，多謝你兩位相救。」他對說不得卻不言謝，他兩人是過命的交情，口頭的道謝反顯多餘。鐵冠道人功力深湛，但遭韋一笑體內的陰毒逼了過來，奮力相抗，一時說不出話來。說不得也是如此。

忽聽得東面山峯上飄下錚錚錚的幾下琴聲，中間挾著一聲清嘯。周顛道：「冷面先生和彭和尚尋過來啦。」提高聲音叫道：「冷面先生、彭和尚，有人受了傷，你們快滾過來罷！」那邊琴聲錚的一響，示意已經聽到。

彭和尚卻問：「誰……受……了……傷……啦……」聲音遠遠傳來，山谷鳴響。跟著又問：「到底是誰受了傷？說不得沒事罷？鐵冠兄呢？周顛，你怎麼說話中氣不足？」他問一句，人便躍近數丈，待得問完，已到了近處，驚道：「啊喲，是韋一笑受了傷。」周顛道：「你慌慌張張，老是先天下之急而急。冷面兄，你來想個法子。」最後那句話，卻是向冷面先生冷謙說的。

冷謙嗯了一聲，並不答話，他知彭和尚定要細問端詳，自己大可省些精神。果然彭和尚一連串問話連珠價迸將出來，周顛說話偏又顛三倒四，待得說完經過，說不得和鐵冠道人也已運氣完畢。彭和尚與冷謙運起內力，分別爲韋一笑、周顛驅除寒毒。

待得韋周二人元氣略復，彭和尚道：「我從東北方來，得悉少林派掌門人空聞親率師弟空智、空性，以及弟子百餘人，正趕來光明頂，參與圍攻我教。」

冷謙道：「正東，武當五俠！」他說話極是簡潔，便殺了他頭也不肯多說半句廢話，他說這六個字，意思是說：「正東方有武當五俠來攻。」至於武當五俠是誰，反正大家都知是宋遠橋、俞蓮舟、張松溪、殷梨亭和莫聲谷，那也不必多費唇舌。

彭和尚道：「六派分進合擊，漸漸合圍。五行旗接了數仗，情勢挺不利，眼前之計，咱們只有先上光明頂去。」周顛怒道：「放你媽的狗臭屁！楊逍那小子不來求咱們，五散人便挨上門去嗎？」彭和尚道：「周顛，若六派攻破光明頂，滅了聖火，咱們還能做人嗎？楊逍得罪五散人當然不對，但咱們助守光明頂，卻非爲了楊逍，而是爲了明教。」說不得也道：「彭和尚的話不錯。楊逍雖然無禮，但護教事大，私怨事小。」

周顛罵道：「放屁，放屁！兩個禿驢一齊放屁，驢屁臭不可當。鐵冠道人，楊逍當年打碎你左肩，你還記得麼？」鐵冠道人沉吟半晌，才道：「護教禦敵，乃是大事。楊逍的帳，待退了外敵再算。到那時咱們五散人聯手，不怕這小子不低頭。」

周顛「哼」了一聲，道：「冷謙，你怎麼說？」冷謙道：「同去！」周顛道：「你也向楊逍屈服？當時咱們立過重誓，說明教之事，咱們五散人決計從此袖手不理。難道從前說過的話都是放屁麼？」冷謙道：「都是放屁！」

周顛大怒，霍地站起，道：「你們都放屁，我可說的是人話。」鐵冠道人道：「事不宜遲，快上光明頂罷！」彭和尚勸周顛道：「顛兄，當年大家爲了爭立教主之事，翻臉成仇，楊逍固然心胸狹窄，但細想起來，咱們五散人也有不是之處……」周顛怒道：「胡說八道，咱們五散人誰也不想當教主，又有甚麼錯了？」

說不得道：「本教過去的是是非非，便再爭他一年半載，也沒法分辯明白。周顛，我問你，你是明尊聖火座下的弟子不是？」周顛道：「那還有甚麼不是的？」說不得道：「今日本教大難當頭，咱們若袖手不顧，死後見不得明尊和陽教主。你要是怕了六大派，那就休去。咱們在光明頂上戰死殉教，你來收我們的骸骨罷！」

周顛跳起身來，一掌便往說不得臉上打去，罵道：「放屁！」只聽得啪的一聲響，說不得已重重捱了一掌。他慢慢張口，吐出幾枚給打落的牙齒，接在手裏，一言不發，但見他半邊面頰由白變紅，再由紅變瘀，腫起老高。

彭和尚等人大吃一驚，周顛更加呆了。要知說不得的武功比周顛只高不低，周顛隨手一掌，他或招架，或閃避，無論如何打他不中，那知他聽由捱打，竟在這一掌之下受傷不輕。周顛好生過意不去，叫道：「說不得，你打還我啊，不打還我，你就不是人！」說不得淡淡一笑，道：「我有氣力，留著去打敵人，打自己好兄弟幹麼？」

周顛大怒，提起手掌，重重在自己臉上打了一掌，波的一聲，也吐出了幾枚牙齒。彭和尚驚道：「周顛，你搗甚麼鬼？」周顛怒道：「我不該打了說不得，是我錯了！叫他打還，他又不打，我只好自己動手。」說不得道：「周顛，你我情若兄弟，我們四人便要去戰死在光明頂上，此後再也不能在一起了。生死永別，你打我一掌，算得甚麼？」周顛心中激動，放聲大哭，說道：「我也去光明頂。楊逍的舊帳，暫且不跟他算了。」彭和尚大喜，說道：「這才是好兄弟呢。」

張無忌身在袋中，五人的話都聽得清清楚楚，心想：「這五人武功極高，那是不必說了，難得的是大家義氣深重。明教之中高人當真不少，難道個個都是邪魔外道麼？」正自思量，忽覺身子移動，想是說不得又負了自己，直上光明頂去。他得悉蛛兒無恙，心中已無掛慮，所關懷者，只是武林六大門派圍攻明教，不知如何了局；又想上到光明頂後，當可遇到幼時小友楊不悔，她長大之後，不知是否還認得自己？

一行人又行了一日一夜，每過一會，說不得便解開袋上一道縫，讓張無忌透透氣，又將袋口緊緊縛上。到了次日午後，張無忌忽覺布袋是在著地拖拉，初時不明其理，後來自己的腦袋稍稍一抬，額頭便在巖石上重重一碰，好不疼痛，這才明白，原來各人是在山腹隧道中行走。隧道中寒氣奇重，透氣也不大順暢，直行了大半個時辰，才鑽出山腹，又向上升。但上升不久，又鑽入了隧道。前後一共過了五個隧道，才聽周顛叫道：「楊逍，吸血蝙蝠和五散人找你來啦！」

過了半晌，聽得前面一人說道：「眞想不到蝠王和五散人大駕光臨，楊逍沒能遠迎，還望恕罪。」周顛道：「你假惺惺作甚？你肚中定在暗罵，五散人說話有如放屁，說過永遠不上光明頂，永遠不理明教之事，今日卻又自己送上門來。」

楊逍道：「六大派四面圍攻，小弟孤掌難鳴，正自憂愁。今得蝠王和五散人瞧在明尊面上，仗義相助，實是本教之福。」周顛道：「你知道就好啦。」當下楊逍請五散人入內，僮兒送上茶水酒飯。

突然之間，那僮兒「啊」的一聲慘呼。張無忌身在袋內，也覺毛骨悚然，不知發生了甚麼事。過了好一會，卻聽韋一笑說道：「楊左使，傷了你一個僮兒，韋一笑以後當圖報答。」他說話時精神飽滿，和先前的氣息奄奄大不相同。張無忌心中一凜：「他吸了這僮兒的熱血，自己的寒毒便抑制住了。」聽楊逍淡淡的道：「咱們之間，還說甚麼報答不報答？蝠王上得光明頂來，便是瞧得起我。」

這七人個個是明教中頂兒尖兒的高手，雖眼下大敵當前，但七人一旦相聚，都是精神一振。食用酒飯後，便商議禦敵之計。說不得將布袋放在腳邊，張無忌又飢又渴，卻記著說不得的吩咐，不敢稍有動彈作聲。

七人商議了一會。彭和尚道：「光明右使和紫衫龍王不知去向，金毛獅王存亡難卜，這三位是不必說了。眼前最不幸之事，是五行旗和天鷹教的樑子越結越深，前幾日大鬥一場，雙方死傷均重。倘若他們也能到光明頂上，攜手抗敵，別說六大派圍攻，便十二派、十八派，明教也能兵來將擋，水來土掩。」

說不得在布袋上輕輕踢了一腳，說道：「袋中這個小子，和天鷹教頗有淵源，最近又於五行旗有恩，將來或能著落在這小子身上，調處雙方嫌隙。」

韋一笑冷冷的道：「教主位子一日不定，本教紛爭一日不解，憑他有天大本事，這嫌隙總難調處。楊左使，在下要問你一句，退敵之後，你擁何人為主？」楊逍淡淡的道：「聖火令由誰所持，我便擁誰為教主。這是本教祖規，我自然遵奉。」韋一笑道：「聖火令失落已近百年，難道聖火令不出，明教便一日無主？六大門派膽敢圍攻光明頂，沒將本教瞧在眼裏，還不是因為知道本教乏人統屬、內部四分五裂之故。」

說不得道：「韋兄這話是不錯的。我布袋和尚既非殷派，亦非韋派，是誰做教主都好，總之要有個教主。就算沒教主，有個副教主也好啊，號令不齊，如何抵禦外侮？」鐵冠道人道：「說不得之言，正獲我心。」

楊逍變色道：「各位上光明頂來，是助我禦敵呢，還是來跟我為難？」

周顛哈哈大笑，道：「楊逍，你不願推選教主，這用心難道我周顛不知道麼？明教沒教主，便以你光明左使為尊。哼哼，可是啊，你職位雖然最高，旁人不聽你號令，又有何用？你調得動五行旗麼？四大護教法王肯奉你號令麼？我們五散人更是閒雲野鶴，沒當你光明左使者是甚麼東西！」

楊逍霍地站起，冷冷的道：「今日外敵相犯，楊逍無暇和各位作此口舌之爭，各位倘若對明教存亡甘願袖手旁觀，便請下光明頂去罷！楊逍只要不死，日後再圖一一奉訪。」彭和尚勸道：「楊左使，你也不必動怒。六大派圍攻明教，凡本教弟子，人人護教有責，又不是你一人之事。」

楊逍冷笑道：「只怕本教卻有人盼望楊逍給六大派宰了，好拔去了這口眼中之釘。」周顛道：「你說的是誰？」楊逍道：「各人心中明白，何用多言？」周顛怒道：「你是說我嗎？」楊逍眼望他處，不予理睬。

彭和尚見周顛眼中放出異光，似乎便欲起身和楊逍動手，忙勸道：「古人道得好：兄弟鬩於牆，外禦其侮。咱們且商量禦敵之計。」楊逍道：「瑩玉大師識得大體，此言甚是。」周顛大聲道：「好啊，彭賊禿識得大體，周顛便只識小體？」他激發了牛性，甚麼也不顧了，喝道：「今日偏要議定這教主之位，周顛主張韋一笑出任明教教主。吸血蝙蝠武功高強，機謀多端，本教之中誰也及不上他。」其實周顛平時和韋一笑也沒甚麼交情，相互間惡感還多於好感，但他存心氣惱楊逍，便推了韋一笑出來。

楊逍哈哈一笑，道：「我瞧還是請周顛當教主的好。明教眼下已是四分五裂的局面，再請周大教主來顛而倒之、倒而顛之一番，那才教好看呢！」周顛大怒，喝道：「放你媽的狗臭屁！」呼的一掌，便向楊逍頭頂拍落。

適才周顛一掌打落說不得多枚牙齒，乃因說不得不避不架之故，但楊逍豈是易與之輩？他於十餘年前，便因立教主之事，與五散人起了重大爭執，當時五散人立誓永世不上光明頂，今日卻又破誓重來，他心下已暗自起疑，待見周顛突然出手，只道五散人約齊韋一笑前來圖謀自己，驚怒之下，右掌揮出，往周顛手掌上迎去。

韋一笑素知楊逍之能，周顛傷後元氣未復，萬萬抵敵不住，立即手掌拍出，搶在頭裏，接了楊逍這一掌。兩人手掌相交，竟無聲無息。

原來楊逍雖和周顛有隙，但念在同教之誼，究不願一掌便傷他性命，因此這一掌未使全力，但韋一笑武功深湛，一招「寒冰綿掌」拍到，楊逍右臂劇震，登覺一股陰寒之氣從肌膚中直透進來，忙運內力抵禦。兩人功力相若，登時相持不下。

周顛叫道：「姓楊的，再吃我一掌！」剛才一掌沒打到，這時第二掌又擊向他胸口。說不得叫道：「周顛，不可胡鬧。」彭瑩玉也叫：「楊左使、韋蝠王，兩位快快罷手，不可傷了和氣！」伸手欲去擋開周顛那一掌，楊逍身形稍側，左掌已和周顛右掌黏住。

說不得叫道：「周顛，你以二攻一，算甚麼好漢？」伸手往周顛肩頭抓落，想要將他拉開，手掌未落，突見周顛身子微微發顫，似乎已受內傷。說不得吃了一驚，他素知光明左使功力通神，是本教絕頂高手，只怕一掌之下已將周顛傷了，見周顛右掌仍和楊逍左掌黏住，不肯撤掌，叫道：「周顛，自己兄弟，拚甚麼老命？」往他肩頭一扳，同時說道：「楊左使，掌下留情！」生怕楊逍不撤掌力，順勢追擊。

不料一拉之下，周顛身子一晃，沒能拉開，同時一股透骨冰冷的寒氣從手掌心中直傳至胸口，說不得更是吃驚，暗想：「這是韋兄的獨門奇功『寒冰綿掌』啊，怎地楊逍也練成了？」急運內力與寒氣相抗。但寒氣越來越厲害，片刻之間，說不得牙關相擊，堪堪抵禦不住。

鐵冠道人和彭瑩玉雙雙搶上，一護周顛，一護說不得。四人之力聚合，寒氣已不足爲患，然只覺楊逍掌心傳過來的力道一陣輕一陣重，時急時緩，瞬息萬變，四人不敢撤掌，生怕便在撤掌收力的一刹那間，楊逍突然發力，那麼四人不死也得重傷。彭瑩玉叫道：「楊左使，咱們大敵當前，豈可……豈可……豈可……」牙齒相擊，再也說不下去了，似乎全身血液都要凍結成冰，原來他一開口說話，眞氣暫歇，便即抵擋不住自掌中傳來的寒氣。

如此支持了一盞茶時分，冷面先生冷謙在旁冷眼旁觀，見韋一笑和四散人都神色緊張，楊逍卻悠然自若，心下好生懷疑：「楊逍武功雖高，但比韋一笑也不過稍高半籌，未必能勝得他多少，再加上說不得等四個人，楊逍萬萬抵敵不住，何以他以一敵五，反而似操勝算，其中必有古怪！」低頭沉思，一時難明其理。

只聽周顛叫道：「冷面鬼……打……打他背心……打……」冷謙未曾想明白其中原因，不肯便此出手，眼下五散人只自己一人閒著，解危脫困，全仗自己，倘若也和楊逍一起硬拚，多一人之力雖好得多，卻也未必定能制勝。然見周顛和彭瑩玉臉色發青，如再支持下去，陰毒入了內臟，便是無窮之禍，當下伸手入懷，取出五枚爛銀小筆，托在手中，說道：「五筆，打你曲池、巨骨、陽谿、五里、中都。」這五處穴道都在手足上，並非致命要穴，他又先行說了出來，意思是通知楊逍，並非和你爲敵，乃是要你撤掌罷鬥。

楊逍微微一笑，並不理會。冷謙叫道：「得罪了！」左手一揚，右手一揮，五點銀光直向楊逍射去。楊逍待五枚銀筆飛近，突然左臂橫劃，拉得周顛等四人擋在他身前，但聽周顛和彭瑩玉齊聲悶哼，五枚小筆分別打在他二人身上，周顛中了兩枚，彭瑩玉中了三枚。好在冷謙意不在傷人，出手甚輕，所中又不在穴道，雖傷肉見血，卻無大礙。

彭瑩玉低聲道：「是乾坤大挪移！」冷謙聽到「乾坤大挪移」五字，登時省悟。「乾坤大挪移」是明教歷代相傳一門最厲害的武功，其根本道理也並不如何奧妙，只不過先求激發自身潛力，然後牽引挪移敵勁，說起來也只「四兩撥千斤」而已，但眞要做到，那可難了，其中變化神奇，匪夷所思。自前任教主陽頂天逝世，明教中再也無人會這門功夫，是以六人一時都沒想到。其實楊逍並不出多少力氣，只是將韋一笑的掌力引著攻向四散人，反過來又將四散人的掌力引去攻擊韋一笑，他居中悠閒而立，不過將雙方內力牽引傳遞，隔山觀虎鬥而已。

冷謙道：「恭喜！無惡意，請罷鬥。」他說話簡潔，「恭喜」兩字，是慶賀楊逍練成了明教失傳已久的「乾坤大挪移」神功；「無惡意」是說我們六人這次上山，對你絕無惡意，原是誠心共抗外敵而來；「請罷鬥」是請雙方罷鬥，不可誤會。

楊逍知他平素決不肯多說一個字廢話，正因爲不肯多說一個字，自是從來不說假話。他既說「無惡意」，那是眞的沒有惡意了，而且他適才出手擲射的五枚銀筆，顯爲解圍，不在傷人，有實事足爲明證，於是哈哈一笑，說道：「韋兄、四散人，我說一、二、三，大家同時撤去掌力，免有誤傷！」見韋一笑和周顚等都點了點頭，便緩緩叫道：「一、二、三！」

那「三」字剛出口，楊逍便即收起「乾坤大挪移」神功，突然間背心一寒，一股銳利的指力已戳中了他背上「神道穴」。楊逍大吃一驚：「蝠王好不陰毒，竟乘勢偷襲。」待要回掌反擊，只見韋一笑身子一晃，跌倒在地，顯然也中了暗算。

楊逍一生不知見過多少大陣仗，雖然這一下變起倉卒，卻不慌張，向前衝出兩步，先脫卻身後敵人控制，回過身來，一瞥之下，只見周顛、彭瑩玉、鐵冠道人、說不得四人各已倒地，冷謙正向一個身穿灰色布袍之人拍出一掌。那人回手擋格，冷謙「哼」了一聲，聲音中微帶痛楚。

楊逍吸一口氣，縱身上前，待欲相助冷謙，突覺一股寒冰般的冷氣從「神道穴」疾向上行，霎時之間自身柱、陶道、大椎、風府，遊遍了全身督脈諸穴。楊逍心知不妙，敵人武功既高，心又陰毒，抓正了自己與韋一笑、四散人一齊收功撤力的瞬息時機，閃電般猛施突襲，只得疾運真氣相抗。這股寒氣和韋一笑所發的「寒冰綿掌」掌力全然不同，只覺是細絲般一縷冰線，但遊到何處穴道，何處便感酸麻，倘若正面對敵，楊逍有內力護體，決不致任這股凌厲指力透體侵入，此刻既受暗算，只好先行強忍，助冷謙擊倒敵人再說。

他拔步上前，右掌揚起，剛要揮出，突然全身劇烈冷顫，掌上勁力已無影無蹤。這時冷謙已和那人拆了二十餘招，眼見不敵。楊逍大急，見冷謙右足踢出，給那人搶上一步，一指戳在臂上，冷謙身形晃動，向後便倒。楊逍驚怒交集，拚起全身殘餘內力，右肘一個肘錘向那灰袍人胸口撞去。灰袍人左指彈出，正中楊逍肘底「小海穴」，楊逍登時全身冰冷酸麻，再也不能移動半步。

那灰袍人冷冷的道：「光明左使名不虛傳，連中我兩下『幻陰指』，居然仍能站立。」楊逍森然道：「你這彈指功夫是少林派手法，可是這『幻陰指』的內勁，哼哼，少林派中卻沒這門陰毒武功。你是何人？」

灰袍人哈哈一笑，說道：「貧僧圓眞，座師法名上『空』下『見』。這次六大派圍剿魔教，你們死在少林弟子手下，也不枉了。」

楊逍氣往上衝，忿然道：「六大門派和我明教爲敵，眞刀眞槍，決一死戰，那才是男子漢大丈夫的行逕。空見神僧仁俠之名播於天下，那知座下竟有你這等卑鄙無恥之徒……」說到這裏，再也支持不住，雙膝酸軟，坐倒在地。

圓眞哈哈大笑，說道：「出奇制勝，兵不厭詐，自古已然。我圓眞一人，打倒明教七大高手，難道你們輸得還不服氣麼？」

楊逍強忍怒火，搖頭嘆道：「你怎麼能偷入光明頂來？這秘道你如何得知？若蒙相示，楊逍死亦瞑目。」他想圓眞此次偷襲成功，固然由於身負絕頂武功，但最主要原因，還在知道偷入光明頂的秘道，越過明教教衆的十餘道哨線，神不知鬼不覺的突然出手，才能將明教七大高手一舉擊倒。明教經營總壇光明頂已數百年，憑藉危崖天險，實有金城湯池之固，豈知禍起於內，猝不及防，竟至一敗塗地，心中忽地想起了《論語》中孔子的幾句話：「邦分崩離析，而不能守也；而謀動干戈於邦內。吾恐季孫之憂，不在顓臾，而在蕭牆之內也。」

圓眞笑道：「你魔教光明頂七峯十三崖，自己當作天險，在我少林僧眼中，卻是康莊大道，何足道哉？你們都中了我的幻陰指，三日之內，各赴西天，那也不在話下。貧僧這便上聖火峯去，埋下幾百斤火藥，再滅了魔教的魔火，甚麼天鷹教啦、五行旗啦，一見之下，急急忙忙的趕上來相救，轟的一聲大響，地下埋著的火藥炸將起來，不可一世的魔教從此煙飛火滅。有分教：少林僧獨指滅明教，光明頂七魔歸西天。」

楊逍等聽了這番話，均大感驚懼，看來此人說得出做得到，自己送命不打緊，只怕明教在中土傳了三十三世，今日不免要滅在這少林僧手下。

圓眞越說越得意：「明教之中，高手如雲，你們若非自相殘殺，四分五裂，何致有覆滅之禍？今日你們七人若不是正在自拚掌力，貧僧便悄悄上得光明頂來，又焉能一擊成功？這叫做天作孽，猶可活；自作孽，不可活！哈哈，想不到當年威風赫赫的明教，陽頂天一死，便落得如此下場。」

楊逍、彭瑩玉、周顚等面臨身死教滅的大禍，聽了他這一番話，回想過去三十年來的往事，均覺後悔無已，心想：「這毒和尚的話倒也不錯。」

周顛大聲道：「楊逍，我周顛實在該死！過去對你不起。你這人雖不大好，但當了教主，也勝於明教沒教主而鬧得全軍覆沒。」楊逍苦笑道：「我何德何能，能當教主？大家都錯了，咱們弄得一團糟，九泉之下，誰也沒面目去見歷代明尊教主。」

圓眞笑道：「各位此時後悔，已然遲了。當年陽頂天任大魔頭之時，氣燄何等不可一世，只可惜他死得早了，沒能親眼見到明教的慘敗。」

周顛怒罵：「放屁！陽教主倘若在世，大夥兒聽他號令，你這賊禿會偷襲得手麽？」圓眞冷笑道：「陽頂天死也好，活也好，我總有法子令他身敗名裂……」

突然間啪的一響，跟著「啊」的一聲，圓眞背上已中了韋一笑的一掌，便在同時，韋一笑也給圓眞反戳一指，正中胸口的「膻中穴」。兩人搖搖晃晃的各退幾步。

原來韋一笑遭圓眞一指點中後，雖受傷極重，他內力畢竟高人一籌，並非登時全無反擊之力，只裝作暈去，等到圓眞得意洋洋、絕不防備之際，暴起襲擊。這一掌他逼出了全身勁力，爲了挽救明教浩劫，意圖與敵同歸於盡。圓眞雖然厲害，但青翼蝠王是明教四大護教法王之一，向與殷天正、謝遜等人齊名，這奮力一擊，豈同小可？「寒冰綿掌」的掌力入體，圓眞但覺胸口煩惡欲嘔，數番潛運內力欲圖穩住身子，總是天旋地轉，便欲摔倒，只得盤膝坐下，運氣與那「寒冰綿掌」的寒氣相抗。

韋一笑連中兩下「幻陰指」，更立足不定，摔倒後便即動彈不得。

剎那之間，廳堂上寂靜無聲，八大高手一齊身受重傷，誰也不能移動半步。八人各運內力，企盼早一步能恢復行動，只要那一方能早得片刻，便可制死對方。各人都憂急萬狀，均知明教存亡、八人生死，實繫於這一線之間。倘若圓真能先一步行動，他雖傷重，卻可提劍將七人一一刺死；要是明教七人中有任何一個能先動彈，殺了圓真，明教便此得救。

本來七人這邊人多，大佔便宜，但五散人功力較淺，中了一下「幻陰指」後勁力全失，而內功深湛的楊逍和韋一笑卻均連中兩指。「寒冰綿掌」和「幻陰指」的勁力原本難分高下，然韋一笑拍出那一掌時已受傷在先，圓眞點他第一指時卻未曾受傷，看來對耗下去，倒是圓眞先能移動的局面居多。

楊逍等暗暗心焦，但這運氣行功，實在半分勉強不得，越是心煩氣躁，越易大出岔子，這些人個個是內家高手，這中間的道理如何不省得？冷謙等吐納數下，料知無法趕在圓眞前頭，但盼光明頂上楊逍的下屬能有一人走進廳來。只須有明教的一名教眾入內，便不會絲毫武藝，只消提根木棍，輕輕一棍便能將圓眞打死。

可是等了良久，廳外更無半點聲息。這時候正值午夜，光明頂上的教眾或分守哨防，或各自安臥，不得楊逍召喚，誰敢擅入議事堂來？至於服侍楊逍的僮兒，一人給韋一笑吸血而死，其餘的個個嚇得魂飛魄散，早遠遠散開，別說楊逍沒扯鈴叫人，就算叫到，只怕一時之間也未必有人敢大膽踏入廳堂，走到這吸血魔王身前。

張無忌藏身布袋之中，雖目不見物，但於各人說話、一切經過，全都聽得淸淸楚楚。此刻但聽得一片寂靜，也知寂靜之中隱藏著極大殺機。過了半晌，忽聽得說不得道：「喂，布袋中的小朋友，你非救我們一救不可。」張無忌問道：「怎麼救啊？」

圓眞丹田中一口眞氣正在漸漸通暢，猛地裏聽得布袋中發出人聲，一驚非同小可，眞氣立時逆運，全身劇烈顫抖。他自潛入議事堂後，一心在對付韋一笑、楊逍等幾位高手，那有餘暇去察看地下一隻絕無異狀的布袋？突聞袋中有人說話，不禁倒抽了一口涼氣，暗叫：「我命休矣！」

只聽說不得道：「這布袋的口子用『千纏百結』縛住，除我自己之外，旁人萬萬沒法解開，但你可站起身來。」張無忌道：「是！」從布袋中站起。

說不得道：「小兄弟，你捨身相救銳金旗數十位兄弟的性命，義烈高風，人人欽佩。眼下我們數人的性命，也全靠你相救，請你走將過去，輕輕一拳一掌，便將這惡僧打死了罷。」張無忌心下沉吟，半晌不答。說不得道：「這惡僧乘人之危，忽施偷襲，這般卑鄙行逕，你是親耳聽到的。你如不打死他，明教上下數萬人衆，都要爲他盡數殺害。你去打死他，乃大仁大勇的俠義行爲。」張無忌仍躊躇不答。

圓眞道：「我此刻半點動彈不得，你過來打死我，豈不爲天下好漢恥笑？」周顚怒道：「臭賊禿，你少林派自稱正大門派，卻偷偷摸摸的上來暗襲，天下好漢就不恥笑麼？」

張無忌向圓眞走了一步，便即停住，說道：「說不得大師，貴教和六大門派之間的是非曲直，小可實難分解。小可極願爲各位援手，卻不願傷了這位少林派的大和尙。」

彭瑩玉道：「小兄弟你有所不知，你此時如不殺他，待這和尙功力一復，他非連你也害了不可。」圓眞笑道：「我和這位小施主無怨無仇，怎能隨便傷人？何況這位小施主又非魔教中人，看來還是讓布袋和尙不懷好意的擒上山來。你們魔教中人無惡不作，對他還有甚麼好事做將出來。」

雙方氣喘吁吁，說話都極艱難，但均力下說辭，要打動張無忌之心。

張無忌甚感爲難，耳聽得這圓眞和尙出手偷襲，極不光明，但要上前出掌將他打死，卻非本心所願，何況這一掌打下了，那便永遠站在明教一面，和六大門派爲敵。太師父、衆師伯叔、周芷若等人，全成了自己的敵人。又想：「明教素給武林中人公認爲邪魔異端，如韋一笑吸食人血、義父濫殺無辜，確有許多不該之處。太師父當年諄諄告誡，千萬不可和魔教中人結交，以免終身受禍，我父親便因和身屬魔教的母親成親，因而自刎武當山頭。何況這圓眞是神僧空見的弟子，空見大師甘受一十三拳七傷拳，只盼能感化我義父，結果卻身死拳下，這等大仁大義的慈悲心懷，武林中千古罕有。我怎能再傷他弟子？」

只聽說不得又在催促勸說，張無忌道：「說不得大師，請你教我一個法子，不用傷害這位大和尚，而他也傷你們不得，小可定然照辦。」

說不得心想：「眼下局面，定須拚個你死我活。那裏還能雙方都可保全？不是圓眞死，便是我們亡。」正自沉吟未答，彭瑩玉道：「小兄弟仁人心懷，至堪欽佩。便請你伸出手指，在圓眞胸口『玉堂穴』上輕輕一點。這一下對他決無損傷，不過令他幾個時辰內不能運使內力。我們派人送他下光明頂去，決不損他一根毫毛。你知道『玉堂穴』的所在嗎？」

張無忌深明醫理，知道在「玉堂穴」上輕點一指，確能暫阻丹田中眞氣上行，但並不損傷身體，便道：「知道。」卻聽圓眞道：「小施主千萬別上了他們的當。你點我穴道，固然不打緊，但他們內力一復，立時便來殺我，你又如何阻止得了？」

周顚罵道：「放你媽的狗臭屁！我們說過不傷你，自然不傷你，明教五散人說過的話，幾時不算數了？」

張無忌心想楊逍和五散人似乎都不是出爾反爾之輩，只韋一笑一人可慮，便問：「韋前輩，你說如何？」韋一笑顫聲道：「眼下咱們但求自保，我也暫不傷他便是。下次見面，大家再拚……你死我……我活。」他說到「你死我活」這四字時，已上氣不接下氣。張無忌道：「這便是了，光明使者、青翼蝠王、五散人七位，個個是當世的英雄豪傑，豈能失信於人？圓真大師，晚輩可要得罪了。」說著走向圓眞身前。

他身在袋中，每一步只能邁前尺許，但十餘步後，終於到了圓眞面前。這樣一隻大布袋慢慢向前移動，本來十分滑稽古怪，但此刻各人生死繫於一線，誰也笑不出來。

張無忌聽著圓眞的呼吸，待得離他二尺，便即停步，說道：「圓眞大師，晚輩是爲了周全雙方，你別見怪。」說著緩緩提起手來。

圓眞苦笑道：「此刻我全身動彈不得，只好任你小輩胡作非爲。」

自從「蝶谷醫仙」胡青牛一死，張無忌辨認穴道之技已屬當世無匹，他與圓眞之間雖隔著一隻布袋，但伸指出去便是點向「玉堂穴」，竟無厘毫之差。那「玉堂穴」是在人身胸口，位於「紫宮穴」下一寸六分，「膻中穴」上一寸六分，屬於任脈。這穴道並非致命大穴，但位當氣脈必經通道，一加阻塞，全身眞氣立受干撓。

猛聽得楊逍、冷謙、說不得齊叫：「啊喲！快縮手！」

張無忌只覺右手食指一震，一股冷氣從指尖上直傳過來，有如閃電一般，登時全身皆冷。只聽得周顚、鐵冠道人等一齊破口大罵：「臭賊禿，膽敢如此使奸！」張無忌全身簌簌發抖，心裏已然明白，圓眞雖腳步不能移動，但能勉力提起手指，悄悄放在他自己「玉堂穴」之前。張無忌苦在隔著布袋，瞧不見他竟會使出這一著，一指點去，兩根指尖相碰，圓眞的「幻陰指」指力已隔著布袋傳到他體內。

這一下圓眞是將全身殘存的內力盡數逼出在手指之上，雙指一觸之後，他全身癱瘓，臉色青白，便如殭屍。

廳堂上本來有八人受傷後不能移動，這一來又多了個張無忌，成爲九人難動。周顚最爲暴躁，雖然說話上氣不接下氣，還是硬要破口大罵少林賊禿奸詐無恥。楊逍等人卻想，這倒也怪圓眞不得，敵人要點他穴道，他伸手自衛，原無甚麼不當。

圓眞一時疲累欲死，心中卻自暗喜，心想這小子年紀不大，能有多少功力，中了幻陰指後，料他不到半日便即身死，自己散了的眞氣當可在一個時辰後慢慢凝聚，仍是任由自己爲所欲爲的局面。

廳堂之上又即寂靜無聲，過了半個時辰，四枝蠟燭逐一熄滅，廳堂中漆黑一片。

楊逍等聽著圓眞的呼吸由斷斷續續而漸趨均勻，由粗重而逐步漫長，知他體內眞氣正自凝聚，但自己略一運功，那幻陰指寒冰般的冷氣便即侵入丹田，忍不住發抖。各人越來越失望，心中難受之極，反盼圓眞早些回復功力，上來每人一拳，痛痛快快的將自己打死了，勝於慘受這種無窮無盡的折磨。冷謙、周顚等人索性瞑目待死，倒也爽快。說不得和彭瑩玉卻甚放心不下，他兩人是出家的和尙，但偏偏最爲熱誠，最關心世人疾苦，立志要救民復國，謀求天下太平。這時局勢已難挽回，最後終將喪生在圓眞手下，各人生平壯志，不免盡付流水。

說不得淒然道：「彭和尚，咱們處心積慮只想趕走蒙古韃子，救民於水火，那知到頭來還是一場空。唉，想是天下千千萬萬的百姓劫難未盡，還有得苦頭吃呢。」

張無忌守住丹田一股熱氣，和幻陰指的寒氣相抗，於說不得這幾句話卻聽得淸淸楚楚，不禁奇怪：「他說要趕走蒙古韃子？難道惡名遠播的魔教，還眞能爲天下百姓著想麼？」

只聽彭瑩玉道：「說不得，我早就說過，單憑咱們明教之力，蒙古韃子是趕不了的，總須聯絡普天下英雄豪傑，一齊奮力，才能成事。你師兄棒胡、我師弟周子旺，當年造反起事，這等轟轟烈烈的聲勢，到後來仍一敗塗地，還不是爲了沒外援麼？」

周顚大聲道：「死到臨頭，你們兩個賊禿還在爭不清楚，一個說要以明教爲主，一個說要聯絡正大門派。依我周顚看來，都是廢話，都是放屁！咱們明教自己四分五裂，六神無主，還主他媽個屁！彭和尚要聯絡正大門派，更是放屁之至，屁中之尤，六大門派正在圍剿咱們，咱們還跟他聯絡個屁！」

鐵冠道人插口道：「倘若陽教主在世，咱們將六大門派打得服服貼貼，何愁他們不聽本教號令。」周顚哈哈大笑，說道：「牛鼻子雜毛放的牛屁更加臭不可當，陽教主倘若在世，自然一切都好辦，這個誰不知道？要你多說……啊喲……啊喲……」他張口一笑，氣息散渙，幻陰指寒氣直透到心肺之間，忍不住叫了出來。

冷謙道：「住嘴！」他這兩個字一出口，各人一齊靜了。

張無忌心中思潮起伏：「看來明教這一教派，這中間大有原委曲折，並非單是專做壞事而已。」便道：「說不得大師，貴教宗旨到底是甚麼？可能見示否？」

說不得道：「哈，你還沒死麼？小兄弟，你莫名其妙的爲明教送了性命，我們很過意不去。反正你也沒幾個時辰好活，本教的秘密就是跟你說了，也沒干係。冷面先生，你說是麼？」冷謙道：「說！」他本該說「你對他說好了」，六個字卻以一個「說」字來包括了。

說不得道：「小兄弟，我明教源於波斯國，唐時傳至中土。當時稱爲祆教。唐皇在各處敕建大雲光明寺，爲我明教的寺院。我教教義是行善去惡，衆生平等，若有金銀財物，須當救濟貧衆，我教衆不茹葷酒，崇拜明尊。明尊即是火神，也即是善神。只因歷朝貪官污吏欺壓我教，教中兄弟不忿，往往起事，自北宋方臘方教主以來，已算不清有多少次了。」張無忌也聽到過方臘的名頭，知他是北宋宣和年間的「四大寇」之一，和宋江、王慶、田虎等人齊名，便道：「原來方臘是貴教的教主？」

說不得道：「是啊。到了南宋建炎年間，有王宗石教主在信州起事，紹興年間有余五婆教主在衢州起事，理宗紹定年間有張三槍教主在江西、廣東一帶起事。只因本教素來和朝廷官府作對，朝廷便說我們是『魔教』，嚴加禁止。我們為了活命，行事不免隱秘詭怪，以避官府耳目。正大門派和本教積怨成仇，更加勢成水火。當然，本教教眾之中，也不免偶有不自檢點、為非作歹之徒，仗著武功了得，濫殺無辜者有之，姦淫擄掠者有之，於是本教聲譽便如江河之日下了……」

楊逍突然冷冷插口道：「說不得，你是說我麼？」說不得道：「我的名字叫做『說不得』，凡是說不得之事，我是不說的。各人做事，各人自己明白，這叫做啞子吃餛飩，肚裏有數。」楊逍哼了一聲，不再言語。

張無忌猛地一驚：「咦，怎地我身上不冷了？」他初中圓眞的幻陰指時寒冷難當，但隔了這些時候，寒氣竟已消失得無影無蹤。他自十歲那年身中「玄冥神掌」陰毒，直至十七歲上方才去淨，七年之間，日日夜夜均在與體內寒毒相抗，運氣禦寒已和呼吸、眨眼一般，不須意念，自然而生。何況他修練九陽神功雖未功行圓滿，最後的大關未過，但體內陽氣已充旺之極，過不多時，早已將陰毒驅除乾淨。

只聽說不得道：「自從我大宋亡在蒙古韃子手中，明教更成朝廷死敵，我教向以驅除胡虜為己任。只可惜近年來明教羣龍無首，教中諸高手為了爭奪教主之位，鬧得自相殘殺。終於有的洗手歸隱，有的另立支派，自任教主。教規一墮之後，與名門正派結的怨仇更深，才有眼前之事。圓眞和尚，我說的可沒半句假話罷？」

圓眞哼了一聲，說道：「不假，不假！你們死到臨頭，何必再說假話？」他一面說，一面緩緩站起，向前跨了一步。

楊逍和五散人一齊「啊」的一聲驚呼。各人雖明知他終於會比自己先復行動，卻沒想到此人功力居然如此深厚，中了青翼蝠王韋一笑的「寒冰綿掌」後，仍能如此迅速的提氣運功。只見他身形凝重，左足又向前跨了一步，身子卻沒半點搖晃。

楊逍冷笑道：「空見神僧的高足，果然非同小可，可是你還沒回答我先前的話啊。難道此中頗有曖昧，說不出口嗎？」

圓眞哈哈一笑，又邁了一步，說道：「你若不知曉其中底細，當眞死不瞑目。你問我怎能知道光明頂的秘道，何以能越過重重天險，神不知鬼不覺的上了山巓。好，我跟各位實說了，是貴教陽頂天教主夫婦兩人，親自帶我上來的。」

楊逍一凜，暗道：「以他身分，決不致會說謊話，但此事又怎能夠？」

只聽周顚已罵了起來：「放你娘十八代祖宗的累世狗臭屁！這秘道是光明頂的大秘密，是本教的莊嚴聖境。楊左使雖是光明使者，韋大哥是護教法王，也從來沒走過，自來只有教主一人，才可行此秘道。陽教主怎會帶你一個外人行此秘道？」

圓眞嘆了口氣，出神半晌，幽幽的道：「你既非查根問底不可，我便將三十三年前的一件隱事跟你說了。反正你們終究不能活著下山，洩漏此事。唉！周顛，你說的不錯，這秘道是明教的莊嚴聖境，歷來只有教主一人，方能進入，否則便是犯了教中決不可赦的嚴規。可是陽頂天的夫人是進去過的，陽頂天犯了教規，曾私帶夫人偷進秘道……（周顛插口罵道：「放屁！大放狗屁！」彭瑩玉喝道：「周顛，別吵！」）……陽夫人又私自帶我走進秘道……（周顛插口大罵：「他媽的，呸，呸！胡說八道。」）……我不是明教中人，走進秘道也算不得犯了教規。唉，就算是明教教徒，就算犯下重罪，我又怕甚麼了？」他說起這段往事之時，聲音竟甚爲淒涼。

鐵冠道人問道：「陽夫人何以帶你走進秘道？」

圓眞道：「那是很久很久以前的事了，老衲今日已是七十餘歲的老人……少年時的舊事……好，一起跟你們說了。各位可知老衲是誰？陽夫人是我師妹，老衲出家之前的俗家姓氏，姓成名崑，外號『混元霹靂手』的便是！」

這幾句話一出口，楊逍等固驚訝無比，布袋中的張無忌更險些驚呼出聲。

冰火島上那日晚間義父所說的故事登時清清楚楚的出現在腦海中：義父的師父成崑怎地殺了他父母妻子全家、他怎地濫殺武林人士圖逼成崑出面、怎地拳傷空見神僧而成崑卻不守諾言現身……張無忌猛地裏想起：「原來那時這惡賊成崑已拜空見神僧爲師，空見神僧為了要化解這場冤孽，才甘心受我義父那一十三記七傷拳。豈知成崑竟連他自己的師父也欺騙了，累得空見神僧飲恨而終。」

他又想：「義父所以時常狂性發作、濫殺無辜，各幫各派所以齊上武當，逼死我爹爹媽媽，推究這一切事情的罪魁禍首，都是由於這成崑在從中作怪。」霎時之間，心中憤怒無比，只覺全身燥熱，有如火焚。說不得這乾坤一氣袋密不通風，他在袋中躭了這許多時候，早已氣悶之極，仗著內功深湛，以綿綿龜息之法呼吸，需氣極少，這才支持了下來。此時猛地裏心神亂了，蘊蓄在丹田中的九陽眞氣失卻主宰，茫然亂闖，登時便似身處洪爐，忍不住大聲呻吟。

周顚喝道：「小兄弟，大家命在頃刻，誰都苦楚難當，是好漢子便莫示弱出聲。」張無忌應道：「是！」當即以九陽眞經中運功之法鎭懾心神，調勻內息。平時只須依法施為，立時便心如止水，神遊物外，這時卻越加緊運功，四肢百骸越加難受，似乎每處大穴之中，同時有幾百枚燒紅了的小針在不住刺入。

他修習九陽眞經數年，雖得窺天下最上乘武學的秘奧，但未經明師指點，只自行暗中摸索，體內積蓄的九陽眞氣越儲越多，卻不會導引運用以打破最後一個大關。本來不加引發，倒也罷了，那圓眞的幻陰指卻是武學中極陰毒的功夫，一經加體，猶如在一桶火藥上點燃了藥引。偏生他又身處乾坤一氣袋中，激發了的九陽眞氣無處宣洩，反過來又向他身上衝激。在這短短的一段時刻中，他正經歷著修道練氣之士一生最艱難、最凶險的關頭，生死成敗，懸於一線。周顛等那想到他竟會遲不遲，早不早，偏偏就在此時撞到水火求濟、龍虎交會的大關頭，只道他中了幻陰指後垂死的呻吟。

他竭力抵禦至陽熱氣的煎熬，圓眞的話卻仍一句句清清楚楚的傳入耳中：「我師妹和我兩家乃是世交，兩人從小便有婚姻之約，豈知陽頂天暗中也在私戀我師妹，待他當上了明教教主，威震天下，我師妹的父母固是勢利之輩，我師妹也心志不堅，竟便嫁了他。可是她婚後並不見得快活，有時和我相會，不免要找一個極隱秘的所在。陽頂天對我這師妹事事依從，絕無半點違拗，她要去看看秘道，陽頂天雖知違犯教規，很不願意，但經不起她軟求硬逼，終於帶了她進去。自此之後，這光明頂的秘道，明教數百年來最神聖莊嚴的聖地，便成爲我和你們教主夫人私相幽會之地，哈哈、哈哈……我在這秘道中來來去去走過數十次，今日重上光明頂，還費甚麼力氣？」

周顛、楊逍等聽了他這番言語，人人啞口無言。周顛只罵了一個「放」字，下面這「屁」字便接不下去。每人胸中怒氣充塞，如要炸裂，對於明教的侮辱，再沒比這件事更爲重大的了；而今日明教覆滅，更由這秘道而起。衆人雖聽得眼中如欲噴出火來，卻都知圓眞這些話當非虛假騙人。

圓眞又道：「你們氣惱甚麼？我好好的姻緣給陽頂天活生生拆散了，明明是我愛妻，只因陽頂天當上了魔教大頭子，便將我愛妻霸佔了去。我和魔教此仇不共戴天。陽頂天和我師妹成婚之日，我曾去道賀，喝著喜酒之時，我心中立下重誓：『成崑只教有一口氣在，定當殺了陽頂天，定當覆滅魔教。』我立下此誓已有四十餘年，今日方見大功告成，哈哈，我成崑心願已了，死亦瞑目。」

楊逍冷冷的道：「多謝你點破了我心中的一個大疑團。陽教主突然暴斃，死因不明，原來是你下的手。」圓眞森然道：「當年陽頂天武功高出我甚多，別說當年，只怕現下我仍及不上他當年的功力……」周顛接口道：「因此你只有暗中加害陽教主了，若非下毒，便是如這一次般忽施偷襲。」

圓眞嘆了口氣，搖頭道：「不是。我師妹怕我偷下毒手，不斷的向我告誡，倘若陽頂天給我害死，她決饒不過我。她說她和我暗中私會，已萬分對不起丈夫，我若再起毒心，那是天理不容。陽頂天，唉，陽頂天，他……他是自己死的。」楊逍、彭瑩玉等都「啊」了一聲。

在圓眞心中，實對陽頂天和明教充滿了怨毒，今日眼見便可得報大仇，心中說不出的舒暢，這番揚眉吐氣的原由，非向明教的最高層人士盡情吐露不可，要令楊逍、韋一笑等個個死而無怨，自己則大暢胸懷。再者，自己與明教七大高手均身受陰毒，內息受阻，急於比賽誰先暢通經脈，恢復功力，生死勝負決於俄頃之間，陽夫人和自己在明教秘道中幽會的舊事，楊逍等一聽之下，必引為奇恥大辱，忿激之餘，勢將一敗塗地，於是將陽頂天何以身死的情由，更加繪聲繪影，說得淋漓盡致。

他繼續說道：「假如陽頂天眞是死在我掌底指下，我倒饒了你們明教啦……」他聲音漸轉低沉，回憶著數十年前的往事，緩緩的道：「那天晚間，我又和我師妹在秘道中相會，突然之間，聽到左首傳過來一陣極重濁的呼吸聲音。這是從來沒有的事，這秘道隱秘之極，外人決難找到入口，而明教中人，卻又誰也不敢擅入。我二人聽到這呼吸聲音，大吃一驚，便即悄悄過去察看，只見陽頂天坐在一間小室之中，手裏執著一張羊皮，滿臉殷紅如血。他見到了我們，說道：『你們兩個，很好，很好，對得我住啊！』說了這幾句話，忽然間滿臉鐵青，但臉上這鐵青之色一顯即隱，立即又變成血紅之色，忽青忽紅，在瞬息之間接連變換了三次。楊左使，你知道這門功夫罷？」

楊逍道：「這是本教的『乾坤大挪移』神功。」周顛道：「楊逍，你也已練會了，是不是？」楊逍道：「『練會』兩字，如何敢說？當年陽教主看得起我，曾傳過我一些這神功的粗淺入門功夫。我練了十多年，也只練到第二層而已。再練下去，便即全身眞氣如欲破腦而出，無論如何，總沒法克制。陽教主能於瞬息間變臉三次，那是練到第四層了。他曾說，本教歷代衆位教主之中，以第八代鍾教主武功最高，據說能將『乾坤大挪移』神功練到第五層，但便在練成的當天，走火入魔身亡。自此之後，從未有人練到過第四層。」

周顛道：「這麼難？」鐵冠道人道：「倘若不這麼難，哪能說得上是明教的護教神功？」這些明教中的武學高手，對這「乾坤大挪移」神功都聞之已久，向來神往，因此一經提及，雖身處危境，仍忍不住要談上幾句。

彭瑩玉道：「楊左使，陽教主將這神功練到第四層，何以要變換臉色？」他這時詢問這些題外文章，卻另有深意，他知圓眞只要再走上幾步，各人即便一一喪生在他手底，好容易引得他談論往事，該當盡量拖延時間，只要本教七高手中有一人能回復行動，便可和他抵擋一陣，縱然不敵，事機或有變化，總勝於眼前這般束手待斃。

楊逍豈不明白他的心意？便道：「『乾坤大挪移』神功的主旨，乃在顛倒一剛一柔、一陰一陽的乾坤二氣，臉上現出青色紅色，便是體內血液沉降、眞氣變換之象。據說練至第六層時，全身都能忽紅忽青，但到第七層時，陰陽二氣轉換於不知不覺之間，外形上便全無表徵了。」

彭瑩玉生怕圓眞不耐煩，便問他道：「圓眞大師，我們陽教主到底因何歸天？」

圓眞冷笑道：「你們中了我幻陰指後，我聽著你們呼吸運氣之聲，便知兩個時辰之內萬難行動。想拖延時候，自行運氣解救，老實說那來不及的。各位都是武學高手，便受了再厲害的重傷，運了這麼久的內息，也該有些好轉了。卻怎麼全身越來越僵呢？」

楊逍、彭瑩玉等早已想到了這一層，但只教有一口氣在，總不肯死心。

只聽圓眞又道：「那時我見陽頂天臉色變幻，心下也不免驚慌。我師妹知他武功極高，一出手便能致我們於死地，說道：『頂天，這一切都是我不好，你放我成師哥下山，任何責罰，我都甘心領受。』陽頂天聽了她的話，搖了搖頭，緩緩說道：『我娶到你的人，卻娶不到你的心。』只見他雙目瞪視，忽然眼中流下兩行鮮血，全身僵直，一動也不動了。我師妹大驚，叫道：『頂天，頂天！你怎麼了？』」

圓眞叫著這幾句話時，聲音雖然不響，但各人在靜夜之中聽來，再想到陽頂天雙目流血的可怖情狀，無不心頭大震。

圓眞續道：「她叫了好幾聲，陽頂天仍毫不動彈。我師妹大著膽子上前去拉他的手，卻已僵硬，再探他鼻息，原來已經氣絕。我知她心下過意不去，安慰她道：『看來他是在練一門極難的武功，突然走火，眞氣逆衝，以致無法挽救。』我師妹道：『不錯，他是在練明教的不世奇功「乾坤大挪移」，正在要緊關頭，陡然發現我和你私下相會。雖非我親手殺他，可是他卻因我而死。』

「我正想說些甚麼話來開導勸解，她忽然指著我身後，喝道：『甚麼人？』我急忙回頭，卻不見人影。再回過頭來時，只見她胸口插了一柄匕首，已自殺身亡。

「嘿嘿，陽頂天說：『我娶到你的人，卻娶不到你的心。』我得到了師妹的心，卻終於得不到她的人。她是我生平至敬至愛之人，若不是陽頂天從中搗亂，我們的美滿姻緣何至有如此悲慘下場？若不是陽頂天當上魔教教主，我師妹也決計不會嫁給這個大上她二十多歲之人。陽頂天是死了，我奈何他不得，但魔教還是在世上橫行。當時我指著陽頂天和我師妹兩人的屍身，發誓道：『我成崑立誓要竭盡所能，覆滅明教。大功告成之日，當來兩位之前自刎相謝。』哈哈，楊逍、韋一笑，你們馬上便要死了，我成崑也已命不久長，只不過我是心願完成，欣然自刎，可勝於你們萬倍了。這些年來，我沒一刻不在籌思摧毀魔教。唉，我成崑一生不幸，愛妻爲人所奪，唯一的愛徒，卻又恨我入骨……」

張無忌聽他提到謝遜，更凝神注意，心志既已專一，體內的九陽眞氣便越加充沛，竟似四肢百骸無一處不是脹得要爆裂開來，每一根頭髮都好似脹大了幾倍。

只聽圓眞續道：「我下了光明頂後，回到中原，去探訪我多年不見的愛徒謝遜。那知一談之下，他竟已是魔教中的四大護教法王之一。我雖在光明頂上逗留，但一顆心全放在師妹身上，於你們魔教的勾當全不留心，我師妹也從不跟我說教中之事。我徒兒謝遜在魔教中身居高位，竟要他自己提到，我才得知。他還竭力勸我也入魔教，說甚麼戮力同心，驅除胡虜。我這一氣自非同小可。但轉念又想：魔教源遠流長，根深蒂固，教中高手如雲，以我一人之力，是決計毀它不了的。別說是我一人，便是天下武林豪傑聯手，也未必毀它得了。惟一的指望，只有從中挑撥，令它自相殘殺，自己毀了自己。」

楊逍等人聽了，不禁怵然心驚。這些年來各人均不知有大敵窺伺在旁，處心積慮的要毀滅明教，爲了爭奪教主之位，教內大亂，圓眞這番話眞如當頭棒喝，發人猛省。

只聽他又道：「當下我不動聲色，只說茲事體大，須得從長計議。過了幾天，我忽然假裝醉酒，意欲逼姦我徒兒謝遜的妻子，乘機便殺了他父母妻兒全家。我知這麼一來，他恨我入骨，必定找我報仇。倘若找不到，更會不顧一切的胡作非爲。哈哈，知徒莫若師，阿遜這孩兒甚麼都好，文才武功都是了不起的，只可惜魯莽易忿，不會細細思考一切前因後果……」

張無忌聽到此處，憤怒不可抑制，暗想：「原來義父這一切不幸遭遇，全是成崑在暗中安排。他不是酒後亂性，而是處心積慮的陰謀。」

只聽圓眞得意洋洋的道：「謝遜濫殺江湖好漢，到處留下我姓名，想要逼我出來，哈哈，我那會挺身而出？若要人不知，除非己莫爲，謝遜結下無數冤家，這些血仇最後終於會盡數算到明教帳上。他殺人之時偶爾遇到凶險，我便在暗中解救，他是我手中的殺人之刀，怎能讓他給人毀了？你們魔教外敵是樹得夠多了，再加上衆高手爭做教主，內鬨不休，正好一一墮在我計中。謝遜拳斃少林神僧空見，掌傷崆峒五老，王盤山上傷斃各家各派的無數好手，連他老朋友殷天正天鷹教的壇主也害了……好徒兒啊好徒兒，不枉我當年盡心竭力，傳了他一身好武功！」

楊逍冷冷的道：「如此說來，連你師父空見神僧，也是你毒計害死的！」

圓眞笑道：「我拜空見爲師，難道是眞心的麼？他受我磕了幾個頭，送上一條老命，也不算吃虧啊，哈哈，哈哈！」

圓眞大笑聲中，張無忌怒發欲狂，只覺耳中嗡的一聲猛響，突然暈了過去，但片刻之間，又即醒轉。他一生受了無數欺凌屈辱，都能淡然置之，但想義父如此鐵錚錚的一條好漢子，竟在成崑的陰謀毒計之下弄得家破人亡、身敗名裂，盲了雙目，孤零零在荒島上等死，這等深仇大恨，豈能不報？他怒氣上衝，布滿周身的九陽眞氣更加鼓盪疾走，眞氣呼出不能外洩，那乾坤一氣袋漸漸膨脹起來。楊逍等均在凝神傾聽圓眞的說話，誰也沒留神這布袋已起了變化。

只聽圓眞問道：「楊逍、韋一笑、彭和尙、周顚，你們再沒甚麼話說了罷？」楊逍嘆道：「事已如此，還有甚麼說的？圓眞大師，你能饒我女兒一命麼？她母親是峨嵋派的紀曉芙，出身名門正派，尙未入我明教。」

圓眞道：「養虎貽患，斬草除根！」說著走前一步，伸出手掌，緩緩往楊逍頭頂拍落。張無忌在布袋中聽得事態緊急，顧不得全身有如火焚，聽聲辨位，縱身前躍，擋在圓眞面前，左掌反撩，隔著布袋架開了他手掌。

圓眞這時剛勉強能恢復行動，畢竟元氣未復，給張無忌這麼擋架，身子晃動，退了一步，喝道：「好小子！你……你……」定了定神，上前揮掌向布袋上拍去。這一掌拍不到張無忌身子，卻給鼓起的布袋反彈，竟退了兩步，他大吃一驚，不明所以。

這時張無忌口乾舌燥，頭腦暈眩，體內的九陽眞氣已脹到即將爆裂，若乾坤一氣袋先行炸破，他便能脫困，否則駕御不了體內猛烈無比的眞氣，勢必肌膚寸裂，焚爲焦炭。

圓眞見布袋古怪，踏上兩步，又發掌擊去，布袋再度反彈，他又退了一步，但布袋卻也給他掌力推倒，像個大皮球般在地下打了幾個滾。張無忌人在袋中，接連不斷的亂翻觔斗，胸中氣悶，竭力鼓腹，欲將體內眞氣呼出。可是那布袋中這時也已脹足了氣，再要呼出一口氣已越來越難。圓眞跟著發出三拳、踢出兩腳，都讓袋中眞氣反彈出來，張無忌在袋中卻渾然不覺。圓眞這幾下幸好只碰在袋上，要是眞的擊中張無忌身子，此時他體內眞氣充溢，圓眞手足非受重傷不可。

楊逍、韋一笑等七人見了這等奇景，也都驚得呆了。這乾坤一氣袋是說不得之物，他自己卻也想不出如何會鼓脹成球，更不知張無忌在這布袋中是死是活。

圓眞從腰間拔出一柄匕首，猛力向布袋上刺去，那布袋遇到刀尖時只凹陷入內，卻不穿破。這布袋質料奇妙，非絲非革，亦非棉布，乃天地間一件異物，圓眞這柄匕首又非寶刀，連刺數刀，卻那裏奈何得了它？圓眞見掌擊刀刺都歸無效，心想：「跟這小子糾纏甚麼？」飛起右腳，猛力踢出，大布袋骨溜溜的朝廳門直滾過去。

這時布袋已膨脹成個大圓球，撞上廳門，立即彈回，疾向圓眞衝去。圓眞見勢道來得猛烈，雙掌豎起擊出，發力將那大球推開。砰的一聲大響，布片四下紛飛，乾坤一氣袋內爲張無忌的九陽眞氣鼓脹，外受圓眞掌力猛擊，兩力交迸，布袋登時炸成了碎片。

圓眞、楊逍、韋一笑、說不得等人都覺一股炙熱之極的氣流衝向身來，又見一個衣衫襤褸的青年站在當地，露出滿臉迷惘之色。

原來便在這頃刻之間，張無忌所練的九陽神功已然大功告成，水火相濟，龍虎交會。須知大布袋內眞氣充沛，等於是數十位高手各出眞力，同時按摩擠逼他周身數百處穴道。他內內外外眞氣激盪，身上數十處玄關一一衝破，只覺全身脈絡之中，有如一條條水銀在到處流轉，舒適無比。這等機緣自來無人能遇，而這寶袋一碎，此後也再無人有此巧遇。

圓眞眼見這袋中少年神色不定，茫然失措，自己重傷之下，若不抓住這稍縱即逝的良機，一讓對方佔先，那就危乎殆哉，當即搶上一步，右手食指伸出，運起「幻陰指」內勁，直點他胸口「膻中穴」。

張無忌揮掌擋格，這時他神功初成，武術招數卻仍平庸之極，前時義父和父親所教的武功也尚未融會貫通，如何能和圓眞這等絕頂高手相抗？只一招間，他手腕上「陽池穴」已給圓眞點中，登時機伶伶的打個冷戰，退後了一步。可是他體內充沛欲溢的眞氣，便也在這瞬息間傳到了圓眞指上。這兩股力道一陰一陽，恰好互剋，張無忌的內力來自九陽神功，遠爲渾厚。圓眞手指發熱，全身功勁如欲散去，再加重傷之餘，平時功力已賸不了一成，心知情勢不利，脫身保命要緊，轉身便走。

張無忌怒罵：「成崑大惡賊，留下命來！」追出廳門，只見圓眞背影晃動，已進了一道側門。張無忌氣憤塡膺，發足急追，這一發勁，砰的一響，額頭重重撞上門框。原來他尙不知神功既成，舉手提足間全比平時多了十餘倍勁力，一大步跨出，遠近全無尺寸，竟爾撞上門框。

他一摸額頭，隱隱生疼，心想：「怎地這等邪門，這步跨得這麼遠？」忙從側門進去，見是一座小廳。他決意要爲義父復仇，穿過廳堂，便追了下去。

廳後是個院子，院子中花卉暗香浮動，但見西廂房窗子中透出燈火，他縱身而前，推開房門，眼見灰影閃動，圓眞掀開一張繡帷，奔了進去。

張無忌跟著掀帷而入，圓眞卻已不知去向。他凝神看時，不由得暗暗驚奇，原來置身所在竟似是一間大戶人家小姐的閨房。靠窗一張梳妝枱，枱上紅燭高燒，照耀得房中花團錦簇，堂皇富麗，頗不輸於朱九眞之家。另一邊是張牙床，床上羅帳低垂，床前還放著一對女子的粉紅繡鞋，顯是有人睡在床中。這閨房只一道進門，窗戶緊閉，明明見到圓眞進房，怎地刹那間便無影無蹤，竟難道有隱身法不成？又難道他不顧出家人身分，居然躲入了婦女床中？

正自打不定主意要不要揭開羅帳搜敵，忽聽得步聲細碎，有人過來。張無忌閃身躲在西壁的一塊掛毯之後，便有兩人進房。張無忌向外張望，見兩個都是少女，一個穿著淡黃綢衫，服飾華貴，另一個少女年紀更小，穿著靑衣布衫，是個小鬟，嘶聲道：「小姐，夜深了，你請安息了罷。」

那小姐反手一記巴掌，出手甚重，打在那小鬟臉上。那小鬟一個踉蹌，倒退了一步。那小姐身子微晃，轉過臉來，張無忌在燭光下看得分明，只見她眼睛大大，眼珠深黑，一張圓臉，正是他萬里迢迢從中原護送來到西域的楊不悔。此時相隔數年，她身裁長得高大了，但神態絲毫不改，尤其使小性兒時微微撇嘴的模樣，更加分明。

只聽她罵道：「你叫我睡！哼，六大派圍攻光明頂，我爹爹和人會商對策，說了一夜，還沒說完，他老人家沒睡，我睡得著麼？最好是我爹爹給人害死了，你再害死我，那便是你的天下了！」那小鬟不敢分辯，扶著她坐下。楊不悔道：「快取我劍來！」

那小鬟走到壁前，摘下掛著的一柄長劍。她雙腳之間繫著一根細鐵鍊，雙手腕上也鎖了鐵鍊，左足跛行，背脊駝成弓形，待她摘了長劍回過身來時，張無忌更是一驚，但見她右目小，左目大，鼻子和嘴角也都扭曲，形狀極是怕人，心想：「這小姑娘相貌之醜尤在蛛兒之上。蛛兒是因中毒而面目浮腫，總能治愈，這小姑娘卻是天生殘疾。」

楊不悔接過長劍，說道：「敵人隨時可來，我要出去巡查。」那小鬟道：「我跟著小姐，倘若遇上敵人，也好多有個照應。」她說話的聲音也嘶啞難聽，像個粗魯的中年漢子。楊不悔道：「誰要你假好心？」左手一翻，已扣住那小鬟右手脈門。那小鬟登時動彈不得，顫聲道：「小姐，你……你……」楊不悔冷笑道：「敵人大舉來攻，我父女命在頃刻，你這丫頭，多半是敵人派來臥底的。我父女豈能受你折磨？今日先殺了你！」說著長劍翻過，便往那小鬟頸中刺落。

張無忌自見這小鬟周身殘廢，心下便生憐憫，突見楊不悔挺劍相刺，危急中不及細思，飛身而出，手指在劍刃上一彈。楊不悔拿劍不定，叮噹聲響，長劍落地。她右手離劍，食中雙指直取張無忌雙眼，那本來只是平平無奇的一招「雙龍搶珠」，但她經父親數年調教，使出來時已頗具威力。張無忌向後躍開，衝口便叫：「不悔妹妹，是我！」

楊不悔聽慣了他叫「不悔妹妹」四字，一怔之下，問道：「是無忌哥哥嗎？」她只認出了「不悔妹妹」這四個字的聲音語調，卻沒認出張無忌的面貌。

張無忌無意中洩露了自己身分，微感懊悔，但已不能再行抵賴，只得說道：「是我！不悔妹妹，這些年來你可好？」楊不悔定神看時，見他衣衫破爛，面目污穢，心下怔忡不定，道：「你……你……當眞是無忌哥哥麼？怎麼……怎麼會到了這裏？」

張無忌道：「是說不得帶我上光明頂來的。那圓眞和尙到了這房中之後，突然不見，這裏另有出路麼？」楊不悔奇道：「甚麼圓眞和尙？誰來到這房中？」張無忌急欲追趕圓眞，此事說來話長，便道：「你爹爹在廳上受了傷，你快瞧瞧去。」楊不悔吃了一驚，忙道：「我瞧爹爹去。」說著順手落掌，往那小鬟的天靈蓋擊下，出手極重。張無忌驚叫：「使不得！」伸手在她臂上輕推，楊不悔這掌便落了空。

楊不悔兩次要殺那小鬟，都受到他干預，厲聲道：「無忌哥哥，你和這丫頭是一路的嗎？」張無忌奇道：「她是你的丫鬟，我剛才初見，怎會和她一路？」楊不悔道：「你既不明內情，那就別多管閒事。這丫頭是我家的大對頭，我爹爹用鐵鍊鎖住她手足，便是防她害我。此刻敵人大舉來襲，這丫頭要乘機報復。」

張無忌見這小鬟楚楚可憐，雖形相奇特，卻絕不似兇惡之輩，說道：「姑娘，你可有乘機報復之意麼？」那小鬟搖頭道：「決計不會！」張無忌道：「不悔妹妹，你聽她說不會。還是饒了她罷！」楊不悔道：「好，既然是你講情，啊喲……」身子微側，搖搖晃晃的立足不定。張無忌忙伸手相扶，突然間後腰「懸樞」、「中樞」兩穴劇痛，撲地跌倒。原來楊不悔嫌他礙手礙腳，賺得他近身，以套在中指上的打穴鐵環打了他兩處大穴。她打倒張無忌後，回過右手，便往那小鬟的右太陽穴擊落。

這一下將落未落，楊不悔忽感丹田間陡然火熱，全身痳木，不由自主的放脫了那小鬟手腕，雙膝軟了，坐入椅中。原來她使勁擊打張無忌的穴道，張無忌神功初成，九陽眞氣尚無護體之能，卻已自行反激出來，衝擊楊不悔周身脈絡。

那小鬟拾起地下長劍，說道：「小姐，你總疑心我要害你。這時我要殺你，不費吹灰之力，可是我並無此意。」說著將長劍揷入劍鞘，還掛壁間。

張無忌站起身來，說道：「你瞧，我沒說錯罷！」他給點中穴道之後，片刻間眞氣自動衝解，便即回復行動。

楊不悔眼睜睜的瞧著他，心下大爲駭異，這時她手足上痳木已消，記掛著父親的安危，站起身來，說道：「我爹爹傷得怎樣？無忌哥哥，你在這裏等我，回頭再見。這些年來你好嗎？我時時記著你……」一面說，一面奔了出去。

張無忌問那小鬟道：「姑娘，那和尙逃到這房裏，卻忽然不見了，你可知此間另有通道麼？」那小鬟道：「你當眞非追他不可嗎？」張無忌道：「這和尙傷天害理，作下無數罪孽，我……我……便到天涯海角，也要追到他。」那小鬟抬起頭來，凝視他臉。

張無忌道：「姑娘，如你知道，求你指點途逕。」那小鬟咬著下唇，微一沉吟，低聲道：「我的命是你救的，好，我帶你去。」張口吹滅了燭火，拉著張無忌的手便走。

注：有批評家認爲明教中有彭和尚乃十分滑稽可笑之事，明教非釋教，如何能容和尚？其實明教自波斯傳入中土後，門户廣大，兼收並蓄，並不如後世宗教之嚴分派别。彭瑩玉和尚、布袋和尚均爲明教中人，史有明文。彭和尚係白蓮宗，爲元末起義人士中大名鼎鼎之人物；布袋和尚爲彌勒宗，以「彌勒出世」作反元號召。宗教問題向來十分複雜，涉及歷史者當以史書記載爲根據，不宜以後世或目前的情况想當然的推斷過去情況。明教初入中土時，吸收有基督教中之Nestorian教派（景教）。明教中有和尚，毫不希奇。朱元璋曾做和尚，又是明教的大領袖，應該不可懷疑了吧？冷謙、鐵冠道人、周顛三人似奉道教，是否屬明教則史無明文。此三人均歷史人物，冷謙與周顛傳說中爲仙人。張三丰後世亦傳其爲仙人，當與王重陽、丘處機等人類似。其實世上是否眞有仙人，大可懷疑。

在今日歐美，新教、天主教、東正教、猶太教堡壘分明，但四教同出一源，四教分立之初，不易分家，在英、法、德、瑞士等國，當年何人屬新教或天主教，殊不易分。不可妄以今日所知，推斷過去實情。佛教在印度初興時，與耆那教亦不易分，後來傳入中土，魏晉之際，往往借道家學説傳道，請閱《世説新語》可知。明教之《大雲光明經》，内容極似佛經，以初入中土，採佛教方式傳教，易爲人接受。

小昭坐在地下，曼聲唱起曲來。張無忌聽到曲中「吉藏凶，凶藏吉」這六字，心想我一生遭際，果真如此，又聽她歌聲嬌柔清亮，圓轉自如，滿腹煩憂登時大減。

二十　與子共穴相扶將

張無忌跟了她沒行出幾步，已到床前。那小鬟揭開羅帳，鑽進帳去，拉著張無忌的手卻沒放開。張無忌吃了一驚，心想這小鬟雖既醜且稚，總是女子，怎可和她同睡一床？何況此刻追敵要緊，縮手回掙。那小鬟低聲道：「通道在床裏！」他聽了這五字，精神一振，再也顧不得甚麼男女之嫌，但覺那小鬟揭開錦被，橫臥在床，握住了他手一拉，便也躺在她身旁。不知那小鬟扳動了何處機括，突然間床板側動，兩人便摔了下去。

這一摔直跌下數丈，幸好地下鋪著極厚的軟草，絲毫不覺疼痛，只聽得頭頂輕輕聲響，床板已回復原狀。他心下暗讚：「這機關布置得妙極！誰料得到秘道的入口處，竟會是在小姐香閨的牙床中。」站起身來，拉著小鬟的手，快步而行。

跑出數丈，聽到那小鬟足上鐵鍊曳地之聲，猛然想起：「這位姑娘是跛子，足上又有鐵鍊，怎能跑得這般快？」便即停步。那小鬟猜中了他心意，笑道：「我的跛腳是假裝的，騙騙老爺和小姐。」張無忌心道：「怪不得我媽媽說天下女子都愛騙人。今日連不悔妹妹也來暗算我一下。」此時忙於追敵，這念頭只在心中一轉，隨即撇開，在甬道中曲曲折折的奔出數十丈，便到了盡頭，圓眞卻始終不見。

那小鬟道：「這甬道我只到過這裏，相信前面尚有通路，可是我找不到開門的機括。」張無忌伸手四下摸索，前面是凹凹凸凸的石壁，沒一處縫隙，在凹凸處用力推擊，紋絲不動。那小鬟嘆道：「我已試了幾十次，始終沒能找到機括，眞古怪之極。我曾帶了火把進來細細察看，也沒發見半點可疑之處。那和尚卻又逃到了那裏？」

張無忌提一口氣，運勁雙臂，在石壁左邊用力推撳，毫無動靜，再在右邊推捺，只覺石壁微晃。他再吸兩口眞氣，使勁推時，石壁緩緩退後，卻是一堵極厚、極巨、極重、極實的大石門。原來光明頂秘道構築精巧，有些地方使用隱秘的機括，這座大石門卻全無機括，若非天生神力或身負上乘武功，萬萬推移不動。那小鬟雖能進入秘道，但武功不到，只有半途而廢。張無忌這時九陽神功已成，這一推之力極巨，自能推開了。待石壁移後三尺，他劈出一掌，以防圓眞躲在石後偷襲，隨即拉了小鬟閃身而入。

過了石壁，前面又是長長的甬道，兩人向前走去，只覺甬道一路向前傾斜，越行越低，走了五十來丈，前面忽現幾道岔路。張無忌逐一試步，岔路竟有七條之多，正不知如何擇路，忽聽得左前方有人輕咳一聲，雖即抑止，靜夜中聽來已甚清晰。

張無忌低聲道：「走這邊！」搶步往最左一條岔道奔去。這條岔道忽高忽低，地下也崎嶇不平，他鼓勇向前，聽得身後鐵鍊曳地聲響個不絕，回頭道：「敵人在前，情勢凶險，你還是慢慢來罷。」那小鬟道：「有難同當，怕甚麼？」張無忌心道：「你也來騙我麼？」順著甬道不住左轉，走著螺旋形向下，甬道越來越窄，到後來僅容一人，便似一口深井。

突然之間，驀覺頭頂一股烈風壓將下來，張無忌轉身抱住那小鬟的腰，急縱而下，左足剛著地，立即向前撲出，至於前面一步外是萬丈深淵，還是堅硬石壁，怎有餘暇去想？幸好前面空盪盪地頗有容身之處。只聽砰的一聲巨響，泥沙細石，落得滿頭滿臉。

張無忌定了定神，只聽那小鬟道：「好險，那賊禿躲在旁邊，推大石來砸咱們。」張無忌已從斜坡回身走去，右手高舉過頂，只走了幾步，手掌便已碰到頭頂粗糙的石面。只聽得圓眞的聲音隱隱從石後傳來：「賊小子，今日葬了你在這裏，有個女孩兒相伴，算你運氣。賊小子力氣再大，瞧你推得開這大石麼？一塊不夠，再加一塊。」只聽得鐵器撬石，接著砰的一聲大響，又有一塊巨石給他撬了下來，壓在第一塊巨石上。

那甬道僅容一人可以轉身，張無忌伸手摸去，巨石雖不能將甬道口嚴密封死，但空隙處最多只能伸得出一隻手去，身子萬萬不能鑽出。他吸口眞氣，雙手挺著巨石推搖，石旁許多泥沙撲簌而下，巨石卻紋絲不動，看來兩塊數千斤的巨石疊在一起，當眞便有九牛二虎之力，只怕也拉曳不開。他雖已練成九陽神功，畢竟人力有時而窮，這小丘般兩塊巨石，如何挪動得它半尺一寸？

只聽圓眞在巨石之外呼呼喘息，想是他重傷之後，使力撬動巨石，也已累得筋疲力盡，只聽他喘了幾口氣，問道：「小子……你……叫……叫甚麼……名……」說到這個「名」字，卻又無力再說了。

張無忌心想：「這時他便回心轉意，突然大發慈悲，要放我二人出去，也已絕不能夠。不必跟他多費唇舌，且看甬道之下是否另有出路。」回身而下，順著甬道前行。

那小鬟道：「我身邊有火摺，只沒蠟燭火把，生怕一點便完。」張無忌道：「且不忙點火。」順著甬道只走了數十步，便已到了盡頭。兩人四下裏摸索。張無忌摸到一隻木桶，喜道：「有了！」手起一掌，劈散木桶，桶中散出許多粉末，也不知是石灰還是麵粉，他撿起一條木片，道：「你點火把！」

那小鬟取出火刀、火石、火絨，打燃了火，湊過去點那木片，突然間火光耀眼，木片立時猛烈焚燒。兩人嚇了一跳，鼻中聞到一股硝磺臭氣。小鬟道：「是火藥！」高高舉起木片，瞧那桶中粉末時，果然都是黑色的火藥。她低聲笑道：「要是適才火星濺了開來，火藥爆炸，只怕連外邊那惡和尚也炸死了。」見張無忌呆呆望著自己，臉上充滿驚訝之色，神色極爲古怪，便微微一笑，問道：「你怎麼啦？」

張無忌嘆了口氣，道：「原來你……你這樣好看！」那小鬟抿嘴一笑，說道：「我嚇得傻了，忘了裝假臉！」說著挺直身子。原來她既非駝背，更不是跛腳，雙目湛湛有神，修眉端鼻，頰邊微現梨渦，面容白嫩甜美，只年紀幼小，身裁尚未長成，雖容色絕麗，卻掩不住稚氣。張無忌道：「爲甚麼要裝怪樣子？」

那小鬟笑道：「小姐挺恨我，見到我醜怪的模樣，心裏就高興了。如我不裝怪樣，她早就殺了我啦！」張無忌道：「她爲甚麼要殺你？」

那小鬟道：「她總疑心我要害死她和老爺。」張無忌搖搖頭，道：「眞多疑！適才你長劍在手，她卻已動彈不得，你並沒害她。自今而後，她再也不會疑心你了。」小鬟道：「我帶了你到這裏，小姐只有更加疑心。咱們也不知能不能逃得出去，唉，以後她疑不疑心，也不怎麼相干了。」

她說著高舉木條，察看周遭情景。只見處身所在似是間石室，堆滿了弓箭兵器，大都鐵鏽斑斑，顯是明教昔人放置在此，以備禦敵。再察看四周牆壁，竟無半道縫隙，看來此處是這條岔道的盡頭，圓眞所以故意咳嗽，乃有意引兩人走入死路。

那小鬟道：「公子爺，我叫小昭。我聽小姐叫你『無忌哥哥』，你大名是叫作『無忌』嗎？」張無忌道：「不錯，我姓張……」突然心念一動，俯身拾起一枝長矛，拿在手中掂了掂，覺得斤量不輕，似有四十來斤，說道：「這許多火藥或能救咱們脫險，說不定便能將大石炸了。」小昭拍手道：「好主意，好主意！」

她拍手時腕上鐵鍊相擊，錚錚作聲。張無忌道：「這鐵鍊礙手礙腳，把它弄斷了罷。」小昭驚道：「不，不！老爺要大大生氣的。」張無忌道：「你說是我弄斷的，我才不怕他生氣呢。」說著雙手握住鐵鍊兩端，用勁一崩。那鐵鍊不過筷子粗細，他這一崩少說也有三四百斤力道，不料但聽得嗡的一聲，鐵鍊震動作響，卻崩它不斷。

他「咦」的一聲，吸口眞氣，再加勁力，仍奈何不得鐵鍊半分。小昭道：「這鍊子古怪得緊，便快刀利鑿，也傷它不了。鎖上的鑰匙在小姐手裏。」張無忌點頭道：「咱們出去後，我向她討來給你開鎖解鍊。」小昭道：「只怕她不肯給。」張無忌道：「我跟她交情非同尋常，她不會不肯的。」說著提起長矛，走到大石之下，側身靜立片刻，聽不到圓眞的呼吸之聲，想已遠去。

小昭舉起火把，在旁照著。張無忌道：「一次炸不碎，看來要分開幾次。」勁運雙臂，在大石和甬道之間的縫隙中用長矛慢慢刺了一條孔道。小昭遞過火藥，張無忌便將火藥放入孔道，倒轉長矛，以矛柄打實，再鋪設一條火藥線，通到下面石室，作爲引子。

兩人退入石室，張無忌從小昭手裏接過火把，小昭便伸雙手掩住了耳朵。張無忌擋在她身前，俯身點燃藥引，一點火花沿著火藥線向前燒去。猛地裏轟隆一聲巨響，一股猛烈的熱氣衝來，震得他向後退了兩步，小昭仰後便倒。他早有防備，伸手攬住了她腰。石室中煙霧瀰漫，火把也讓熱氣震熄了。

張無忌道：「小昭，你沒事罷？」小昭咳嗽了幾下，道：「我……我沒事。」張無忌聽她說話有些哽咽，微感奇怪，待得再點燃火把，見她眼圈兒紅了，問道：「怎麼？你不舒服麼？」小昭道：「張公子，你……你和我素不相識，爲甚麼待我這樣好？」

張無忌奇道：「甚麼呀？」小昭道：「你爲甚麼要擋在我身前？我是個低三下四的奴婢，你……你貴重的千金之軀，怎能遮擋在我身前？」張無忌微微一笑，說道：「我有甚麼貴重了？你是個小姑娘，我自然要護著你些兒。」

待見石室中煙霧淡了些，便向斜坡上走去，只見那塊巨石安然無恙，巍巍如故，只炸去了極小的一角。張無忌頗爲沮喪，道：「只怕要再炸七八次，咱們才鑽得過去。可是所餘火藥，最多只能再炸兩次。」提起長矛，又在石上鑽孔。鑽刺了幾下，一矛刺在甬道壁上，忽然一塊斗大的巖石滾了下來，露出一孔。他又驚又喜，伸手進去，扳住旁邊的巖石搖了搖，微覺晃動，使勁扳拉，又扳了一塊下來。他接連扳下四塊尺許方圓的巖石，孔穴已可容身而過。原來甬道的彼端另有通路，這一次爆炸沒炸碎大石，卻將甬道的石壁震鬆了。這甬道乃用一塊塊斗大花崗石砌成。

他手執火把先爬了進去，招呼小昭入來。那甬道仍一路盤旋向下，他這次學得乖了，左手挺著長矛，高舉過頂，提防圓眞再施暗算，走了四五十丈，到了一處石門。他將長矛和火把交給小昭，運勁推開石門，裏邊又是一間石室。

這間石室極大，頂上垂下鐘乳，顯是天然的石洞。他接過火把走了幾步，突見地下倒著兩具骷髏。骷髏身上衣服尚未爛盡，看得出是一男一女。

小昭似感害怕，挨到他身邊。張無忌高舉火把，在石洞中巡視了一遍，道：「這裏看來又是盡頭了，不知能不能再找到出路？」伸出長矛，在洞壁上到處敲打，每一處都極沉實，找不到有聲音空洞的地方。

他走近兩具骷髏，見那女子右手抓著一柄晶光閃亮的匕首，插在自己胸口。他一怔之下，立時想起了圓眞的話。圓眞和陽夫人在秘道私會，給陽頂天發見。陽頂天憤激之下，走火身亡，陽夫人便以匕首自刎殉夫。「難道這兩人便是陽頂天夫婦？」再走到那男子的骷髏之前，見已化成枯骨的手旁攤著一張羊皮。

張無忌拾起看時，見一面有毛，一面光滑，並無異狀。

小昭接過，喜形於色，叫道：「恭喜公子，這是明教武功的無上心法。」說著伸出左手食指，在陽夫人胸前的匕首上割破一條小小口子，將鮮血塗上羊皮，慢慢便顯現了字跡，第一行是「明教聖火心法：乾坤大挪移」十一個字。

張無忌無意中發見了明教的武功心法，卻並不如何歡喜，心想：「這秘道中無水無米，倘若走不出去，最多不過七八日，我和小昭便要餓死渴死。再高的武功學了也是無用。」一向兩具骷髏瞧了幾眼，再想：「那圓眞怎不將這『乾坤大挪移』的心法取了去？想是他做了這件大虧心事後，永不敢再來看一眼陽氏夫婦的屍體。或許他不知羊皮上竟寫著武功心法，否則別說陽氏夫婦已死，便是活著，他也要來設法盜取了。」又想：「不知小昭如何得知用血塗皮，可以見字。」問小昭道：「你怎知羊皮中的秘密？」

小昭低頭道：「老爺跟小姐說起時，我暗中偷聽到的。他們是明教教徒，不敢違犯教規，到秘道中來找尋。」

張無忌瞧著兩堆骷髏，頗爲感慨，說道：「把他們葬了罷。」兩人去搬了些炸下來的泥沙石塊，堆在一旁，再將陽頂天夫婦的骸骨移在一起。

小昭忽在陽頂天的骸骨中撿起一物，說道：「張公子，這裏有封信。」

張無忌接過來看時，見封皮上寫著「夫人親啓」四字。年深日久，封皮已霉爛不堪，那四個字也已腐蝕得筆劃殘缺，但依稀仍可看得出筆致中的英挺之氣，那信牢牢封固，火漆印仍然完好。張無忌道：「陽夫人未及拆信，便已自殺。」將那信恭恭敬敬的放在骸骨之中，正要堆上沙石。小昭道：「拆開來瞧瞧好不好？說不定陽教主有甚遺命。」

張無忌道：「這是私人信函，咱們晚輩擅自拆閱，只怕不敬。」小昭道：「倘若陽教主有何未了心願，公子去轉告老爺小姐，讓他們爲陽教主辦理，那也是好的。」張無忌心想不錯，便輕輕拆開封皮，抽出一幅極薄的白綾和兩頁黃紙，只見綾上用墨筆寫著：

「夫人妝次：夫人自歸陽門，日夕鬱鬱。余粗鄙寡德，無足爲歡，甚可歉咎，茲當永別，唯夫人諒之。三十二代衣教主遺命，令余修習乾坤大挪移神功有成之後，率衆前赴波斯總教，設法迎回聖火令。本教雖發源於波斯，然在中華生根，開枝散葉，已數百年於茲。今韃子佔我中土，本教誓與周旋到底，決不可遵波斯總教無理命令，而奉蒙古元人爲主。聖火令若重入我手，我中華明教即可與波斯總教分庭抗禮也。」

張無忌心想：「原來明教的總教在波斯國。這衣教主和陽教主不肯奉總教之命而降順元朝，實是極有血性骨氣的好漢子。」心中對明教又增了幾分欽佩之意，接著看下去：

「今余神功第四層初成，即悉成崑之事，血氣翻湧，不克自制，眞力將散，行當大歸。天也命也，復何如耶？」

張無忌讀到此處，輕輕嘆了口氣，說道：「原來陽教主在寫這信之時，便已知道他夫人和成崑在秘道私會的事了。」見小昭想問又不敢問，於是將陽頂天夫婦及成崑間的事簡略說了。小昭道：「我說都是陽夫人不好。她如心中一直對成崑忘不了，原不該嫁陽教主；既已嫁了陽教主，便不該再和成崑私會。」

張無忌點點頭，心想：「她小小年紀，倒頗有見識。」繼續讀下去：

「今余命在旦夕，有負衣教主重託，實爲本教罪人。盼夫人持余此親筆遺書，召聚左右光明使者、四大護教法王、五行旗使、五散人，須余遺命曰：『不論何人重獲聖火令者，爲本教第三十四代教主。於此之前，令謝遜暫攝教主之位，處分本教重務。不服者全教共攻之。』」

張無忌心中一震，暗想：「原來陽教主已命我義父暫攝教主之位。我義父文武全才，陽教主死後，我義父已是明教中第一位人物。只可惜陽夫人沒看到這信，否則明教之中也不致如此自相殘殺，鬧得天翻地覆。」想到陽頂天對謝遜如此看重，很是歡喜，卻又不禁傷感，出神半晌，接讀下去：

「乾坤大挪移心法暫由謝遜接掌，日後轉奉新教主。得聖火令後，奉行三大令及五小令，光大我教，驅除胡虜，行善去惡，持正除奸，令我明尊聖火普惠天下世人，新教主其勉之。」

張無忌順手攤開兩頁黃紙，見上面書著恭楷小字，蓋了十來個「陽頂天」的朱印，顯得加倍鄭重，紙上寫道：

「歷代教主傳有聖火令三大令、五小令，年月既久，教衆頗有不奉行大小八令者，致教規廢弛。余以德薄，未能正之，殊有愧於明尊暨歷代教主付託之重。日後重獲聖火令者，此三大令及五小令當頒行全教，吾中土明教之重振，實賴於此。茲將此祖傳之大小八令申述於後，後世總領明教者，祈念明尊愛護世人之大德，祖宗創業之艱難，並致力重獲聖火令，振作奮發，俾吾教光大於世焉。」

張無忌見了詳細書寫的三大令、五小令，緩緩讀了，尋思：「照陽教主的遺命看來，明教的宗旨實在正大得緊啊。各大門派限於門戶之見，不斷和明教爲難，倒是不該了。」給這大小八令打了個岔，忙翻過白綾，再看陽教主的遺書，見遺書上續道：

「余將以身上殘存功力，掩石門而和成崑共處。夫人可依秘道全圖脫困。當世無第二人有乾坤大挪移之功，即無第二人能推動此『無妄』位石門，若後世有豪傑練成，余及成崑骸骨朽矣。頂天謹白。」

最後是一行小字：「余名頂天，然於世無功，於教無勛，傷夫人之心，賚恨而沒，狂言頂天立地，誠可恥可笑也。」

在遺書之後，是一幅秘道全圖，註明各處岔道和門戶。

張無忌大喜，說道：「陽教主本想將成崑關入秘道，兩人同歸於盡，讓夫人單獨脫困，那知他支持不到，死得早了，讓那成崑逍遙至今，又沒料到夫人會自刎殉夫。幸好有這圖，咱們能出去了。」在圖中找到了自己置身所在，再一查察，登如一桶冰水從頭上淋將下來，原來唯一的脫困道路，正是給圓眞用大石阻塞了的那一條，雖得秘道全圖，卻和不得無異。

小昭道：「公子且別心焦，說不定另有通路。」接過圖去，低頭細細查閱，見圖上寫得分明，除此之外，更無別處出路。

張無忌見她神色失望，苦笑道：「陽教主的遺書上說道，若練成乾坤大挪移神功，便可推動石門而出。當世似乎只楊逍先生練過一些，可是功力甚淺，就算他在這裏，也未必管用。再說，又不知『無妄位』在甚麼地方，圖上也沒註明，卻到那裏找去？」

小昭道：「『無妄位』嗎？那是伏羲六十四卦的方位之一，乾盡午中，坤盡子中，其陽在南，其陰在北。『無妄』位在『明夷』位和『隨』位之間。」說著在石室中踏勘方位，走到西北角上，說道：「該在此處了。」

張無忌精神一振，道：「眞的麼？」奔到藏兵器的甬道之中，取過一柄大斧，將石壁上積附的沙土刮去，果然露出一道門戶的痕跡來，心想：「我雖不會乾坤大挪移之法，但九陽神功已成，威力未必便遜於此法。」當下氣凝丹田，勁貫雙臂，兩足擺成弓箭步，緩緩運力推出。推捺良久，石門始終全無動靜。不論他雙手如何移動部位，如何催運眞氣，直累得雙臂酸痛，全身骨骼格格作響，那石門仍宛如生牢在石壁上一般，連一分之微也沒移動。

小昭勸道：「張公子，不用試了，我去把賸下來的火藥拿來。」張無忌喜道：「好！我倒將火藥忘了。」兩人將半桶火藥盡數裝在石門之中，點燃藥引，爆炸之後，石門炸得凹進了七八尺去，甬道卻不出現，看來這石門的厚度比寬度還大。

張無忌頗為歉咎，拉著小昭的手，柔聲道：「小昭，都是我不好，害得你不能出去。」小昭一雙明淨的眼睛凝望著他，說道：「張公子，你該當怪我才是，倘若我不帶你進來……那便不會……不會……」說到這裏，伸袖拭了拭眼淚，過了一會，忽然破涕為笑，說道：「咱們既然出不去了，發愁也沒用。我唱個小曲兒給你聽，好不好？」

張無忌實在毫沒心緒聽甚麼小曲，但不忍拂她之意，微笑道：「好啊！」

小昭坐在他身邊，唱了起來：

「世情推物理，人生貴適意，想人間造物搬興廢。吉藏凶，凶藏吉。」

張無忌聽到「吉藏凶，凶藏吉」這六字，心想我一生遭際，果眞如此，又聽她歌聲嬌柔清亮，圓轉自如，滿腹煩憂登時大減。只聽她繼續唱道：

「富貴那能長富貴？日盈昃，月滿虧蝕。地下東南，天高西北，天地尚無完體。」

張無忌道：「小昭，你唱得眞好聽，這曲兒是你作的嗎？」小昭笑道：「你騙我呢，有甚麼好聽？我聽人唱，便把曲兒記下了，我蠢死了，怎麼會作曲兒？」張無忌想著「天地尚無完體」這一句，順著她的調兒哼了起來。小昭道：「你是眞的愛聽呢，還是假的愛聽？」張無忌笑道：「怎麼愛聽不愛聽還有眞假之分嗎？自然是眞的。」

小昭道：「好，我再唱一段。」左手的五根手指在石上輕輕按捺，唱了起來：

「展放愁眉，休爭閒氣。今日容顏，老於昨日。古往今來，盡須如此，管他賢的愚的，貧的和富的。

「到頭這一身，難逃那一日。受用了一朝，一朝便宜。百歲光陰，七十者稀。急急流年，滔滔逝水。」

曲中辭意豁達，顯是個飽經憂患、看破世情之人的胸懷，和小昭的如花年華殊不相稱，自也是她聽人唱過，因而記下了。張無忌年紀雖輕，十年來卻艱苦備嘗，今日困處山腹，眼見已無生理，咀嚼曲中「到頭這一身，難逃那一日」那兩句，不禁魂爲之銷。所謂「那一日」，自是身死命喪的「那一日」。他以前面臨生死關頭，已不知凡幾，但從前或生或死，都不牽累旁人，這一次不但拉了個小昭陪死，而且表妹蛛兒的生死，楊逍、楊不悔諸人的安危，義父謝遜和圓眞之間的深仇，武當派和天鷹教、明教的爭鬥，都未有著落，實不想就此便死。

他站起身來，又去推那石門，只覺體內眞氣流轉，顯然積蓄著無窮無盡的力氣，可是偏偏使不出來，就似滿江洪水給一條長堤攔住了，沒法宣洩。

他試了三次，頹然而廢，見小昭又已割破手指，用鮮血塗在那張羊皮之上，說道：「張公子，你來練一練乾坤大挪移心法，好不好？說不定你聰明過人，一下子便練會了。」張無忌笑道：「明教的前任教主們窮終身之功，也沒幾個練成的，他們既然當得教主，自然個個才智卓絕。我在旦夕之間，又怎練得成？」

小昭低聲唱道：「受用了一朝，一朝便宜。便只練一朝，也是好的。」

張無忌微微一笑，接過羊皮，輕聲念誦，見羊皮上所書，都是運氣導行、移穴使勁的法門，試一照行，竟毫不費力的便做到了。見羊皮上寫著：「此第一層心法，悟性高者七年可成，次者十四年可成。」心下大奇：「這有甚麼難處？何以要練七年才成？」

再接下去看第二層心法，依法施爲，也只片刻間便眞氣貫通，只覺十根手指之中，似有絲絲暖氣射出。但見其中注明：第二層心法悟性高者七年可成，次焉者十四年可成，如練至二十一年而無進展，則不可再練第三層，以防走火入魔，無可解救。

他又驚又喜，接著去看第三層練法。這時字跡已然隱晦，他正要取過匕首割自己手指，小昭搶先用指血塗抹羊皮。張無忌邊讀邊練，第三層、第四層心法勢如破竹般便練成了。

小昭見他半邊臉孔脹得血紅，半邊臉頰卻發鐵靑，心中微覺害怕，但見他神完氣足，雙眼精光炯炯，料知無礙。待見他讀罷第五層心法續練時，臉上忽靑忽紅，臉上靑時身子微顫，如墮寒冰；臉上紅時額頭汗如雨下。

小昭取出手帕，伸到他額上去替他抹汗，手帕剛碰到他額角，突然間手臂劇震，身子後仰，險些摔倒，忙退出幾步。張無忌站起身來，伸衣袖抹去汗水，一時之間不明其理，卻不知已將第五層心法練成了。

這「乾坤大挪移」心法，實則是運勁使力一項極巧妙法門，根本之理在於發揮每人本身所蓄之潛力。每人體內潛力原極龐大，只平時使不出來，每逢火災等緊急關頭，一個手無縛鷄之力的弱者往往能負千斤。張無忌練就九陽神功後，本身所蓄力道當世已無人能及，只以未得高人指點，未學高明武功，使不出來。這時學到乾坤大挪移心法，體內潛力便如山洪蓄谷後，得知如何引入宣洩通道，一開閘即沛然莫之能禦。練「九陽神功」是積蓄山洪，此事甚難；而「乾坤大挪移」則是鑿開宣洩的通道，知法即成。

這門心法所以難練難成，所以稍一不愼便致走火入魔，全因運勁的法門複雜巧妙無比，而練功者卻無雄渾的內力與之相副。正如要一個八九歲的小孩去揮舞百斤重的鍊子鍾，鍾法越是精微奧妙，鐵鍾飛舞控縱愈難，越會將自己打得頭破血流，腦漿迸裂。但若揮鍾者是個大力士，那便得其所哉了。以往練這心法之人，只因內力有限，勉強修習，變成心有餘而力不足。

昔日明教各教主也都明白這其中關鍵所在，但既得身任教主，自皆是堅毅不拔、決不服輸之士，服膺「精誠所至、金石爲開」之言，於是孜孜兀兀，竭力修習，殊不知人力有時而窮，一心想要「人定勝天」，結果往往飲恨而終。張無忌所以能在半日間練成，而許多聰明才智、武學修爲遠勝於他之人，竭數十年苦修而不能練成者，其間的分別，便在於一則內力有餘，一則內力不足而已。也是他機緣巧合，先練成九陽神功，再練乾坤大挪移，便順理成章，倘若倒了轉來，這乾坤大挪移便第一層功夫也難練成了。

張無忌練到第五層後，只覺全身精神力氣無不指揮如意，欲發即發，欲收即收，全憑心意所之，周身百骸，當眞說不出的舒服受用。這時他已忘了去推那石門，跟著便練第六層心法。「乾坤大挪移」神功較淺近的一二層，類似於「四兩撥千斤」之法，但到了較高層次，反過來變成了「千斤撥四兩」，以近乎千斤的浩浩內力，去撥動對手小小的勁力，似乎是「殺鷄用牛刀」，但正因用的是「牛刀」，殺此鷄便輕而易舉了。

一個多時辰後，已練到第七層。最後第七層心法的奧妙之處，又比第六層深了數倍，一時之間實難盡解。好在他精通醫道脈理，遇到難明之處，以之和醫理一加印證，往往便即豁然貫通。練到一大半之處，猛地裏氣血翻湧，心跳加劇。他定了定神，再從頭做起，仍然如此。自練第一層神功以來，從未遇上過這等情形。

他跳過了這一句，再練下去時，又覺順利，但數句一過，重遇阻難，自此而下，阻難疊出，直到末篇，共有一十九句未能照練。

張無忌沉思半晌，將那羊皮供在石上，恭恭敬敬的躬身下拜，磕了幾個頭，祝道：「弟子張無忌，無意中得窺明教神功心法，旨在脫困求生，並非存心窺竊貴教秘籍。弟子得脫險境之後，自當以此神功爲貴教盡力，不敢有負列代教主栽培救命之恩。」小昭也跪下磕了幾個頭，低聲禱祝道：「列代教宗在上，請你們保佑張公子重整明教，光大列祖列宗的威名。」

張無忌站起身來，說道：「我非明教教徒，奉我太師父教訓，將來也決不敢身屬明教。但我展讀陽教主的遺書後，深知明教的宗旨光明正大，自當竭盡所能，向各大門派解釋誤會，請雙方息爭。」

小昭道：「張公子，你說有一十九句句子尚未練成，何不休息一會，養足精神，把它都練成了？」張無忌道：「我今日練成乾坤大挪移第七層心法，雖有一十九句跳過，未免略有缺陷，但正如你曲中所說：『日盈昃，月滿虧蝕。天地尚無完體。』我怎可心無厭足，貪多務得？想我有何福澤功德，該受這明教的神功心法？能留下一十九句練不成，那才是道理啊。」

小昭道：「公子說得是。」接過羊皮，請他指出那未練的一十九句，暗暗念誦幾遍，用心記憶。張無忌笑問：「你記著幹甚麼？」小昭臉一紅，道：「我想連公子也練不會，倒要瞧瞧是怎樣的難法。或者將來，我再能背給你聽，那時你可再練……」張無忌聽她這句話中不知不覺的蘊蓄深情，不由得大爲感動。

那知張無忌事事不爲已甚，適可而止，正應了「知足不辱」這句話。當年創制乾坤大挪移心法的那位高人，內力雖強，卻也未到相當於九陽神功的地步，只能練到第六層而止。他所寫的第七層心法，自己已無法修練，只不過憑著聰明智慧，縱其想像，力求變化而已。張無忌所練不通的那一十九句，正是那位高人單憑空想而想錯了的，似是而非，已然誤入歧途。張無忌如存了求全之心，非練到盡善盡美不肯罷手，那麼到最後關頭便會走火入魔，若非瘋顛痴呆，便致全身癱瘓，甚至自絕經脈而亡。

當下兩人搬過沙石，葬好了陽頂天夫婦的遺骸，走到石門之前。

這一次張無忌單伸右手，按在石門邊上，依照適才所練的乾坤大挪移心法，微一運勁，石門便軋軋聲響，微微晃動，再加上幾分力道，石門便緩緩開了。

小昭大喜，跳起身來，拍手叫好，手足上鐵鍊相擊，叮叮噹噹的亂響。張無忌道：「我再來拉斷你的鐵鍊。」小昭笑道：「這次定然成啦！」張無忌握住她雙手之間的鐵鍊，運勁分扯，鐵鍊漸漸延長，卻始終不斷。

小昭叫道：「啊喲，不好！你越拉越長，我可更加不便啦。」張無忌搖頭道：「這鍊子當眞邪門，只怕便拉成十幾丈長，它還是不斷。」原來明教上代教主得到一塊天上落下來的古怪殞石，其中所含金屬質地不同於世間任何金鐵，銳金旗中的巧匠以之試鑄兵刃不成，便鑄成此鍊。張無忌見小昭垂頭喪氣，安慰她道：「你放心，包在我身上給你打開鐵鍊。咱們困在這山腹之中，尚能出去，難道還奈何不了這兩根小小鐵鍊？」

他要找圓眞報仇，返身再去推那兩塊數千斤巨石，可是他雖練成神功，究非無所不能，兩塊巨石給他推得微微撼動，卻終難掀開。他搖搖頭，便和小昭從另一邊的石門中走了出去。他回身推攏石門，見那石門又那裏是門了，其實是一塊天然生成的大巖石，巖底裝了一個大鐵球作爲門樞。年深日久，鐵球生鏽，大巖石便甚難推動。他想當年明教建造這地道之時，動用無數人力，窮年累月，不知花了多少功夫，多少心血。

他手持秘道地圖，循圖而行，秘道中岔路雖多，但毫不費力的便出了山洞。

出得洞來，強光閃耀，兩人一時之間竟睜不開眼，過了一會，才慢慢睜眼，只見遍地冰雪，陽光照上冰雪，反射過來，倍覺光亮。

小昭吹熄手中木條，在雪地裏挖了個小洞，將木條埋在洞裏，說道：「木條啊木條，多謝你照亮張公子和我出洞，若沒有你，我們可就一籌莫展了。」

張無忌哈哈大笑，胸襟爲之一爽，又想：「世人忘恩負義者多，這小姑娘對一根木條尚且如此，想來當是厚道重義之人。」側頭向她一笑，冰雪上反射過來的強光照在她臉上，更顯得她膚色晶瑩，柔美如玉，不禁讚嘆：「小昭，你美麗得很啊！」

小昭喜道：「張公子，你不騙我麼？」張無忌道：「你別裝駝背跛腳的怪樣了，現下這樣子才好看。」小昭道：「你叫我不裝，我就不裝。小姐便要殺我，我也不裝。」

張無忌道：「瞎說！好端端的，她幹麼殺你？」又看了她一眼，見她膚色奇白，鼻子較常女為高，眼睛中隱隱有海水藍意，說道：「你是本地西域人，是不是？比之我們中原女子，另外有一份好看。」小昭秀眉微蹙，道：「我寧可像你們中原的姑娘。」

張無忌走到崖邊，四顧身周地勢，原來是在一座山峯的中腰。當時說不得將他藏在布袋中負上光明頂，他於沿途地勢一概不知，此時也不知身在何處。極目眺望，遙見西北方山坡上有幾人躺著，一動不動，似已死去，道：「咱們過去瞧瞧。」攜著小昭的手，縱身向那山坡疾馳而去。這時他體內九陽眞氣流轉如意，乾坤大挪移心法練到了第七層，舉手抬足，在旁人看來似非人力所能，雖然帶著小昭，仍身輕如燕。

到得近處，只見四人死在雪地之中，白雪上鮮血殷紅，四人身上都有刀劍之傷。其中三人穿明教徒服色，另一人是個僧人，似是少林派子弟。張無忌驚道：「不好！咱們在山腹中躭了這許多時候，六大派的人攻了上來啦！」一摸四人心口，都已冰冷，顯已死去多時。忙拉著小昭，循著雪地裏的足跡向山上奔去。

走出十餘丈，又見七人死在地下，情狀可怖。他心中掛念俞二伯、殷六叔、周芷若等人，又念及外公、舅舅及表妹蛛兒，見死者均不相識，又無白髮老者在內，心便寬了。又想：「不知楊逍先生、不悔妹子等怎樣了？」

他越走越快，幾乎是將小昭的身子提著飛行，轉了一個彎，只見五名明教徒的屍首掛在樹枝上，都是頭下腳上的倒懸，每人臉上血肉模糊，似給甚麼利爪抓過。小昭道：「是華山派的虎爪手抓的。」張無忌奇道：「小昭，你年紀輕輕，見識卻博，是誰教你的？」

他這句話雖問出了口，但記掛著光明頂上各人安危，不等小昭回答，便帶著她飛步上峯。一路上但見屍首狼藉，大多數是明教教徒，但六大派的弟子也有不少。想是他在山腹中一日一夜之間，六大派發動猛攻。明教因楊逍、韋一笑等重要首領盡數重傷，無人指揮，以致失利，但衆教徒雖在劣勢之下，兀自苦鬥不屈，是以雙方死傷均重。他一顆心怦怦亂跳，察看死者中有無相識關懷之人。

將到山頂，猛聽得兵刃相交之聲，乒乒乓乓的打得極為激烈，張無忌心下稍寬，暗想：「戰鬥既然未息，六大派或許尚未攻入大廳。」快步往相鬥處奔去。奔不多時，眼前出現幾十間大屋，外有高高圍牆。突然間呼呼風響，背後兩枚鋼鏢擲來，跟著有人喝道：「是誰？停步！」

張無忌腳下毫不停留，回手輕揮，兩枚鋼鏢立時倒飛回去，只聽得「啊」的一聲慘呼，跟著砰的一聲，有人摔倒。張無忌一怔，回過頭來，見地下倒著一名灰袍僧人，兩枚鋼鏢釘在他右肩之上。他更是一呆，適才回手輕揮，只不過想掠斜鋼鏢來勢，不致打到自己身上而已，那料到這麼輕輕一揮，力道竟如此大得異乎尋常。他忙搶上前去，歉然道：「在下誤傷大師，抱歉之至。」伸指拔出鋼鏢。

那少林僧右肩上登時血如泉湧，豈知這僧人極是剽悍，飛起一腳，砰的一聲，踢中張無忌小腹。張無忌和他站得極近，沒料到他竟會突施襲擊，一怔之際，那僧人已倒飛出去，背脊撞上一棵大樹，右足折斷，口中狂噴鮮血。張無忌此時體內眞氣流轉，一遇外力，自然而然而生反擊，比之當日震斷靜玄的右腿，力道又大得多了。

他見那僧人重傷，更是不安，上前扶起，連聲致歉，那僧人惡狠狠的瞪著他，驚駭之心更甚於憤怒，雖仍想出招擊敵，卻已無能爲力了。

忽聽得圍牆內傳出接連三聲悶哼，張無忌無暇再顧那僧人，拉著小昭，從大門中搶了進去，穿過兩處廳堂，眼前是好大一片廣場。

場上黑壓壓的站滿了人，西首人數較少，十之八九身上鮮血淋漓，或坐或臥，是明教的一方。東首的人數多出數倍，分成六堆，看來六大派均已到齊。這六批人隱然對明教作包圍之勢。

張無忌一瞥之下，見楊逍、韋一笑、彭和尙、說不得諸人都坐在明教人衆之內，看情形仍舊行動艱難。楊不悔坐在她父親身旁。

廣場中心有兩人正在拚鬥，各人凝神觀戰，張無忌和小昭進來，誰也沒加留心。

張無忌慢慢走近，定睛看時，見相鬥雙方都是空手，但掌風呼呼，勁力遠及數丈，顯然二人都是絕頂高手。兩人身形轉動，打得快極，突然間四掌相交，立時膠住不動，只一瞬之間，便自奇速的躍動轉爲全然靜止。旁觀衆人忍不住轟天價叫聲：「好！」

張無忌看清楚兩人面貌時，心頭大震，那身材矮小、滿臉精悍之色的中年漢子，正是武當派的四俠張松溪。他的對手是個身材魁偉的禿頂老者，長眉勝雪，垂下眼角，鼻子鉤曲，有若鷹嘴。張無忌心想：「明教中還有這等高手，那是誰啊？」

忽聽得華山派中有人叫道：「白眉老兒，快認輸罷，你怎能是武當張四俠的對手？」張無忌聽到「白眉老兒」四個字，心念一動：「啊，原來他……他……他便是我外公白眉鷹王！」心中立時生出一股孺慕之意，便想撲上前去相認。

但見殷天正和張松溪頭頂都冒出絲絲熱氣，便在這片刻之間，兩人竟已各出生平苦練的內家眞力。一個是天鷹教教主、明教四大護教法王之一，一個是張三丰的得意弟子、身屬威震天下的武當七俠，眼看霎時間便要分出勝敗。明教和六大派雙方都屏氣凝息，爲自己人擔心，均知這場比拚不但是明教和武當派雙方威名所繫，且高手以眞力決勝，敗的一方多半有性命之憂。只見兩人猶似兩尊石像，連頭髮和衣角也無絲毫飄拂。

殷天正神威凜凜，雙目炯炯，如電閃動。張松溪卻謹守武當心法中「以逸待勞、以靜制動」的要旨，嚴密守衛。他知殷天正比自己大了二十多歲，內力修爲是深了二十餘年，但自己正當壯年，長力充沛，對方年紀衰邁，時刻一久，便有取勝之機。豈知殷天正實是武林中一位不世出的奇人，年紀雖大，精力絲毫不遜於少年，內力如潮，有如一個浪頭又一個浪頭般連綿不絕，從雙掌上向張松溪撞擊過去。

張無忌初見殷天正和張松溪時，心中一喜，但立即喜去憂來，一個是自己外公，乃骨肉至親；一個是父親的師兄，待他有如親子。當年他身中玄冥神掌，武當諸俠均曾不惜損耗內功，盡心竭力的為他療傷，張松溪也是這般。倘若兩人之中有一人或傷或死，在他都是畢生大恨。

張無忌仔細瞧殷天正時，見他年紀雖老，卻精神矍鑠，雙目燦然生光，張無忌從他目光之中，陡然見到了幾絲慈和溫柔的神色，心中大動。這幾分慈和溫柔，正是十多年前他母親殷素素瞧著他的眼神，這時忽然在外公的眼光中見到，一時激動，便想衝出去緊緊抱住了他，叫道：「外公，你們兩位不要打。他是我爹爹的師哥，如同爹爹一般待我！」他不知殷天正此時目光忽露親善之意，也正是想到了已死的女兒、女婿。

忽聽得殷天正和張松溪齊聲大喝，四掌發力，各自退出了六七步。張松溪道：「殷老前輩神功卓絕，佩服，佩服！」殷天正聲若洪鐘，說道：「張兄內家修為超凡入聖，老夫自愧不如。閣下是小婿同門師兄，難道今日定然非分勝負不可麼？」張無忌聽他言語中提到父親，眼眶登時紅了，心中不住叫：「別打了，別打了！」只聽張松溪道：「晚輩適才多退一步，已輸了半招。」躬身一揖，神定氣閒的退了下去。

突見武當派中搶出一個漢子，正是七俠莫聲谷，指著殷天正怒道：「殷老兒，你不提我張五哥，那也罷了！今日提起，叫人好生惱恨。我俞三哥、張五哥兩人，全是傷折在你天鷹教手中，此仇不報，我莫聲谷枉居『武當七俠』之名。」嗆啷啷一聲，長劍出鞘，太陽照耀下劍光閃閃，擺了一招「萬嶽朝宗」的姿式。這是武當子弟和長輩動手過招時的起手式，莫聲谷此時已是武林中極有身分的高手，雖怒氣勃勃，但在衆目睽睽之下，一舉一動自不能失了禮數。

殷天正嘆了口氣，臉上閃過一陣黯然之色，緩緩的道：「老夫自小女死後，不願再動刀劍。但若和武當諸俠空手過招，卻又未免托大不敬。」指著一個手執鐵棍的教徒道：「借你的鐵棍一用。」那明教教徒雙手橫捧齊眉鑌鐵棍，走到殷天正身前，恭恭敬敬的躬身呈上。殷天正接過鐵棍，雙手一拗，啪的一聲，鐵棍登時斷爲兩截。

旁觀衆人「哦」的一聲，都沒想到這老兒久戰之後，仍具如此驚人神力。

莫聲谷知他不會先行發招，長劍一起，使一招「百鳥朝凰」，但見劍尖亂顫，霎時間便如化爲數十個劍尖，罩住敵人中盤，卻不前刺。這一招雖然厲害，仍爲彬彬有禮的劍法。殷天正左手斷棍一封，說道：「莫七俠不必客氣。」右手斷棍便斜砸過去。

數招一過，旁觀衆人羣情聳動，但見莫聲谷劍走輕靈，光閃如虹，呑吐開闔之際，又飄逸，又凝重，的是名家風範。殷天正的兩根斷鐵棍本已笨重，招數更加呆滯，東打一棍，西砸一棍，似乎不成章法，但有識之士見了，卻知他大智若愚，大巧若拙，實已臻武學中的極高境界。他腳步移動也極緩慢，莫聲谷卻縱高伏低、東奔西閃，只在一盞茶時分，已接連攻出六十餘招凌厲無倫的殺手。

再鬥數十合後，莫聲谷的劍招愈來愈快。崑崙、峨嵋諸派均以劍法見長，這幾派的弟子見莫聲谷一柄長劍上竟生出如許變化，心下都暗暗欽服：「武當劍法果然名不虛傳，今日大開眼界。」可是不論他如何騰挪劈刺，總攻不進殷天正兩根鐵棍所嚴守的門戶之內。莫聲谷心想：「這老兒連敗華山、少林三名高手，又和四哥對耗內力，我已是跟他相鬥的第五人，早就佔了不少便宜，若再不勝，師門顏面何存？」猛地裏一聲清嘯，劍法忽變，那柄長劍竟似成了一條軟帶，輕柔曲折，飄忽不定，正是武當派的七十二招「繞指柔劍」。

旁觀眾人看到第十二三招時，忍不住齊聲叫好。這時殷天正已不能守拙馭巧，身形遊走，也展開輕功，跟他以快打快。突然間莫聲谷長劍破空，疾刺殷天正胸膛，劍到中途，劍尖微顫，竟然彎了過去，斜刺他右肩。這路「繞指柔劍」全仗以渾厚內力逼彎劍刃，使劍招閃爍無常，敵人難以擋架。殷天正從未見過這等劍法，忙沉肩相避，不料錚的一聲輕響，那劍反彈過來，刺入了他左手上臂。殷天正右臂一伸，不知如何，竟爾陡然間長了半尺，在莫聲谷手腕上一拂，挾手將他長劍奪過，左手已按住他「肩貞穴」。

白眉鷹王的鷹爪擒拿手乃武林一絕，當世無雙。莫聲谷肩頭落入他掌心，他五指只須運勁揑下，莫聲谷的肩頭非碎成片片、終身殘廢不可。武當諸俠盡皆大驚，各人待要搶出相助，其勢卻已不及。

殷天正嘆了口氣，說道：「一之爲甚，其可再乎？」放開了手，右手回縮，拔出長劍，左臂上傷口登時血如泉湧。他向長劍凝視半晌，說道：「老夫縱橫半生，從未在招數上輸過一招半式。好張三丰，好張眞人！」他稱揚張三丰，那是欽佩他手創的七十二招「繞指柔劍」神妙難測，自己竟擋架不了。

莫聲谷呆在當地，自己雖先贏一招，但對方終究有意不下殺手，沒損傷自己，怔了片刻，抱拳說道：「多蒙前輩手下留情！」殷天正微笑點頭，將長劍交還給他。莫聲谷精研劍法，但到頭來手中兵刃竟給對方奪去，羞愧難當，也不接劍，躬身退下。

張無忌輕輕撕下衣襟，正想上前給外公裹傷，忽見武當派中又步出一人，黑鬚垂胸，卻是武當七俠之首的宋遠橋，說道：「我爲老前輩裹一裹傷。」從懷中取出金創藥，給殷天正敷上傷口，隨即用帕子紮住。天鷹教和明教的教衆見宋遠橋一臉正氣，料想他身爲武當七俠之首，決不會公然下毒加害。殷天正說了聲：「多謝！」更坦然不疑。

張無忌大喜，心道：「宋師伯給我外公裹傷，想是感激他不傷莫七叔，兩家就此和好了。」那知宋遠橋裹好傷後，退開兩步，長袖一擺，說道：「宋某領教老前輩的高招！」這一著大出張無忌意料之外，忍不住叫道：「宋大……宋大俠，用車輪戰打他老人家，這不公平！」

這一言出口，衆人的目光都射向這衣衫襤褸的少年。除了峨嵋派諸人，以及殷梨亭、宋青書、楊逍、說不得、周顚等少數人之外，誰都不知他來歷，均感愕然。

宋遠橋道：「這位小朋友的話不錯。武當派和天鷹教之間的私怨，今日暫且擱下不提。現下是六大派和明教一決生死存亡的關頭，武當派謹向明教討戰。」

殷天正眼光緩緩移動，看到楊逍、韋一笑、彭和尚等人全身癱瘓，天鷹教和五行旗下的高手個個非死即傷，自己兒子殷野王伏地昏迷，生死未卜，明教和天鷹教之中，除自己之外，再沒一個能抵擋得住宋遠橋的拳招劍法，可是自己連戰五個高手之餘，已然眞氣不純，何況左臂上這一劍受傷委實不輕。

殷天正微微一頓之間，崆峒派中一個矮小的老人大聲說道：「魔教已一敗塗地，再不投降，還待怎的？空智大師，咱們這便去毀了魔教三十三代教主的牌位罷！」

少林寺方丈空聞大師坐鎭嵩山本院，這次圍剿明教，少林弟子由空智率領。各派敬仰少林派在武林中的聲望地位，便舉他爲進攻光明頂的發號施令之人。

空智尚未答言，只聽華山派中一人叫道：「甚麼投降不投降？魔教之衆，今日不能留下一個活口。除惡務盡，否則他日死灰復燃，又必爲害江湖。魔崽子們！見機的快快自刎，兒得大爺們動手。」

殷天正暗暗運氣，但覺左臂上劍傷及骨，一陣陣作痛，素知宋遠橋追隨張三丰最久，已深得這位不世出的武學大師眞傳，自己神完氣足之時和他相鬥，也未知鹿死誰手，何況此刻？但明教衆高手或死或傷，只賸下自己一人支撐大局，只有拚掉這條老命了，自己死不足惜，所可惜者一世英名，竟在今日斷送。

只聽宋遠橋道：「殷老前輩，武當派和天鷹教仇深似海，可是我們卻不願乘人之危，這場過節，儘可日後再算。我們六大派這一次乃衝著明教而來。天鷹教已脫離明教，自立門戶，江湖上人人皆知。殷老前輩何必淌這場渾水？還請率領貴教人衆，下山去罷！」武當派爲了俞岱巖之事，和天鷹教結下極深的樑子，此事各派盡皆知聞，這時聽宋遠橋竟爲天鷹教開脫，各人盡皆驚訝，但隨即明白宋遠橋光明磊落，不肯撿這現成便宜。

殷天正哈哈一笑，說道：「宋大俠的好意，老夫心領。老夫是明教四大護教法王之一，雖已自樹門戶，但明教有難，豈能背棄昔日情義，置身事外？今日有死而已，宋大俠請進招罷！」說著踏上一步，雙掌虛擬胸前，兩條白眉微微顫動，凜然生威。

宋遠橋道：「既然如此，得罪了！」說罷左手揚起，右掌抵在掌心，一招「請手式」揮擊出去，乃武當派拳法中晚輩和長輩過招的招數。

殷天正見他彎腰弓背，微有下拜之態，便道：「不必客氣。」雙手圈轉，封在心口。依照拳理，宋遠橋必當搶步上前，伸臂出擊，那知他伸臂出擊是一點不錯，卻沒搶步上前，這拳打出，竟和殷天正的身子相距一丈有餘。

殷天正一驚：「難道他武當拳術如此厲害，竟已練成了隔山打牛神功？」不敢怠慢，運起內勁，右掌揮出，抵擋他拳力。不料這一掌揮出，前面空空蕩蕩，並未接到甚麼勁力，不由得大奇。只聽宋遠橋道：「久仰老前輩武學深湛，家師也常稱道。但此刻前輩已力戰數人，晚輩卻是生力，過招之際太不公平。咱們只較量招數，不比膂力。」一面說，一面踢出一腿。這一腿又是虛踢，離對方身子仍有丈許之地，但腳法精妙，方位奇特，當眞匪夷所思，倘是近身攻擊，可就十分難防。殷天正讚道：「好腳法！」以攻爲守，揮拳搶攻。宋遠橋側身閃避，還以一掌。

霎時之間，但見兩人拳來腳往，鬥得極是緊湊，可是始終相隔丈許之地。雖然招不著身，一切全是虛打，但他二人何等身分，那一招失利、那一招佔先，各自心知。兩人全神貫注，絲毫不敢怠忽，便和貼身肉搏無異。

旁觀衆人不少是武學高手，見宋遠橋走的是以柔克剛的路子，拳腳卻是極快，殷天正大開大闔，招數以剛爲主，也絲毫沒慢了。兩人見招拆招，忽守忽攻，似乎是分別練拳，各打各的，其實鬥得激烈無比。

張無忌瞧著殷天正和宋遠橋，心中只覺是在冰火島上觀看爹爹和媽媽比試拳腳。他父母在島上極少練武，拆招試拳，也均是試給張無忌觀看。這時張無忌眼中看出來，外公白衣飛動，化作了母親模樣；宋大伯一身青衫，飄逸瀟洒，則如是爹爹當年。他熱淚盈眶，只想張口大呼：「爹爹、媽媽，你們好麼？」

他初看殷天正和張松溪、莫聲谷相鬥時，關懷兩邊親人安危，並沒怎麼留神雙方出招，這時見兩人隔得遠遠的相鬥，知道只有勝負之分，並無死傷之險，這才潛心察看兩人招數。看了半晌，見兩人出招越來越快，他心下卻越來越不明白：「外公和宋大伯都是武林中一流高手，但招數之中，何以竟有這許多破綻？外公這一拳倘若偏左半尺，不就正打中宋大伯胸口？宋大伯這一抓若再遲出片刻，豈不恰好拿到了我外公左臂？難道他二人故意相讓？可是瞧情形又不像啊。」

其實殷天正和宋遠橋雖然離身相鬥，招數上卻絲毫不讓。張無忌學會乾坤大挪移心法後，武學上的修爲已比他們均要高上一籌。但說殷、宋二人的招數中頗有破綻，卻又不然。張無忌不知自己這麼想，只因身負九陽神功之故，他所設想的招數固能克敵制勝，卻往往實際難能，常人萬萬無法做到，也不是比殷、宋二人更妙更精。正如飛禽見地下獅虎搏鬥，不免會想：「何不高飛下撲，可操必勝？」殊不知獅虎在百獸之中雖最兇猛厲害，要高飛下撲，卻力所不能。張無忌見識未夠廣博，一時想不到其中緣故。

忽見宋遠橋招數一變，雙掌飛舞，有若絮飄雪揚，軟綿綿不著力氣，正是武當派的「綿掌」。殷天正呼喝一聲，打出一拳。兩人一以至柔，一以至剛，各逞絕技。

鬥到分際，宋遠橋左掌拍出，右掌陡地裏後發先至，跟著左掌斜穿，又從後面搶了上來。殷天正見自己上三路全爲他掌勢罩住，大吼一聲，雙拳「丁甲開山」，揮擊出去。兩人雙掌雙拳，便此膠在空中，呆呆不動。拆到這一招時，除了比拚內力，已無他途可循。兩人相隔一丈以外，四條手臂虛擬鬥力之狀，此時看來似乎古怪，但若近身肉鬥，卻已面臨最爲凶險的關頭。

宋遠橋微微一笑，收掌後躍，說道：「老前輩拳法精妙，佩服，佩服！」殷天正也即收拳，說道：「武當拳法，果然冠絕古今。」兩人說過不比內力，鬥到此處，已沒法再比下去，便以和局收場。

武當派中尚有俞蓮舟和殷梨亭兩大高手未曾出場，只見殷天正臉頰脹紅，頭頂熱氣裊裊上升，適才這場比試雖不大耗內力，但對手實在太強，卻已竭盡心智，眼見他已是強弩之末，俞殷二俠任何一人下場，立時便可將他打倒，穩享「打敗白眉鷹王」的美譽。俞蓮舟和殷梨亭對望一眼，都搖了搖頭，均想：「乘人之危，勝之不武。」

他武當二俠不欲乘人之危，旁人卻未必都有君子之風，只見崆峒派中一個矮小老者縱身而出，正是適才高叫焚燒明教歷代教主牌位之人，輕飄飄的落在殷天正面前，說道：「我姓唐的跟你殷老兒玩玩！」語氣甚爲輕薄。

殷天正向他橫了一眼，鼻中一哼，心道：「若在平時，崆峒五老如何在殷某眼下？

今日虎落平陽被犬欺，殷某一世英名，倘若斷送在武當七俠手底，那也罷了，可萬萬不能讓你唐文亮豎子成名！」雖全身骨節酸軟，只盼睡倒在地，就此長臥不起，但胸中豪氣一生，下垂的兩道白眉突然豎起，喝道：「進招罷！」

唐文亮瞧出他內力已耗了十之八九，只須跟他鬥得片刻，不用動手，他自己就會跌倒，雙掌一錯，搶到殷天正身後，發拳往他後心擊去。殷天正斜身反勾，唐文亮已然躍開，他腳下靈活之極，猶如一隻猿猴，不斷前後左右的跳躍。鬥了數合，殷天正眼前忽黑，喉頭微甜，大口鮮血噴出，再也站立不定，一交坐倒。

唐文亮大喜，喝道：「殷天正，今日叫你死在我唐文亮拳下！」

張無忌見唐文亮縱起身子，凌空下擊，正要飛身過去救助外公，卻見殷天正右手斜翻，姿式妙到巔毫，正是對付敵人從上空進攻的一招殺手，眼看兩人處此方位，唐文亮已沒法自救。果然聽得喀喀兩響，唐文亮雙臂已為殷天正施展「鷹爪擒拿手」折斷，跟著又是喀喀兩響，連兩條大腿骨也折斷了，砰的一響，摔在數尺之外。他四肢骨斷，再也動彈不得。旁觀眾人見殷天正於重傷之餘仍具這等神威，無不駭然。

崆峒五老中的第三老唐文亮如此慘敗，崆峒派人人臉上無光，眼見唐文亮躺在地下，只因和殷天正相距過近，竟沒人敢上前扶他回來。

過了半晌，崆峒派中一個弓著背脊的高大老人重重踏步而出，右足踢起一塊石頭，直向殷天正飛去，口中喝道：「白眉老兒，我姓宗的跟你算算舊帳。」這人是崆峒五老中的第二老，名叫宗維俠。他說「算算舊帳」，想是曾吃過殷天正的虧。

這塊石頭飛去，禿的一聲，正中殷天正額角，立時鮮血長流。這一下誰都大吃一驚，宗維俠踢這塊石頭過去，原也沒想能擊中他，那知殷天正已半昏半醒，沒能避讓。當此情勢，宗維俠上前只須輕輕一指，便能致他於死地。

宗維俠提起右臂，踏步上前。武當派中走出一人，身穿土布長衫，神情質樸，卻是二俠俞蓮舟，身形微晃，攔在宗維俠身前，說道：「宗兄，殷教主已身受重傷，勝之不武，不勞宗兄動手。殷教主跟敝派頗有過節，這人交給小弟罷。」張無忌大喜，心想：「俞二伯待我媽媽最好，他定是瞧在我媽媽份上，出來維護我外公。」心中極感他盛情厚意。

只聽宗維俠道：「甚麼身受重傷？這人最會裝死，適才若不是他故弄玄虛，唐三弟那會上他這惡當？俞二俠，貴派和他有樑子，兄弟跟這老兒也有過節，讓我先打他三拳出氣！」俞蓮舟不願殷天正一世英雄，如此喪命，又想到張翠山與殷素素，說道：「宗兄的七傷拳天下聞名，殷教主眼下這般模樣，怎還禁得起宗兄三拳？」

宗維俠道：「好！他折斷我唐三弟四肢，我也打斷他四肢便了。這叫做眼前報，還得快！」他見俞蓮舟兀自猶豫，大聲說道：「俞二俠，咱們六大派來西域之前立過盟誓。今日你反來迴護魔教頭子麼？」俞蓮舟嘆了口氣，說道：「此刻任憑於你。回歸中原以後，我再領教宗二先生的七傷拳神功。」宗維俠心下一凜：「這姓俞的何以一再維護於他？」他對武當派確實頗有忌憚，但衆目睽睽之下，終不能示弱，冷笑道：「天下事抬不過一個理字。你武當派再強，也不能恃勢橫行啊。」這幾句話隱隱然牽扯到了張三丰身上。

宋遠橋便道：「二弟，由他去罷！」俞蓮舟朗聲道：「好英雄，好漢子！」便即退開。這「好英雄，好漢子」六字，似乎是稱讚殷天正，又似是譏刺宗維俠的反話。宗維俠不願和武當派惹下糾葛，假裝沒聽見，見俞蓮舟走開，便向殷天正身前走去。

少林派空智大師大聲發令：「華山派和崆峒派各位，請將場上的魔教餘孽一概誅滅了。武當派從西往東搜索，峨嵋派從東往西搜索，別讓魔教有一人漏網。崑崙派預備火種，焚燒魔教巢穴。」他吩咐五派後，雙手合什，說道：「少林子弟各取法器，誦唸往生經文，爲六派殉難的英雄、魔教今日身死的教衆超度，化除冤孽。」

衆人只待殷天正在宗維俠一拳之下喪命，六派圍剿魔教的豪舉便即大功告成。

當此之際，明教和天鷹教教衆俱知今日大數已盡，衆教徒一齊掙扎爬起，除了身受重傷無法動彈者之外，各人盤膝而坐，雙手十指張開，舉在胸前，作火燄飛騰之狀，跟著楊逍唸誦明教的經文：

「焚我殘軀，熊熊聖火。生亦何歡，死亦何苦？爲善除惡，惟光明故。喜樂悲愁，皆歸塵土。萬事爲民，不圖私我。憐我世人，憂患實多！憐我世人，憂患實多！」

明教自楊逍、韋一笑、說不得諸人以下，天鷹教自殷天正、李天垣以下，直至廚工伕役，個個神態莊嚴，朗聲唸誦，絲毫不以身死教滅爲懼。

空智大師合什道：「阿彌陀佛！善哉！善哉！」

俞蓮舟心道：「這幾句經文，想是他魔教教衆每當身死之前所要唸誦的了。他們不念自己身死，卻憐憫世人多憂多患，實在是大仁大勇的胸襟！當年創設明教之人，實是個了不起的人物。只可惜傳到後世，反而成了爲非作歹的淵藪。」

張無忌眼見明教和天鷹教人人已無抗禦之力，唱了這「焚我殘軀，熊熊聖火」的經文之後，已均束手待斃，光明頂上成百上千的兩教教徒，轉眼間便即屍橫就地，盡數要命喪六大派的刀劍之下。他曾聽太師父諄諄教誨，決不可和魔教打甚麼交道，致蹈父親覆轍，魔教過去作惡甚多，楊逍之強暴紀姑姑即爲明證。自來正邪不兩立，蕩魔除邪，原爲正派俠義道所當爲，但眼見兩教教衆束手任人屠戮，終究於心不忍。又想：「殺人抵命，冤冤相報，力強者勝。這番大屠殺，弄得武林中腥風血雨，和蒙古韃子大殺我漢人，又有甚麼分別？可是我年輕力微，孤身一人，六大派誰也不瞧我在眼裏，我如出頭說和，徒然惹人恥笑，三拳兩腳便將我打在一旁，說不定還將我殺了，那便如何是好？張無忌啊張無忌，你怎地如此膽怯卑鄙？人家要殺你外公，倘若爹爹媽媽此刻在生，自然是要竭力維護外公周全。我跟外公一起送命便了！一邊是我爹爹的武當派，一邊是我媽媽的天鷹教，我誰也不幫，只拚了命說和，讓兩邊不要殺人，多結冤仇！」

他見宗維俠逕自舉臂向外公走去，不暇更思，大踏步搶出，擋在宗維俠身前，說道：「且慢動手！你如此對付一個身受重傷之人，也不怕天下英雄恥笑麼？」

這幾句話聲音清朗，響徹全場。各派人眾奉了空智大師的號令，本來便要分別出手，突然聽到這幾句話，一齊停步，回頭瞧著他。

宗維俠見說話的是個衣衫襤褸的少年，絲毫不以爲意，伸手推出，要將他推在一旁，以便上前打死殷天正。

張無忌見他伸掌推到，便隨手揮掌拍出。砰的一響，雙掌相交，宗維俠倒退三步，待要站定，豈知對方這一掌力道雄渾無比，仍感立足不定，幸好他下盤功夫紮得堅實，但覺上身直往後仰，右足忙在地下一點，縱身後躍，借勢縱開丈餘。落下地來時，這股掌勢仍未消解，又踉踉蹌蹌的連退七八步，這才站定。這麼一來，他和張無忌之間已相隔三丈以上。他驚怒莫名，旁觀衆人卻大惑不解，都想：「宗維俠這老兒在鬧甚麼玄虛，怎地又退又躍，躍了又退，大搗其鬼？」便張無忌自己，也想不透自己這麼輕輕出掌，何以竟有如許威力。

宗維俠驚呆之下，登時醒悟，向俞蓮舟怒目而視，喝道：「大丈夫光明磊落，怎地暗箭傷人？」他料定是俞蓮舟在暗中相助，多半還是武當諸俠一齊出手，否則單憑一人之力，不能有這麼強猛的勁道。

俞蓮舟給他說得莫名其妙，反瞪他一眼，暗道：「你裝模作樣，想幹甚麼？」

宗維俠大步上前，指著張無忌喝道：「小子，你是誰？」

張無忌道：「我叫曾阿牛。」一面說，一面伸掌貼在殷天正背心「靈台穴」上，將內力源源輸入。他的九陽眞氣渾厚之極，殷天正顫抖了幾下，便即睜眼，望著這少年，頗感奇怪。張無忌向他微微一笑，加緊輸送內力。

片刻之間，殷天正胸口和丹田中閉塞之處已然暢通無阻，低聲道：「多謝小友！」站起身來，傲然道：「姓宗的，你崆峒派的七傷拳有甚麼了不起，我便接你三拳！」

宗維俠萬沒想到這老兒竟能又神完氣足的站起，眼見這現成便宜是撿不到的了，忌憚他「鷹爪擒拿手」厲害，便道：「崆峒派的七傷拳既沒甚麼了不起，你便接我三招七傷拳罷！」他盼殷天正不使擒拿手，單是拳掌相對，比拚內力，那麼自己以逸待勞，當可仗著七傷拳的內勁取勝。

張無忌聽他一再提起「七傷拳」三字，想起在冰火島的那天晚上，義父叫醒自己，講述以七傷拳打死神僧空見之事，後來他叫自己背誦七傷拳拳訣，還因一時不能記熟，挨了他好幾個耳光。這時那拳訣在心中流動，當即明白了其中道理。要知天下諸般內功，皆不逾九陽神功之藩籬，而乾坤大挪移運勁使力的法門，又是運使諸般武功精義之所聚，一法通，萬法通，任何武功在他面前都已無秘奧之可言。

只聽殷天正道：「別說三拳，便接你三十拳卻又怎地？」他回頭大聲向空智說道：「空智大師，姓殷的還沒死，還沒認輸，你便出爾反爾，想要倚多取勝麼？」

空智左手揮動，提高語音，說道：「好！大夥兒稍待片刻，又有何妨？」

原來殷天正上得光明頂後，見楊逍等人盡皆重傷，己方勢力單薄，便以言語擠住空智，不得仗著人多混戰。空智依著武林規矩，便約定逐一對戰。結果天鷹教各堂各壇、明教五行旗，以及光明頂上楊逍屬下的天地風雷四門中的好手，還是一個個非死即傷。楊逍、韋一笑、五散人各負重傷，沒法下場，最後只賸下殷天正一人。但他既未認輸，便不能上前屠戮。

張無忌心知外公雖比先前好了些，卻萬萬不能運勁使力，他所以要接宗維俠的拳招，只不過是護教力戰，死而後已，於是低聲道：「殷老前輩，待我來為你先接，晚輩不成時，老前輩再行出馬。」

殷天正已瞧出他內力深厚無比，自己縱未受傷，內力未耗，也是萬萬不及，但想自己為教而死，理所當然，這少年卻不知有何干係，自行牽涉在內？他本領再強，也決計敵不過對方敗了一個又來一個、源源不絕的人手，到頭來還不是和自己一樣，重傷力竭，任人宰割，如此少年英才，何必白白的斷送在光明頂上？問道：「小友是那一位門下，似乎不是本教教徒，是嗎？」

張無忌恭恭敬敬的躬身說道：「晚輩不屬明教，不屬天鷹教，但對老前輩心儀已久，情同家人，今日和前輩並肩拒敵，乃份所應當。」殷天正大奇，正想再問，宗維俠又已踏上一步，大聲道：「姓殷的，我第一拳來了。」

張無忌道：「殷老前輩說你不配跟他比拳，你先勝得過我，再跟他老人家動手不遲。」宗維俠大怒，喝道：「你是甚麼東西？你也配跟我談論七傷拳？」

張無忌尋思：「今日只有說明圓眞這惡賊的奸詐陰謀，才能設法使雙方罷手，若單憑動手過招，我一人怎鬥得過六大門派這許多英雄？何況武當門下的衆師伯叔都在此地，我又怎能跟他們爲敵？」朗聲說道：「崆峒派七傷拳的厲害，在下早就久仰了。少林神僧空見大師，當年不就是喪生在貴派七傷拳之下麼？」

他此言一出，少林派羣相聳動。那日空見大師喪身洛陽，屍身骨骼盡數震斷，外表卻一無傷痕，極似是中了崆峒派「七傷拳」的毒手。當時空聞、空智、空性三僧密議數日，認爲崆峒派眼下並無絕頂高手，能打死練就了「金剛不壞體」神功的空見師兄，雖然空見的傷勢令人起疑，但料想非崆峒派所能爲。後來又暗加訪查，得知空見大師在洛陽圓寂之日，崆峒五老均在西南一帶。既非五老所爲，崆峒派中更無其他好手能損傷空見，因此便將對崆峒派的疑心擱下了。何況當時洛陽客房外牆上寫著「成崑殺神僧空見於此牆下」十一個大字，少林派亦查知，冒名成崑做下無數血案的實則均係謝遜，就更半點也沒疑惑了。衆高僧直至此時聽了張無忌這句話，心下才各自一凜。

宗維俠怒道：「空見大師爲謝遜惡賊所害，江湖上衆所週知，跟我崆峒派有甚麼干係？」張無忌道：「謝前輩打死神僧空見，是你親眼瞧見麼？你是在一旁掠陣麼？是在旁相助麼？」宗維俠心想：「這乞兒不像乞兒、牧童不似牧童的小子，怎地跟我纏上了？多半是受了武當派的指使，要挑撥崆峒和少林兩派之間的不和。我倒要小心應付，不可入了人家圈套。」因此他雖沒重視張無忌，還是正色答道：「空見神僧喪身洛陽，其時崆峒五老都在雲南點蒼派柳大俠府上作客。我們怎能親眼見到當時情景？」

張無忌朗聲道：「照啊！你當時既在雲南，怎能見到謝前輩害死空見大師？這位神僧喪生於崆峒派的七傷拳手下，人人皆知。謝前輩又不是你崆峒派的，你怎可嫁禍於人？」宗維俠道：「呸！呸！空見神僧圓寂之處，牆上寫著『成崑殺神僧空見於此牆下』十一個血字。謝遜冒他師父之名，到處做下血案，那還有甚麼可疑的？」

張無忌心下一凜：「義父沒說曾在牆上寫下這十一個字。他一十三拳打死神僧空見後，心中悲悔莫名，料來決不會再寫這些示威嫁禍的字句。」仰天哈哈一笑，說道：「這些字誰都會寫，牆上雖有此十一個字，可有誰親眼見到是謝前輩寫的？我卻知道這十一個字是崆峒派寫的。寫字容易，練七傷拳卻難。」

他轉頭向空智說道：「空智大師，令師兄空見神僧確是為崆峒派的七傷拳拳力所害，是也不是？金毛獅王謝前輩卻並非崆峒派，是也不是？」

空智尚未回答，突然一名身披大紅袈裟的高大僧人閃身而出，手中金光閃閃的長大禪杖在地下重重一頓，大聲喝道：「小子，你是那家那派門下？憑你也配跟我師父說話？」

這僧人肩頭拱起，說話帶著三分氣喘，正是少林僧圓音，當年少林派上武當山興問罪之師，便是他力證張翠山打死少林弟子。張無忌其時滿腔悲憤，將這一干人的形相牢記於心，此刻一見之下，胸口熱血上衝，滿臉脹得通紅，身子也微微發抖，心中不住說道：「張無忌，張無忌！今日大事是要調解六大門派和明教的仇怨，千萬不可為了一己私嫌，鬧得難以收拾。少林派的過節，日後再算不遲。」心中雖想得明白，但父母慘死的情狀，隨著圓音的出現而立時湧向眼前，不由得熱淚盈眶，幾乎難以自制。

圓音又將禪杖重重在地下一頓，喝道：「小子，你若是魔教妖孽，快快引頸就戮，否則我們出家人慈悲為懷，也不來難為於你，即速下山去罷！」他見張無忌的服飾打扮並非明教中人，又誤以為他竭力克制悲憤乃是心中害怕，是以有這幾句說話。

張無忌道：「貴派有一位圓真大師呢？請他出來，在下有幾句話請問。」

圓音道：「圓眞師兄？他怎麼還能跟你說話？你快快退開，我們沒空閒功夫跟你這野少年瞎耗。你到底是誰的門下？」他見張無忌適才一掌將名列崆峒五老的宗維俠擊得連連倒退，料想他師父不是尋常人物，這才一再盤問於他，否則此刻屠滅明教正大功告成之際，那裏還耐煩跟這來歷不明的少年糾纏。

張無忌道：「在下並非明教或天鷹教中人，亦非中原那一派的門下。這次六大門派圍攻明教，實則是受了奸人挑撥，中間存著極大的誤會，在下雖然年少，倒也得知其中的曲折原委，斗膽要請雙方罷鬥，查明眞相，誰是誰非，自可秉公判斷。」

他語聲一停，六大派中登時爆發出哈哈、呵呵、嘀嘀、嘩嘩……各種各樣大笑之聲。數十人同聲指斥：「這小子失心瘋啦，你聽他這麼胡說八道！」「他當自己是甚麼人？是武當派張眞人麼？少林派空聞神僧麼？」「他做夢得到了屠龍寶刀，成爲武林至尊啦。」「他當我們個個是三歲小孩兒，呵呵，我肚子笑痛了！」「六大門派死傷了這許多人，魔教欠下了海樣深的血債，嘿嘿，他想三言兩語，便將咱們都打發回去……」

峨嵋派中卻只周芷若眉頭緊蹙，黯然不語。那日她和張無忌相認，知他便是昔日漢水舟中的少年，心中便有念舊之意，後來又見他甘受她師父三掌，仗義相救銳金旗人衆，對他好生欽佩，這時聽到他這番不自量力的言語，又聽衆人大肆譏笑，不禁難過。

張無忌站立當場，昂然四顧，朗聲道：「只須少林派圓眞大師出來，跟在下對質幾句，他所安排下的奸謀便能大白於世。」這三句話一個字一個字吐將出來，雖在數百人的鬨笑聲中，卻人人聽得淸淸楚楚。六大派衆高手心下都是一凜，登時便將對他輕視之心收起了幾分，均想：「這小子年紀輕輕，內功怎地如此了得？」

圓音待衆人笑聲停歇，氣喘吁吁的道：「臭小子恁地奸猾，明知圓眞師兄已不能跟你對質，便指名要他相見？你何不叫武當派的張翠山出來對質？」

他最後一句話出口，空智立時便喝：「圓音，說話小心！」但華山、崑崙、崆峒諸派中已有許多人大聲笑了出來。只武當派的人衆臉有慍色，默不作聲。原來圓音的右眼給殷素素在西子湖畔以銀針打瞎，始終以爲是張翠山下的毒手，一生耿耿於懷。

張無忌聽他辱及先父，怒不可遏，大聲喝道：「張五俠的名諱是你亂說得的麼？你……你……」圓音冷笑道：「張翠山自甘下流，受魔教妖女迷惑，便遭好色之報……」

張無忌心中一再自誡：「今日主旨是要讓兩下言和罷鬥，我萬萬不可出手傷人。」但聽到他辱及父母，那裏還忍耐得住？縱身而前，左手探出，已抓住圓音後腰提了起來，右手搶過他手中禪杖，橫過杖頭，便要往他頭頂擊落。圓音遭他這麼抓住，有如鶵鷄落入鷹爪，竟沒半分抵禦之力。

少林僧隊中同時搶出兩人，兩根禪杖分襲張無忌左右，那是武學中救人的高明法門，所謂「圍魏救趙」，襲敵之所不得不救，便能解除陷入危境的夥伴。搶前來救的兩僧正是圓心、圓業。張無忌左手抓著圓音，右手提著禪杖，高高躍起，雙足分點圓心、圓業手中禪杖，只聽得嘿嘿兩聲，圓心和圓業仰天摔倒。幸好兩僧武功均頗不凡，臨危不亂，雙手運力急挺，那兩條數十斤重的鍍金鑌鐵禪杖才沒反彈過來，打到自己身上。

衆人驚呼聲中，只見張無忌抓著圓音高大的身軀空中轉身，輕飄飄的落地。六大派中有七八個人叫了出來：「武當派的『梯雲縱』！」

張無忌自幼跟著父親及太師父、諸師伯叔，於武當派武功雖只學過一套入門功夫的三十二勢「武當長拳」，但所見所聞畢竟不少，這時練成乾坤大挪移神功，不論那一家那一派的武功都能取而爲用。他對武當派的功夫耳濡目染，親炙最多，突然間不加思索的使用出來之時，自然而然的便使上了這當世輕功中最著名的「梯雲縱」。俞蓮舟、張松溪等要似他這般縱起，再在空中輕輕迴旋數下，原亦不難，姿式之圓熟飄逸，尤必遠遠過之，但要一手抓一個胖大和尚，一手提一根沉重禪杖，仍要這般身輕如燕，卻萬萬沒法辦到。武當諸俠見了，均感驚詫。

少林諸僧這時和他相距已七八丈遠，眼見圓音給他抓住了要穴，全不動彈，他只須挺起禪杖，立時便能將圓音打得腦漿迸裂，要在這一瞬之間及時衝上相救，決難辦到。唯一的法門是發射暗器，但張無忌只須舉起圓音的身子一擋，借刀殺人，反而害了他性命。雖有空智、空性這等絕頂高手在側，但以變起倉卒，任誰也料不到這少年有如此身手，竟讓他攻了個措手不及。只見他咬牙切齒，滿臉仇恨之色，高高舉起了禪杖，衆少林僧有的閉了眼睛不忍再看，有的便待一擁而上爲圓音報仇。

那知張無忌舉著禪杖的手並不落下，似乎心中大有疑難，沒法決定。但見他臉色漸轉慈和，慢慢的放下了圓音。

原來在這一瞬之間，他已克制了胸中怒氣，心道：「倘若我打死打傷了六大派中任誰一人，我便成爲六大派的敵人，就此不能作居間的調人。武林中這場兇殺，再也不能化解，豈不是正好墮入成崑這奸賊的計中？不管他們如何罵我辱我、打我傷我，甚至侮辱我父母、義父，我定當忍耐到底，這才是眞正爲父母及義父復仇雪恨之道。」他想通了這節，便放下圓音，緩緩說道：「圓音大師，你的眼睛不是張五俠打瞎的，不必如此記恨。何況你們那日去到武當山上，逼得張五俠夫婦自盡身死，甚麼冤仇也該化解了。大師是出家人，慈悲爲懷，何必對舊事如此念念不忘？」

圓音死裏逃生，呆呆的瞧著張無忌，說不出話來，見他將自己禪杖遞了過來，自然而然的伸手接過，低頭退開，隱隱覺得自己這些年來滿懷怨憤，未免也有不是。

少林諸高僧、武當諸俠聽了張無忌這幾句話，都不由得暗暗點頭。